All the Living
and the Dead

守在终点的人

Hayley Campbell

[英] 海莉·坎贝尔 著

周雨晴 译

文汇出版社

新经典文化股份有限公司
www.readinglife.com
出 品

作者声明

我改变了一些细节,来保护亡者的身份。

而生者则如实予以记录。

生活本身是悲剧性的。这种悲剧性纯粹是缘于地球自转，太阳必然升起落下，对我们每一个人来说，太阳都会在某一天最后一次下山。也许我们人类所有问题的根源，都在于宁愿牺牲所有的生命之美，而将自己困在图腾、禁忌、十字架、血祭、教堂、清真寺、种族、军队、旗帜、国家里，就是为了否认我们终将死去的事实，这个我们唯一拥有的事实。

——詹姆斯·鲍德温[①],《下一次将是烈火》

[①] James Baldwin (1924—1987),美国作家、小说家、诗人、剧作家、社会活动家。

目 录
Contents

- 1   前 言
- 12 生之边际：殡葬承办人
- 32 馈赠：解剖服务部主管
- 68 弹指间，他们变成石头：死亡面具雕刻师
- 89 悬停：灾难遇难者身份确认
- 120 恐怖：犯罪现场清洁工
- 143 与行刑者共进晚餐：行刑者
- 171 没有什么会永垂不朽：防腐师
- 204 爱与惧：解剖病理学技师
- 233 坚韧的母亲：死婴助产士
- 252 尘归尘：掘墓人
- 262 恶魔的车夫：殡仪员
- 277 死者的希冀：冷冻学机构
- 303 后记
- 325 致谢
- 328 注释

前　言

你并不是一出生，就知道自己会死。总得有人来宣布这个消息。我问过父亲，这个人是不是他，但他不记得了。

有些人记得被告知时的情景：他们可以确定，有那么一个时刻，生命被劈成"之前"和"之后"。他们记得鸟儿撞击窗户的声音，它在玻璃上撞断脖颈，然后坠落；他们记得，有人把那一具瘫软的羽毛尸体从露台上剥离，埋入花园，并向他们解释一切。鸟儿翅膀在尘土里留下印迹，这种记忆比葬礼更为长久。也许，死亡对你来说是一条金鱼，或者一位祖辈。鱼鳍在厕所马桶的漩涡里打转时，也许你已经尽己所能，或者尽己所需地消化了生死。

我没有任何类似的记忆。我想不起来死亡存在"之前"的时刻。死亡就在那里，在一切中，每时每刻。

也许这一切都从那五个死去的女人开始。我父亲埃迪·坎贝尔是一名漫画作者,我十岁之前,他一直在为艾伦·摩尔所著《来自地狱》一书绘制图像。这本书的主题是"开膛手杰克"①,其暴行之恐怖,被粗粝的黑白双色全情描绘。"开膛杰"②对我们当时生活影响如此深入,以至于我年幼的妹妹会戴着高礼帽吃早饭;想做的事被母亲拒绝后,我会一边努力说服父亲,一边踮起脚,研究钉在他画板上的犯罪现场图片。她们就在那里,那些被肢解的女人,血肉从脸颊和大腿上剥离、脱落。旁边便是一丝不挂的尸检照片,她们下垂的乳房和腹部,勒紧的缝合线像橄榄球表面上的缝线一样,从脖子蜿蜒到腹股沟。我记得,当我看着她们时,感受到的不是震惊,而是着迷。我渴望知道发生了什么。我渴望目睹更多。我希望图片能够更加清晰,希望它们是彩色图像。她们身处的情境和我所知晓的生活相去甚远,因太过异质,甚至不再令人恐惧——我身处热带,在澳大利亚的布里斯班,她们的人生如此陌生,一如她们曾经生活的雾蒙蒙的伦敦街巷。时至今日,再目睹同样的照片,我已有了完全不同的体验:我看到暴力、挣扎和对女性的仇视,看到失落的生命;但当时,我不懂该如何表达这一糟糕场面带给我的冲击。它飞越至我的理解能力之外,抵达那只鸟儿撞上玻璃时的高度。自从我把鸟儿的尸体从露台上剥下来,将它举向光的一刻,一切开始。

---

① 1888 年,在英国伦敦东区白教堂一带连续杀害五名妓女的凶手所冠的化名。犯案期间,凶手始终没有落入法网。至今依然是欧美文化中最恶名昭彰的罪犯之一。
② 原文为"Jackarippy",是对"开膛手杰克"一词的戏称。

现在我是一名记者。而七岁时，我就已经在做和如今近乎相同的事了：我把这种经历写在纸上，试图去理解。我坐在父亲身边，把一个翻转过来的纸箱当作书桌，学着他的样子，用毡笔做一份人类因各种暴力而死的方式大全：整整二十四页的谋杀，由我从电影、电视、新闻和父亲的书桌上看到的案例拼凑而来。他们在梦里被砍刀切碎，搭便车时在密林中被捕死，被巫师烹煮，被活活掩埋，被悬挂起来供禽鸟啄食。一幅画上是一个骷髅，配有图注："如果有人把你的脑袋砍了下来，等你的皮完全腐烂后，你就是这个样子。"我父亲为了绘制漫画里的某个场景，从屠夫手里买了一个肾，用手帕纸垫着放在客厅里，以便照着作画。肾在高温中迅速腐烂，我在父亲身边画下了同一个场景，不过我的画作更为写实：其中还包含了聚集成堆的苍蝇。父亲把我所有的作品收集进活页夹，将它们自豪地展示给惊恐的客人。

家门之外，死亡同样存在。我们住在一条繁忙的街上，这儿的猫总是短命，会全身僵硬地出现在水沟里。我们拎起死猫的尾巴，像端煎锅一样，在黎明时分把它们埋葬，为那些认识或不认识的猫举行小小的安葬仪式。夏天里，只要有鸟儿（通常是喜鹊）死去并腐烂，我们就得换一条路去上学。如果身处气候更凉爽的地区，这种事本不值一提；但在澳大利亚骇人的高温里，尸体会以极快的速度腐烂，一只鸟儿便能使得整条街道无法通行。我们的校长建议大家避开那条路线，直到死亡的气息消失殆尽。而我总会走那条禁忌之路去上学，希望能够目睹腐臭的鸟儿，能看清它的面目。

死亡场景已经变得熟稔：从一堆待回收的文件顶部，我经常随意拿下闲置的纸页，用来写作业，背面是父亲画作的复印件。"这是一个死去的妓女。"我就这么告诉老师，而她手握一团棘手的黑血和污物，无言以对。"不过是画而已。"死亡看起来像是业已发生的事情，而且发生得频繁。我却被告知，这是一件坏事、一个秘密，而我就像擅自闯入，被逮个正着。"不合规矩。"老师在电话里这样告知我的父母。

我上的是天主教学校。我们的鲍尔神父是个咕咕哝哝的爱尔兰人，对我来说老得不可思议，不过有时，人们会看见他穿着祭服，在废料桶盛的东西上面踩跳，以便能在回收人员到达之前，往桶里塞进更多垃圾。鲍尔神父每周都会组织大家坐在教堂前部，对我们讲些浅白易懂的话。他会拉出一把椅子，立在讲坛边上，指着头顶的彩绘玻璃窗对我们讲，耶稣背负着十字架，走向他即将葬身于斯的地方。一天下午，鲍尔神父向上指着讲坛左边的一盏红灯说，当灯亮起时，上帝便现身于此处——灯是他点燃的。我抬头看着那盏灯，看着华丽黄铜灯架里发光的红色灯泡，然后发问：如果这灯真的是上帝点燃的，为什么墙上会有一条延长引线，还垂到悬挂灯盏的链条上？神父停顿了一下，清了清嗓子，之后有力地说："这种时刻不准问其他问题。"之后继续谈起了其他话题。他总是把我视作需要请父母面谈的"问题学生"（对此，我父母有一方感到骄傲，另一方感到难堪）；我也被永远禁止参与弥撒的面饼和酒①环节。

神父力图把电力设施阐释成魔力和魂魄,这让我心生困扰。自此之后,我就对有组织的宗教抱持疑虑。它就像一个意在逃避的诡计,一种灵丹妙药,一些悦耳动听的谎言。只要你做一个好人,就能在天堂高枕无忧,就像在度假。那时我还小,还要上十几年的天主教学校,那颗红色灯泡提醒我,宗教提出的一切答案都值得警惕。

我认识的第一个真正死去的人是我的朋友哈丽特。我们十二岁那年,她试图从一条涨水的溪流里救出她的狗,结果溺水身亡。我几乎不记得葬礼上的任何场景,不记得悼词,也不记得是否有老师参加、他们是否当场落下眼泪。我不记得那条幸存的黑色拉布拉多犬"贝儿"坐在哪里,还是说其实待在家里没出席。我唯一记得的,是我坐在一条长椅上,盯着那口密闭的白色棺材,想知道里面是什么。每个魔术师都知道,在人群中间放一个封闭的盒子是营造持久悬念的秘诀。我所做的只有盯着。我的朋友就在那里,区区几英尺之远,但与我隔绝开来。一个人在那里,却又不复存在,没有任何具象的东西来证实这一点——把握这种概念对我来说十分艰难、令我沮丧。我想要看看她。我觉得,在失去一个朋友之外,我还失去了其他的什么东西。我感觉有些事物对我避而不言。想要看见这件事的全貌,想要理解这件事的

---

① 圣餐礼的一部分。用特制的许多小圆薄无酵饼代表圣体,参加的教徒一人分领一个。另有白或红葡萄酒代表圣血。

实质，却没办法做到——这成了挡在我的哀恸面前的一道障碍。她仍是我朋友的模样，还是已经变样了？她闻上去会有喜鹊的味道吗？

我并不恐惧死亡，而是迷恋死亡。我想知道，我们把猫埋进地下后会发生什么。我想知道为什么鸟儿会发臭，是什么使它们从树上坠落。我有画满了人类骨骼、动物和恐龙骨架的书，还会用手戳自己的皮肤，想要描摹自己骨头的形状。在家里，我的问题可以得到粗陋但诚实的回答。我因描摹骨骼而获得表扬，从一只接一只令人心碎的猫身上看到，死亡有时凌乱，有时利落，但终归无可避免。在学校，我被告知不要去正视那些东西，把视线从那些鸟儿、那些图画和我那死去的朋友身上转移开来。他们还在每个教室和教堂里分发其他以死亡为题的图画：那些画面会告诉我，死亡只是暂时的。对我来说，"开膛杰"受害者的照片蕴含着更多真实：没人告诉我这些受害者能够重返人世，但学校会说，耶稣曾经复活，将来也仍会死而复生。他人递给我一个已经制定好的框架，用以取代我渐渐成形的、从经验之中拼合起来的思想。我认为是简单事实的事情和问题，别人却以回避和遮掩来应对，由此我被教导，死亡是一种禁忌，是某种需要惧怕的事物。

我们被死亡环绕。死亡栖身于我们的新闻、小说、电子游戏之中，栖身于我们的超级英雄漫画中，在那里，生死可以全凭兴致，每月一次，不断反转。死亡栖身于充斥网络的真实犯罪播客的细枝末节之中。死亡栖身在我们的童谣里，我们的博物馆里，我们描绘美丽妇女被谋杀的电影里。但画面已经过剪辑，记者被砍下的头颅已经被模糊处理，古老歌谣的歌词被"净化"之后，才供年轻一代聆听。我们听闻人们在自己的公寓之中被烧死，飞机消失于大海，男子开着卡车碾压行人，理解这些却很艰难。真实与想象混杂一处，成了背景噪音。死亡无处不在，但它是隐晦的，或是某种虚构。就像视频游戏中一样，尸体会自己消失不见。

但这些尸体一定去了什么地方。当我坐在教堂里，盯着朋友的白色棺材时，我知道有人曾把她拖出水，擦干身体，将她送到这里；有人曾在我们无能为力的地方照怀过她。

全世界平均每小时有六千三百二十四人死去——即每天十五万一千七百七十六人，每年约五千五百四十万人。每六个月就有超过澳大利亚人口数的人从这颗星球上陨落。在西方世界里，大多数死者的身后事会在一通电话里被安排好。有人会推着轮床，前来收殓尸体，并把它运往停尸房。如果需要的话，另外一个人会被分配去清理尸体所在之处，它们在那里静静腐烂，直到邻居开始抱怨。这尸体已经在床垫上烧出一个轮廓，就像死于庞贝城火山爆发。如果没有家属，另一个人将会受雇，前来将逝者的公寓打扫干净，那曾是一个孤独生命所构筑起的全部世界：鞋子，门垫上的订购杂志，到了最后一刻仍从未被翻阅的书籍堆，冰箱里主人去世后仍未过期的食物；要被拿去拍卖的物品；要被拿去丢弃的物品。在殡仪馆，也许会有一位防腐师来让尸体的死相弱一些,让它更像是睡着了。与他们打交道的事物,我们连目睹都无法忍受——或者我们就是这么想的。我们的天塌地陷是他们的日常。

我们大多数人和从事这类必需行业的普通人并无关联。他们被远远避开,就像死亡本身一般隐蔽。我们听说关于谋杀的新闻,但从没听闻过,有人从地毯上刮下血迹,清理墙面上血液喷溅的痕迹。我们从连环车祸旁驶过,但从没听说是谁在高速公路的边沟里,搜寻从汽车残骸中飞出的躯体残片。当有人在门把手上自缢,人们在推特上哀悼时并不会想到那些把事件主人公从门把手上解下来的人。他们是无名者,不被歌颂,不为人知。

死亡,以及以之为业的人,成了我时常思虑的事情,就像一张在岁月里延伸开去的网。他们每日里打交道的事实,是我仅能想象的事物。怪物总是在它的脚步声在通风口响起时最为可怕,但这就是我们所被给予的全部,没有任何坚如真实的根基。我想知道普通人的死亡是什么样子——不是通过照片、电影,也不是通过鸟儿、猫。

哪怕你和我并不相似,你也可能会认识某个像我这样的人:那人领你走过绿藤覆盖的老旧墓园,告诉你这里是一位站得离火太近的女士,穿着她可燃材质的裙子,被大火烧死;那人试图拉你进入医学博物馆,去目睹那些长眠已久的逝者那被漂白的碎片,如果你找到了正确的罐子,还能看到这些逝者的眼睛瞪向外面。你可能会疑惑,为什么这些人会对这种事情如此着迷。不过,就像艾维·辛格①会把厄内斯特·贝克尔②的《死亡否认》强行推荐给安妮·霍尔一样，这种人也在想，为什么你对此毫无兴致。我相信，对死亡的兴趣并不仅仅是病态者的专属：它有一种独一无二的心理吸引力。贝克尔认为，死亡既是世界的终结，也是世界的助力。

当人们想追寻答案时，他们会来到教堂，进入诊室，翻山过海。但我是一名记者：当本职工作便是提出问题时就会开始相信——或者希望——答案在其他人身上。我的计划是去找寻那些每日围绕死亡谋生的人，请求他们为我展示他们的工作，展示他们如何做事——不仅仅去探寻一类产业的机制，更是在他们的工作之中探索我们与死亡的关系如何发挥作用、如何形成他们所投身事业的根基。西方的死亡产业是基于"我们不能，或者不需要在场"这样一种理念。但是，如果我们将这种重担外包出去，是因为它对于我们来说太难以承受，那么他们是如何与之相处的？他们也是人类。根本不必区分我们和他们。只有我们。

我想知道，我们这样做是否在自我欺骗，对一些基本的人性常识视而不见。生活在这种人为的否认状态之中，在纯真与无知的边界地带，我们是否在培养一种现实不予准许的恐惧？如果确切知道将发生什么，如果确切看见将发生什么，能否找到针对

---

① 美国爱情喜剧片《安妮·霍尔》的男主角。该影片由伍迪·艾伦执导，伍迪·艾伦、黛安·基顿等主演，于 1977 年上映。下文安妮·霍尔为该影片的女主角。
② Ernest Becker（1924—1974），美国人类学家，1974 年获普利策奖。

死亡恐惧的解药？我想要非浪漫化的、非诗意性的、非神圣化的死亡景象。对于这即将降临到我们所有人身上的事，我想追寻赤裸、平庸的现实。我不想要委婉的修饰，也不想要好心的人来告诉我，在喝茶和吃蛋糕时再谈论悲伤。我想挖掘根部，再从那里长出我自己的东西。"你怎么能确定，你所害怕的是死亡？"唐·德里罗[①]的《白噪音》里有一句台词，"死亡如此模糊不清。没人知道它是什么，它的感觉是什么，看起来是什么样子。也许你有的只不过是个私人问题，披上了一层宏大的、普世的外衣。"我想把死亡的大小缩减成我可以掌握、可以应对的事物。我想把它缩减成某种人性的东西。

但我和越多的人交谈，就有越多的问题回归于我：你认为你能找到什么，在这个不需要生命的地方？你为什么要以这种方式耗尽自己？

身为一名记者，你可以站在那里进行报道，在所有情况下随意闯入，不受任何影响，成为一个抽离的观察者——这是一种虚假的安全感。我认为我是刀枪不入的，其实不然。我觉得自己错过了一些东西，的确如此，但我太过天真，不知道目睹死亡会伤人多深，我们对死亡的态度对日常生活又有多深刻的影响——当事物分崩离析时，这种态度不仅削弱了我们理解的能力，还阻碍了我们的悲伤。我终于看清了真正的死亡是什么模样，那种"看

[①] Don DeLillo (1936—)，美国作家，曾获得美国国家图书奖、耶路撒冷奖等文学奖项。

到"带来的变革之力几乎难以形容。但我也在那里发现了别的东西,在黑暗之中。就像潜水表和儿时卧室天花板上贴的星星一样:你必须把灯关掉,才能看到光芒。

生之边际

殡葬承办人

"人所目睹的第一具尸体，不该是自己所爱的人。"她说。

我们一行约五十人，聚在伦敦城市大学一间大房间里，为一位入土已久的哲学家的二百七十岁诞辰"守灵"。他的头颅被割下，放置于一个钟形罩内，挨着好几瓶百威啤酒，数十年来首次对外展示。走廊另一端，他的骨架一如既往，仍坐在玻璃盒之中，身着自己的衣服，戴着手套的手臂骨骼栖落在手杖上。他真正的脑袋本应待在骨架顶端，可后来保存计划出了差错，所以现在这个位置上顶着一个蜡制头颅。来来往往的学生对他并无关注，就好像他是件家具一样。

杰里米·边沁① 真正的头颅通常锁在柜子里，除一年一度的

---

① Jeremy Bentham（1748—1832），英国哲学家、法学家、社会改革家。最早支持功利主义和动物权利的人之一。代表作《道德与立法原理导论》等。

腐烂程度检查之外，不对任何人展示。索思伍德·史密斯博士是边沁的遗嘱执行人，也是其尸体的解剖者，他曾试图将边沁的遗体维护到看起来毫无缺损的程度：他把边沁的头颅放置在抽气泵下面，枕着硫酸，想把液体萃取出来。但是，头颅变成了紫色，再也没能复原。医生承认自己失败了，联系了一位蜡刻艺术家，制作出一颗假头，把真正的头颅藏了起来。不过，在这个守灵之夜的三年之前，一位负责照料边沁遗体的腼腆学者为我展示过这颗头颅，以便我写一篇文章。我们凝视着边沁那柔软的金色睫毛和蓝色的玻璃眼珠，他干瘪的遗体令整个房间都充满了牛肉干的气味。那位学者告诉我，边沁还活着时，曾把这对玻璃眼珠藏在口袋里，等聚会时掏出来，供人取乐。现在，边沁死后的一百八十六年，这对眼珠仍在这里，楔在粗韧的眼窝之中，凝视着整整一房间的来客，看我们探讨社会对于死亡的落后态度。

边沁是一位特立独行的哲学家。他的某些思想如果放到今天，足以使他入狱，或者至少会让他丢掉大学教职——不过，在许多方面，他的思想确实非常超前。边沁是动物权利和妇女权利的拥护者，此外，在一个同性恋仍被视为违法的时代，他已经开始支持同性权利；而且，他还属于最早把自己的遗体捐赠作科学之用的群体。他想被自己的朋友公开解剖，而我们此时在场的每一位，都会愿意前去观看。约翰·特罗耶博士是巴斯大学死亡与社会中心主任，我们已经聆听过他的讲述：他在一家殡仪馆长大，成长于另一个死亡不仅不是禁忌，而且无处不在的家庭之中。接着，一位温柔的姑息治疗医生发言，鼓励我们在自己的死亡到来之前谈论死亡，无论多疯狂的愿望都要在去世之前努力实现，就像边沁的做法一样。最后，波普伊·马德尔，一位三十五岁上下的殡葬承办人站起身来，告诉大家：人所目睹的第一具尸体，不该是自己所爱的人。她说希望自己可以带领小学生参观停尸间，教他们直面死亡，在他们不得不与之打照面以前。你需要拥有一种能力，把目睹死亡时的震惊和哀恸带来的震动区别开来。她说。她对大家的聆听表示感谢，坐了下来，桌上的啤酒瓶叮当作响。

在我对死亡的所有思索之中，从未有过这种想法——人可以有意识地把特定的震惊分离出来，以保护自己的心灵。我开始好奇，如果我小时候遇到了她，而她又给我展示了我曾希望目睹的事物，那我现在会成长为什么模样？我一直都想知道，死去的人是什么样子，但我总是觉得要是有机会看到什么人的遗体，那只能是我在现实生活中就认识的人。匿名的尸体并不可以随意接触——我甚至都没见过实打实认识的人的尸体，或者之后数年里死去的人的尸体：很多同学和朋友（癌症、自杀）；四位祖辈（自然原因）。失去所爱之人所带来的心理冲击，和直面死亡的物理现实相伴而至，这种情形可能产生的精神暴力让我觉得当时的自己根本无法抵御。

边沁守灵之夜过去几个星期后，我来到波普伊的殡仪馆一间亮堂的房间，坐在藤椅上。殡仪馆在兰贝思公墓的入口处，是一间砖砌的旧门房。桌子中央摆了一个小碗，装满五颜六色的复活节彩蛋；硕大的维多利亚式窗户上贴满了罂粟花贴纸。外面，雪已经积起来，和石雕耶稣像穿着便鞋的脚部平齐。绿野公墓、西诺伍德公墓、海盖特公墓、阿布尼公园墓地、布朗普顿公墓、南黑德墓园和陶尔哈姆莱茨公墓，这七座著名的公墓环绕在伦敦周围：十九世纪，伦敦不断发展，而坐落于城市中央的教区墓地太过拥挤；兴建大型花园墓地就是为了解决这个问题。兰贝思公墓并没有这么奢华：没有宏大的陵墓，没有气派的通路，也没有如房屋一般宏伟的墓碑，来彰显去世墓主显赫的财富。兰贝思讲求实际，体量小，朴实无华。波普伊也是一样。她是个很好的谈话对象，你可以想象她做治疗师，或是成为优秀母亲的样子。我被她讲过的那番话深深打动，想要聆听更多。演讲时，她显然觉得自己所履行的职责并不仅仅是一份工作。而且，我之前从来没有见过一具死尸，人的死尸——被割掉头颅的哲学家不算的话。我想知道，她是不是那个能让我看见尸体的人。这并不是一个能随便向人开口提出的请求。

"打开冷柜的门，只为了看看里面的人，我们不做这样的事。"她以一种就事论事的口吻说道，"我希望我们对这种'幕后之事'谨慎一些——这里不是博物馆。不过，要是你还有几小时空闲时间，可以回到这里，来帮着逝者为葬礼做好准备。那样的话，你就不只是随便看看死者，而是真正与他们的身体产生了联系。"我望着她，眨了眨眼。我没想到她会真的同意，更别说邀请我参与某人的葬礼准备。我来到这儿当然是因为她在演讲中说过,这是她希望能与人分享的经历;但即使如此,总有一些门已经封闭太久,我根本无从想象它们真的会向我敞开。"用不着客气。"她坚持说,填补上我震惊的沉默。

和美国不同的是,英国的殡葬承办人处理死者事务时并不需要执照。在波普伊的殡仪馆,全部员工都来自殡葬行业之外的领域:波普伊自己曾经在苏富比拍卖行①工作,直到她觉得职业生涯的无意义之感压垮了她。从我们坐着的地方起,穿越墓地走一小段路,就到了阿龙掌管的停尸房,他以前在附近的格雷伊猎犬赛狗场工作。送葬车司机斯图尔特是一名消防员,在这里兼职,他说,这种感觉就像回到了那些他没能救下的人身边。波普伊说,如果我也想在这里工作,那也可以过来,和他们一样接受训练。

"你在做一名殡葬承办人之前见过尸体吗?"我问。

"没有,"她说,"是不是很疯狂?"

繁忙的艺术拍卖行与运营一家殡仪馆,我试着想弄清其中的联系,但完全猜测不出什么。"我见过有些人,他们做这一行的理由明确得多,"她笑着说,"对我,就完全不是这么回事。"她说,这条道路很曲折,但她的动机清晰无误,即使一开始并没完全了然。

波普伊对艺术的热爱引导她进入了拍卖行的世界,先是佳士得拍卖行,然后是苏富比拍卖行。而乐趣让她留在了那里:肾上

---

① 以拍卖艺术品及文物而著称的拍卖行。创始于英国伦敦,总部位于纽约曼哈顿约克大道。

腺素，社交活动，不可预测的目的地。"有个人来电话，他觉得自己手里有一尊巴巴拉·赫普沃思①的雕塑，在得克萨斯州乡下。第二天我就在飞机上了。"她举了一个她觉得甚至算不上极端的例子。"我二十五岁，有一箩筐的职责，那真是非常、非常、非常有趣。但很快，我就产生了一种意义感的缺失。"她的父母是社会工作者和教师，向她灌输了"帮助需要帮助的人"的责任感；而她在苏富比的工作虽然很刺激，但并没能满足她自身的需要。"从生计的角度来看，靠卖画我也活不下去。"她说。

  闲暇时间里，她加入了"撒马利亚人"②，在这家慈善机构做接听电话的志愿工作，为那些感觉失落或想要自杀的人提供情感援助。但她的工作越发忙碌，总是因出差而离家很远，她会错过志愿工作班次，或者只能找人顶班。"这让我很难过。在约两年的时间里，我都得不到答案，深陷某种青年危机③。"她知道，自己想在生存的第一线——生育、爱或死亡，哪个都行——与普通人并肩作战，做一些真正重要的事；但她想不清楚怎么做，或者做什么，直到生活开始为她做出决定。

  我们爱的每一个人都会在某天死去。这是一个事实，但我们通常对此毫无概念，直到某些糟糕的事情发生。波普伊自己也没

---

① Barbara Hepworth（1903—1975），英国现代主义艺术家、雕塑家。
② 在英国和爱尔兰等地域运营的慈善机构，专注于培训接听求助电话的志愿者服务。
③ 一种广泛的存在主义危机，涉及对生活方向的焦虑，通常发生在人二十到三十多岁时期。

有思考过这些，直到她的父母在短时间内相继诊断出癌症。"我的家庭对所有事情都极为开放，"她说，"我五岁的时候，我妈妈就拿避孕套往香蕉上戴，那时候的我根本不懂。她不过是喜欢打破禁忌。但我们并没有真正聊过死亡。我们从没有过那种谈话，或者，没有以一种能够让我理解的方式。我爸爸生病的时候，我二十七岁，而这是我第一次真切意识到，他也会有死去的那一天。"

这种顿悟正好在她陷入工作危机这一旋涡之时降临。那些在漫长时间里无人提及的话题，现在终于被谈起。当情况终于明晰，父母两人的生命都得以延续，她攒了一些钱，退出了艺术的世界，去加纳休息了一段时间。她在那里染上了伤寒，自己也差点丧命。

"上帝啊。"我说。

"是吧！总之，我病了八个月，这给了我一段很长的休息时间，也给了我思考的契机。如果我没得伤寒，我本来会选一份更安定的工作。而这，"她说，指着我们身处的殡仪馆，"绝对是我清单上最疯狂的事情。"

波普伊把殡葬承办人列进自己的清单，不仅仅是因为这份工作与人生大事息息相关，而波普伊想成为其中一员；其实更是因为她母亲曾明确说过，在自己的葬礼上想要和不想要的事物都有哪些。在父母生病后，波普伊开始了解殡葬业提供的各种方案，她看到，这个行业有多么落伍，为个性化留出的空间又有多么狭窄。漆黑锃亮的灵车，高礼帽，生硬的送葬仪式，对她的家庭来说并不合适。现在，她想尽一份力，帮助改变与死亡相关的世界，但就连她自己也不知道，这确切来说意味着什么。在病程的尾期，波普伊的疲惫感慢慢消退，可以离开家之后就开始了自己的培训，跟随从业的殡葬承办人学习。直到此时，她才明白自己一直忽略的是什么。她站在一间停尸房内，第一次目睹了死亡的完整模样：毫无威慑力，平淡无奇。那一瞬间，她感受到了愤怒。她一直被迫面对死亡的概念——在她的家庭身上，在她自己身上——却从来都不知道死亡是什么样子。

"如果在那之前，我就见过死去的人，我会更能理解死亡。"她说。波普伊育有两个孩子，孩子尚年幼，她把这种恐惧的强度和怀孕相提并论："如果我已怀孕九个月，随时可能生产，但从来没见到过任何一岁以下的婴儿，那对我来说绝对会更可怕。我将要生下一个我此前从未见过，也无从想象的东西。"

我问她那些我们确实会想象的尸体的样子：不仅是全身泛白，像睡着一样的遗体，还有脑海中常会浮现出的腐烂、发胀的死尸。他们确实存在。是否应该限制人们目睹遗体，以求保护家属？"建议人们不要去看逝者的遗体，这个想法的出发点是好的，是出于关心。但是我觉得，假定别人无力承受某种情形，这种看法非常专制，也非常傲慢。"她说，"不是每个人都有去看看死者的需求，但对一些人来说，这是一种原始的需要。"

几年以前，有个男人带着一个问题来找波普伊。他的兄弟溺亡了，并在水里泡了很久，久到他找过的每一家殡仪馆都说，这种状态的遗体根本无法示人。"他问我们的第一件事就是,你们会阻止我去看我的兄弟吗?"这是一场测试。他其实是在问,你们是否站在我这一边?告诉别人能做什么,不能做什么——这并不是我们的职责。我们做这一行,不是为了把某种蜕变经历强加在不想要的人身上。我们的责任是帮他们做好准备,平和地提供必要的信息,以便他们完全自主地做出决定。你并不了解他们,不会知道什么才是正确的决定。"那个男人因此见到了兄弟的最后一面。

她告诉我,等我再次过来,停尸房会变得十分悦目,因为这就是停尸房该有的样子:她把死者安置在美丽的地方,这点十分重要,因为她想让生者也踏足于此。"很多前来参观我们停尸房的人都会说:'你为什么要把停尸房建在这儿啊?这儿明明是最欢欣鼓舞的地方。'我觉得,这就是我的本意。"

我再次到访。积雪早已融化。

⁂

我料想之中的停尸房并不是这个味道。我想象中的这个房间没有窗户,油毡地板咯吱作响,漂白剂和腐化发出恶臭。我预想的是白光灯嗡鸣闪烁、令人难受,而不是一个沐浴在春天温暖阳光之中的地方;这里的一切闪耀夺目,无论是钢制品,还是木制品。我穿着一次性塑料防护服,站在门边,乳胶手套里的双手不停出汗。罗莎娜和阿龙也和我一样穿了皱巴巴的塑料服，还穿了相称的绿色摇粒绒衣服。他们正在做准备：罗莎娜把一辆轮床推出角落，阿龙则在一本黑色横格本上做着笔记，字迹干净工整。水槽边放了一个购物袋，里面是叠好的衣服，等待为逝者最后一次穿上。这儿有一整套存放锃亮木棺的货架，我尴尬地倚在上面，尽量少碍事。它闻起来有松树的味道。

今天殡仪馆有十三具遗体，名字由不同的人写在小白板上，贴在停尸房冷柜厚重的大门上面。挂在横梁上的灯投下柔和的光，不过，外面的光线本身就很明亮，他们开灯也许只是出于习惯。所有东西，要么是金属制品，要么是木制品。水槽边的橱柜门虚掩着，里面有一瓶香奈儿5号香水，旁边是一个竹制头枕。新制成的棺材排成一列列，竖直放着，迎着阳光，边角处用保鲜膜捆绑保护，以防撞击。还有两个柳条箱子，被用作书挡。高高的架子上，放了一个婴儿用摩西篮子[①]——蓝格子印花，小小的，正在等待。这种篮子有时被用作野餐篮，但这个不是。

这里并不一直是停尸房。衬铅拱形窗户下面，白色冷柜排成一堵墙，发出持续的低声嗡鸣。以前，这儿可能是祭坛摆放的位置：这幢建筑此前是主要用于葬礼的小教堂，直到被废弃，失修三十年之久。不过，它依然矗立在伦敦南部这座公墓中央。波普伊成了一名新晋独立殡葬承办人，她需要一个地方来安置她的

---

① 一种体积小巧的婴儿用篮子，可以放在床边，方便整夜照顾婴儿。

死者。所以，她把这幢建筑从缓慢衰亡之中拯救了出来。多年以前，死者会在这幢建筑里度过他们的葬礼前夜。波普伊恢复了它原本的用途。

今天她并不在这儿，而是把我留给了两位值得信赖的员工。波普伊已经有过与逝者相遇的经历，现在，她让我来创造自己的体验。不过，当我环视房间时，她的影响无处不在：一切都真挚、朴素而友善。角落里，我看到一方厨房水槽和一条长凳，都是在这里给遗体做准备时需要的。我想起上一次，外面正下着雪，她告诉我这里不提供尸体防腐。"我们想要提供的是对公众有用的东西，但当我们刚起步时，我并不能肯定地说尸体防腐是为了死者的家人。"她说，"我认为，这项工序存在，是因为殡葬承办人工作的流程。"她解释说，并不是每一家主街上的殡仪馆都能拥有自己的冷柜墙，也不是每个人都能像她一样，拥有充足的空间，所以，遗体被存放于一间中央仓库，依据要求在各地送进送出。如果有家属希望能看看遗体，那么这具遗体就很有可能需要进行运输，因此就会脱离冰冻环境一段时间，也许十小时，也许二十四小时。防腐能够保存遗体，让它在室温下不至于腐烂，保存更长时间，殡仪馆协调运送遗体时也会容易一些，能有更多时间周转。在波普伊的殡仪馆，如果家属明确要求将遗体进行防腐处理，她就会安排，让防腐工序在其他地方进行。不过，在经营自己事业的六年里，她还是没能被说服，相信防腐真如某些人所声称的那样重要。一如既往，她仍等待着有人来改变自己的想法。

在这些冷柜之内，一切都已经准备妥当。所有医疗干预已经完成，尸检切口已经缝合，所有证物已经尽数收集，并称重完毕。在这里，他们不再是患者、受害者，或是与自己身体战斗的斗士，而是再次成为人。在这里的他们已经完成了任务，只须等待清洗、化装，然后被埋葬或者焚烧。

我记得，电影制作人大卫·林奇在一次访谈中曾经提到，他还是费城年轻的艺术学生时，造访过一处停尸房：他在一家小饭店遇到了一个守夜人，他问守夜人，自己能否进去看一看。他坐在停尸房地上，大门在身后关闭，而正是尸体中所蕴含的故事让他思绪万千：这些人是谁，做过什么，因为什么到了这里。正像林奇的感觉一样：死亡这件事的刻度既宏大又渺小，像海浪一样席卷了我——所有这些人，所有这些由各种经历堆砌起来的个体宝库，所有的他们都在此终结。

冷柜的门闷响一声打开，嵌在轮车里的托盘托出一具尸体，液压泵发出洪亮的金属咝咝声，把尸体抬升到齐腰的高度。冷柜的嗡鸣声更加响亮，机器呼啸着飞速运转，来纠正升高的温度。阿龙将尸体推到房间中央，然后看着我；而我背靠着棺材，不安地摆弄着防护服。从我站着的地方，只能看见一个头颅的弧顶，剃得干干净净，枕在白色枕头上。他叫亚当。

"我们得脱下他的 T 恤。他家人想留着。"阿龙说，"你能过来拉着他的手吗？"

我上前一步，握起这个男人冰冷的双手，把他长长的、瘦削的胳膊拉举到身体上方，让T恤从他骨瘦如柴的肩头小心地褪下。我将他的手握定，紧盯着他的脸：他深深凹陷的眼睛半闭着，紧贴着眼角，像是壳中的牡蛎。后来，阿龙告诉我，在逝者到来的时候，他们就会尽力把遗体的眼睛合上——搁置的时间越久，眼睑就越干涸，就越难以移动或者操作。这双眼珠并不像弹子球一样圆润，它们干瘪下去，好像曾经存在于此的生命已经流逝殆尽。你凝视死者的眼睛，会发现里面空无一物，连一丝熟悉的形状都不复存在。

在冷柜里时，亚当手里攥着一束水仙花，和一幅镶框的家庭照片：这就是他死在自己的床榻上之后，从家中被运送到此地时的姿势。但是，在我没注意的时候，这两样物品都被从他的胸前收走，放到旁边，以免碍事。后来我想，这是我唯一能够看见这个男人生前样子的机会，但我当时如此专注于亚当，专注于当时的他，所以错过了那一刻。我希望我当时看见了，但这不怪我自己：这是我亲眼见过的第一个死者，而我正在这里，握着他的双手。

我曾想看看死亡是什么模样，而亚当看上去就是死去的样子：未经防腐处理，自然死亡的样子。他已经在冷柜里待了两个半星期，就腐烂状况而言，他的遗体处在最佳状态——他去世之后，在最短的时间之内便进入了冷冻，但是，死亡还是在他身上凸显出来：他的嘴半张开来，眼睛也是一样。我无法判断它们在现实中曾是什么颜色，也无法判断，他现在身体的颜色，是否与他一个月前的样子有任何相似之处。因为黄疸，他呈现出一种病态的黄色，但这并不是他身上最晃眼的色调：当 T 恤从他的头顶滑脱时，我可以看到，他身上每一根本就凸出的肋骨都更加突兀，呈一种明黄色泽，与他腹部的青绿、每根凸起骨骼空隙中的深绿对比鲜明。胃部通常是最先显示腐烂迹象的地方，这种器官里生来就充满了细菌。但我从来不知道，死亡在情感上是如此黑暗，而在此刻可以如此明亮：微生物生命接管了人体生命，这一景象几乎耀人眼目。他的背部因为血液淤积而呈紫色；心脏不再向身体四周泵送血液，血流在停滞的地方凝固，颜色变深。他有些地方的皮肤是皱巴巴的；要是活生生的人摆出和他一样的动作，就得扭动着换个姿势，才能让身体处于舒适的状态；而他始终保持着这个姿势，没有生命和运动来保持皮肤的柔韧，褶皱依然是褶皱，凹陷依然是凹陷。他的大腿上部是黄白色，而膝盖后则是紫红色。他并不老。也许四十多岁。家属想拿回他身上的 T 恤。一件蓝色 T 恤。

我没法断定，他的肋骨是否在生前就如现在一般凸出，还是说，自他死后，整具身体凹陷下去，就像那张骨瘦如柴的脸。他细长双腿上的肌肉表明，他曾是一个匀称的人，可能是位跑者。若你在此地的职责只是为死者更衣，那你并不需要知道，也几乎没机会探明他的死因；但是，他胳膊上芬太尼止痛贴留下的印迹，之前被摘下的贴片在他皮肤上残留的黏腻轮廓，这些迹象都表明，他曾长时间处于患病的状态。罗莎娜轻柔地拂拭着此前贴片所在的地方,想把胶粘剂清理干净。"在不破坏皮肤的前提下,我们会尽可能地清除,"她说,"我们取下石膏的时候,如果死者的皮肤开始剥落,我们就留着石膏。"她告诉我,他们会尽可能地消除一切医院和医疗干预的痕迹。谁也不需要在踏入坟墓之际,还穿着压力袜①,带着静脉留置针。

有人把购物袋从洗手池里拿出,把里面的东西全部倒在长凳上。运动鞋,成捆的袜子,灰色的四角短裤,裆部有一处破洞。他所有的衣物都陈旧而随意,是家属在他的衣柜里拣拾出来的。所有的衣服都穿旧了,除了运动鞋:这双鞋看起来最多才穿了一个星期。我用戴手套的手把鞋子翻过来,思考他是什么时候买的:他是不是感觉身体状况好转,以至于有自信能够享用一双新鞋?那个老人不买青香蕉的笑话怎么讲的?②

阿龙褪下亚当的内裤,用被单细致地盖住他的腹股沟,尽量把遗体遮好,以示尊重。"我们褪下内裤后,会检查他是否干净。如果不是的话,我们就给他做清洁。"我们把他的身体翻转到侧躺,阿龙检查了相关状况,我们又把他翻了回来。罗莎娜拿起一条干净内裤的一侧,我拿起另一侧,我们两人沿着他那发黄的双腿,一寸一寸地把内裤移上去。他的皮肤如此冰冷,我发出这样的感慨,随即觉得自己很愚蠢。"一段时间之后,你就对他们的

---

① 又称弹性袜,是一种有助于舒缓腿部静脉曲张的袜子,因此成为一种物理治疗用品。
② 青香蕉需要几天时间才能放熟,因此"在我这个年纪,甚至都不会买青香蕉"这句话,后来演变为一种对老年人时日无多的调侃。

冰冷习惯了。"阿龙安慰说,"然后你去别人家里,去收殓那些刚刚死去的遗体,他们还是温热的。这感觉……挺奇怪的。"他瞥来一个眼神,就好像温暖也会令人不安,在那种情境下,他需要依赖体温的下降,来在精神上区分生者与死者,这时,温暖就好像是一种不受欢迎的生的讯号。而在这里,冷柜的温度降至 4 摄氏度。

我们再一次把亚当的身体侧翻,把四角短裤挪上去,又把他朝相反方向翻转,做同样的动作。不用说,给死者穿衣基本上就是在给一个无法配合的人穿上衣服。"他们并没有给他的葬礼买什么华丽的新衣服,我喜欢这一点。"我说。"这些估计是他的最爱。"罗莎娜说。从一只购物袋里的零碎细节,拼凑出一个人的人格。这很难抗拒。

阿龙要我用手托起亚当的头,以便为他套上干净的 T 恤。我俯身在轮床上,托着他的两边脸颊,就好像我要亲吻他一样,心想,除非明天有人把他拖出棺材,我就是世上最后一个这么托着他的女人。我们是怎么走到这一步的?

"把你的手顺着裤管伸进去,握住他的脚。"阿龙做出下一步指令。浅蓝色的牛仔裤裹在我的手腕上,而我抓住了他的脚趾。当我们移动他的身体,将他翻滚到一侧、之后是另一侧,提上牛仔裤时,一股残存的气息伴着叹息,从亚当的肺里逸出。一股淡淡的鸡肉味道,生的,依旧冰冷。

这是我今天遇到的第一股死亡的气息,我立刻辨认出了它。

丹尼斯·约翰逊①在一篇名为《坟墓上的胜利》的短篇小说中写过这种味道。他写道，腐化过程会产生一系列化合物，乙硫醇是最先出现的一种。这种化合物现在通常被加入燃气，以便通过气味来识别泄漏。这种惯例始于二十世纪三十年代，当时在加利福尼亚州，工人们发现秃鹫会围着管道泄漏处的热气流打转。他们对自己的产品进行测试，想看看是什么吸引了这些通常嗜好腐烂气息的鸟儿，结果发现了乙硫醇的微量痕迹。燃气公司决定放大这种效应，有意加大这种偶然被发现的物质的剂量，以便让人类也能嗅闻到这种气味。这是个完美的丹尼斯·约翰逊式事实。这位作家的短篇小说看上去阴冷而虚无，但结尾有一线奇异的希望。他在死亡的气息中发现了生机，在常被视作毁灭征兆的鸟儿身上投射了希冀；死亡和腐化，这本是我们根深蒂固的恐惧之源，但他在其中发现了重新利用的可能，来悄然拯救生命。我把亚当的皮带穿过搭扣，扣进一个最近才凿出的皮带孔里。

我们把棺材放在他身旁另一架轮床上，摆好姿势，准备把他转移过去。每个人都抓住他身下的防水布单——这是使用未密封的柳条棺材时的法律要求——然后把他抬了进去。他的头从枕上翘起，好像在探寻什么，棺材的长度刚好。他只会这样待上一晚。第二天，他就会被火化。一个人即将不复存在。

阿龙把照片和黄水仙放回亚当的胸膛之上。那朵黄花已经丧

---

①Denis Johnson（1949—2017），美国小说家。美国国家图书奖得主，美国艺术文学院院士。

失了春日的活泼气息，瑟缩着贴紧衣物的布料。这是件纯白色的干净T恤。我们把他修长的手指平放在花茎上。更衣、入棺结束后，我们把他推回到冷柜里，放在一个已调整好的、适应柜子高度的架子上。在他身边，黑暗之中，还有更多的头颅安息着，枕边是念珠、鲜花和相框。一顶用单钩针编织的罗斯塔帽①。我们只有一个结局，一场仪式，无论什么形式。而就亚当的结局和仪式而言，我是其中的一部分。阿龙把他的名字写在门上，我默然站着，喉咙发紧。我从未在世界上的其他任何地方感觉如此有幸，如此荣光。

艺术家、艾滋病活动人士戴维·沃纳洛维兹在他的回忆录《刀锋近处》中写道，他有越来越多的朋友死于艾滋病，而政府并没有采取任何措施，这种体验让他强烈地感受到自己活着。他写道，他看见了"生之边际"。"死亡和濒临死亡的边缘环绕着一切，就像一圈温暖的光晕，有时候暗淡，有时候明亮。我看着自己直面死亡。"他觉得自己就像一个跑者，突然发现自己置身于孤寂的树林和光影之中，朋友的踪迹和声音都已在身后，远去。

从停尸房回家的地铁上，我能察觉到自己的呼吸，意识到那

---

① 一种高耸的圆形钩针编织帽，使用者常把所有头发都塞在里面。

些正躺在冷柜里的人已无法呼吸这一事实。我察觉到生命的运转机制是一种现实：不知怎的，这具肉身机器开始运转，然后，停止运转。我看着地铁车厢里的人，看到了死亡。我好奇，他们死去时是否还会穿着现在的衣物，好奇当他们死去时，谁会照料后事。我好奇，有多少人像此刻的我一样，能清晰地听见钟摆的声音。

我走进了健身房，但这次的感觉不一样。通常我来这里是为了平息心绪；而今天，这里无可救药般喧闹。如果你曾和亡者相伴，生命的声音便会喧囔得令人难以置信。一节单车课上，我听见人们吸气，吐气，叫喊。那是生存的声音，是那种无常的、不可思议的活着的状态。一切都比平时更为生动，每种感知都更为激烈。这些声带正为人所用，这些心脏正在搏动，这些肺部正在膨起——单调，但至关重要。我感觉到陌生人身体散发出的暖意，给窗户蒙上一层雾气。我感觉到我的血液在血管里奔腾。"没人会死在单车课上！"教练喊道，"逼自己到极限！"我在想，有那么一天，所有这些躯体都会抵达极限，一切将归于寂静，除了停尸房冷柜的嗡鸣。

我仰躺在桑拿房的热气之中，每一条长凳都不比盛放亚当的托盘大多少。我让一条胳膊瘫软下来。我用手把它拉起，想象着有谁正从我的遗体上剥下T恤。但是，无论我多么努力尝试，都没办法把自己的胳膊放松到死者的程度。那感觉就是不一样。一个冒着汗、活生生的女人躺在我旁边，告诉我她已经开始往脚上注射肉毒杆菌。打在你脚上,能麻痹痛感,你就能穿高跟鞋一整天,她说。什么时候起,我们忘记了疼痛是一种警告,是我们身体求助时无声的尖叫,说有地方不对劲,需要我们关注?对于可能对我有损害的事物,我找到了一种绝佳的解决方法——直接关掉通知。我又垂下了胳膊。今天是我第一次经历没有任何粉饰、没有任何遮蔽的死亡,我没有关掉任何通知。一切都在那里。那种感觉非常真实,意义深厚,就好像如果我把其中任何一部分调成静音,就会错失一些无比重要的东西。我想起亚当拿着他那朵褪色的水仙花,它的鳞茎如果为人所食用,就会麻痹神经系统,使心脏停跳。

馈 赠

解剖服务部主管

实验室外，一个冰冷的房间里，一具小小的尸体躺在金属桌台上，她的头发刚剃干净，头上盖着一条毛巾。"我只知道一种发型。"特里·雷尼尔说。他灰白色的头发整齐利落，像"猫王"埃尔维斯一样向后梳着，留着相称的鬓角，还有一撮我会同时打上"卡车司机"和"色情"标签的小胡子。"没人在意发型。而且，我最大的恐惧之一就是捐献者被人认出来。剃光头发，他们被认出来的可能性就会减小。"和着冰冷金属的回音，我能听见某个地方有收音机的声音。特里伸手到某个仪器后面，按下了开关，给"电光交响乐团"[①]的《甜言蜜语的女人》按下终止。

在殡仪馆给那位死者更衣之后，一连好几个星期，我一直在

[①] Electric Light Orchestra，1970 年成立的英国摇滚乐团。

想，死亡真是一种巨大的浪费。一具身体花费数年的时间成长，修复自身，不断积累关于病毒、疾病和免疫的知识，最终仅仅被埋葬，或被火焚烧。要对你的身体做什么，这应该自始至终都是你自己的选择，但我曾透过冷柜门，瞥见他们置身于此，脑袋安放在枕头上，等候着消失——这种景象让我觉得，我们能做的似乎还有更多。我并不认为我们应该完全以实用的态度看待生死的意义和价值；但这种想法确实是有道理的，而且，即使是在3D打印和虚拟仿真技术已出现的时代，它也确实仍然为人所需。我想看看捐献给科学研究的遗体会经历什么——那些没有直接进入坟墓或者焚烧炉的身体，那些在明尼苏达州的梅奥诊所等地拥有了第二次生命的身体。而且我想知道，照料这些遗体的人要面对海量匿名的死者面孔，这是否会改变他们的工作性质。知道一位死者的姓名会让你改变对待他们的方式，或者产生不一样的意义吗？一具医学遗体身边，可不会有用购物袋装好的人生碎片。这位新来者身边没有购物袋。

她被连接在一台防腐机上，一条黑色的橡胶管朝向她的大腿上侧，消失在另一条毛巾下面，往她的血管系统中泵送一种由酒精、甘油（一种保湿物）、苯酚（一种消毒剂）和福尔马林（一种防腐剂）混合的液体。这些液体会让她的体重增加百分之三十。参加葬礼的尸体存放时间很少超过几周，而这具尸体可不一样：她要在约一年里都处于可用的状态，所以这里的工作人员会做极端处理。她将会肿胀起来，然后在数月的脱水过程中渐渐萎缩下去。她的头颅之下放着一只陶瓷碗，装满了因输入防腐液体而被从血管里挤出来的血液。那血是深红色的，几乎呈黑色，有些凝结成了血块。我闻不到血液的味道，也闻不到那女人的气味：房间里全是钢铁和福尔马林的味道，和高中生物实验室里的化学品的气味一样——如果你打开装着蟾蜍的罐子，那种气味就会将你吞噬。她的脸和身体被覆盖着，但从长着肝斑的手臂上能看见冬天苍白的皮肤。她在那个早上刚刚过世，还没有发黄、发灰或者发绿。在世时，她只摘除了胆囊。整具身体都是可以使用的良好状态。

我绕到桌子的另一侧，蹲到一把骨锯。她的一只手从覆盖身体的布料之下伸出，指甲涂成鲜艳的橘黄，无名指的指甲是一片亮闪闪的金色。特里以前会清理指甲油，但是听过一个学生讲她接手的尸体的指甲后，他不再这么做了。那个学生说，涂了颜色的指甲为这一团死气沉沉的肉体增添了人性。它在对她说：这是一个人，曾经活着，死去，然后给了你这份供你学习的馈赠。特里再也没有拿起过洗甲水的瓶子。"我这儿曾经接手过一些遗体，上面的指甲油是他们的孙辈给涂的。这些我都保留了，没有动。"

尸体经过防腐处理之后，特里会让它静置两至三个月时间，让化学物质将组织凝固，之后再分配到教学课程使用。冷冻和静置有助于杀死任何有害的细菌，还有额外的安全防范措施：如果存在传染病风险，如艾滋病、肝炎或禽流感，则会对捐献予以拒绝。这位有金色和橘黄指甲的女士在一段时间内还不会跟她的学生们见面。到时候,根据需要,她的躯体会被部分解冻。如果要用在一门研究颈部呼吸道的课程,他们会把她的脖子和头颅单独解冻,余下的躯干用干冰覆盖。解冻四肢和头颅需要一天;躯干则取决于体形大小,大多需要三天。"我们尽可能地保持尸体的原始状态,但要解冻到能够使用的水平。明尼苏达州已经够冷了。"他笑道,"我们不想让组织也冻结。"

特里打开右边那扇巨大的银色大门,门后是一个温度很低的房间,里面放着多组架子,高四层。最上面的架子上放着一个黑色塑料箱,这是躯体的运送装置,只不过现在是空置状态。有一个装满了鸡汤色液体的袋子,里面悬浮着被切割的奇异肿瘤的一缕细丝:这个肿瘤曾经爬上一条神经通路的分支。我的脚旁边有一个桶,桶里装着一对鲜红的肺。这个房间能放置二十八具尸体,但只有十九具躺在这里,被放置于银制托盘上,包裹得像木乃伊一般,身上裹着的白色毛巾曾经湿润,现在已经冻得发硬。这些织物浸泡在水和湿润剂中,以便给皮肤保湿——在实验室里的空气流通与防腐液里的大量化学物质共同作用下,不出一个星期,这里的尸体就会脱水到皮革一般干硬。

这些尸体被密封在塑料袋里,拴着身份号码牌,牌子的形状像是五十便士的硬币,和他们脖颈上拴着的牌子相配。有些尸体躺在一英寸深的琥珀色液体里,防腐液从他们的毛孔和注射处流了出来。尸体在液体中停留的时间越长,渗漏就越严重。防腐液中大部分是水,而人的身体并不防水。我问特里,这是不是一项脏乱的工作,他脸上的神情在说,你想都想不到。他指着地板上的排水管,说铺地板时不留任何接缝是有原因的。

"你晚上回家时,全身都是这种味道。"

那天上午早些时候,我来到斯塔比勒大楼九层,前台办公室里一片奔忙景象。接待员唐告诉我,柜台上碗里的拉菲太妃糖想拿多少都行,然后她便回去接电话,打字记录,话筒夹在肩膀和脸颊之间。穿蓝色刷手服[①]的尚恩盯着电脑,背朝向我,而特里不见踪影。我往自己的兜里装满了粉色、绿色和黄色的糖果,环视这间办公室——一摞摞纸,收件箱,寄件箱,电脑,一盆植物。我已经没什么可以观察了,正要阅读糖果包装纸上的笑话时,特里出现了。他穿着和尚恩一样的蓝色刷手服。这是上午九点,而他已经在这里两个半小时了。他递给尚恩一叠纸,说我来的这天早上非常忙碌:他们要处理两位捐赠者死亡的事情,载着其中一位的车刚进停车场。尚恩离开了座位,去处理这件事。他身形高瘦,眼神坚定,挂着令人宽慰的笑容,这种笑意把他的脸分成两半。如果你把遗体捐献给梅奥诊所的解剖学院,这些人就会来料理你的尸体。

[①] 又叫手术服,通常为 V 字领短袖上衣和长裤。

除了这家诊所之外,明尼苏达州的罗切斯特并没有太多其他的东西。一八八三年,这座城市建立三十年后,一场龙卷风摧毁了这个地方,造成三十七人死亡,二百人受伤。当时,附近地区没有医院,只有威廉·梅奥医生开设的一间小诊室——风暴开始前不久,他的两个儿子正在一家屠宰场里,用一只羊的头部练习眼科手术。儿子们协助他,在伤者的家里、办公地点、宾馆,甚至一家舞厅里为他们治疗,后来,他们请求方济各会的阿尔弗雷德修女把她闲置的修道院改造成一家临时医院。修女提出一个想法:筹措款项,在一片玉米地里建立一家永久性的医院。她说,她有来自上帝的预感,这所医院会因高明的医术而举世闻名。

从地图上看,这座城市就像是围绕着医院建起来的,一切都依赖于这座闪耀的标志性建筑。以酒店为中心向外,吸引力递减;偏远的汽车旅馆前部扯起横幅,承诺提供去医院的免费班车,但绝对不提供免费电视。其他宾馆点缀在高耸的医院大楼之间。为了连接医生和病人,大楼中修有适合轮椅通行的隧道,地毯的色彩非常艳丽,你要是嗑晕了,要么想避开,要么肯定对它的花纹痴迷不已。这个中西部城市的冬日一片雪白,所有人都无须踏足户外,除非有人要出城,或者吃腻了众多餐馆。隧道延伸数英里之长,一路两旁都有灯火通明的礼物商店,出售带"早日康复"字样的气球,还有抱着红色爱心的毛绒小熊。古董店家把装饰性的步枪挂在橱窗里,旁边是画着水果碗和英国猎犬的油画,试图利用人们对分神的渴望——他们所挂念的,哪怕不是迫在眉睫的死亡，至少也是某些医学上极为棘手的问题，所以他们才不得不来全世界最有声望、最具实验性质的医疗圣地之一，想要治愈自己的疾病。前总统罗纳德·里根在这里接受脑部手术，喜剧演员理查德·普赖尔在这里治疗多发性硬化症，之后，他曾在"喜剧商店"①的一次表演上说："当必须得去他妈的北极，才能找出你有什么毛病时，你就知道这事糟糕了。"酒店大堂里堆积如山的宣传页上写着，梅奥是一个"绝望之地的希望之所"。我从没在自助早餐时见过情绪如此低落的住客。

特里在这座城市做了数年的殡葬承办人，之后开始在梅奥工作。对殡葬承办人而言，这里并不是他们习惯的环境：从世界各地而来的人在此接受治疗，而治疗并不总是卓有成效；如果他们去世，遗体就需要被送回家乡。波普伊负责策划仪式，与死者家人建立联系，而特里不一样。他更多是为遗体转送做准备，把他们送往其他地方。这是很繁重的体力工作，夜间召唤尤其令他疲惫不堪——死亡可不会考虑生者的工作时段——所以，二十一年前，当诊所有了一个空缺的职位时，他欣喜地跳槽了。

现在特里是解剖服务部的主管，掌管着最先进的解剖学实验室：他会在人活着时为他登记信息，在死后接收、保存遗体，并将遗体装入冷柜。在其他大部分教学机构里，尸体会被送至校园各处不同的实验室，有些尸体会在黎明时分的黑暗中，躺在金属

---

① 美国喜剧俱乐部，创立于 1972 年 4 月。

轮床上，被人推着穿过马路；但在这里，当学生和医生们需要使用尸体时，他们要自己来到尸体存放处。他们来找特里。

我通过特里的前同事迪恩·费希尔联系到了他。前一年我曾为《连线》杂志的一篇文章采访过费希尔，文章讲的是一种更为环保的新型方法，用过热水和碱液代替火来火化尸体。这个过程被称为"碱性水解"，当时只在美国约十二个州内商业合法。费希尔在加州大学洛杉矶分校从事和特里一样的工作，那里的机器可以用来处理医学遗体（非商用目的）。我问费希尔，能否为我展示遗体捐赠部门的工作，他帮我联系上了特里——特里是他的大学同学，相伴钓鱼的伙计，他的"异母兄弟"。费希尔说他们曾经共同在梅奥诊所工作多年，那里有更多东西值得一看。费希尔给了特里这份工作，让后者得以从夜班之中脱身。

特里带我进入一间空教室，里面有一具用金属丝撑起的古老骨架：它曾属于（拥有，而非在他体内）著名内分泌学家、梅奥的联合创始人亨利·普卢默博士，现在悬挂在白板旁边的钩子上。"我们接到很多打错了的电话，来自那些想要捐献器官，或者捐赠钱款的人。"他说着，将几把椅子拽到书桌前，"但是我们想要的是你的全部！我们想要比你的钱更有价值的东西。"

他坐下，把一封信和一纸合同推到我面前。那是他给所有潜在的捐献者提供的文件——可能是这里的病人，或者接受治疗的病人的家属，或者生前跟这家诊所毫无关系的人。他自己已经提前签好了名。"我本人希望将我的遗体或部分遗体用于促进医学教学与研究的发展。"信如此开头。背面则是这份捐赠可能遭到拒绝的缘由:"对学生和员工可能造成风险的传染病,肥胖,极度消瘦,尸体已经过解剖,尸体被肢解,尸体已腐烂,或者出于其他原因,被认定不适用于遗体捐赠的情形。"

"当你拒绝接受遗体时,曾有人觉得被冒犯吗?"我扫视着接收条件列表,想看看自己能否入选。

"哦是的,他们会在电话里大骂脏话!其实主要是因为他们没有再往后阅读,错过了信息。文件曾经有七八页长,我们已经尽量压缩过了。不过,绝大多数人都能符合我们的标准。通常来说,那些百岁老人的身体状况,要比三十岁、四十岁、五十岁、六十岁的人都要好得多——因为,如果去世得那么早,那他们本身就有一些重大的问题。人可不是随便就能活到一百岁。"

他解释说,最主要的是,捐赠者需要拥有完整无缺的解剖学结构:一旦发生器官缺失,比如曾经历部分捐赠或者解剖,学生们就没办法学习各个部位是如何连接的,比如心脏如何与肺部相关联,或动脉系统如何与大脑相互联系。如果你过于肥胖,他们就没办法在动物脂肪(一种与黄油颜色相同的厚重油脂,易抓握程度也像黄油一样)中找到你的器官,没法在规定的时限内完成课程,而且,实验室的桌子也盛不下某些人。而如果你过于消瘦,体内没有多少可供观看和识别的肌肉,那就算把你切开,也没什么教学意义——你的二头肌可能只是细细的一缕。"我们不按身体质量指数①来，因为那是胡扯，"他说，"按那个数字，我算肥胖，但我会接收自己的身体。我们会看他们的年龄，看活动程度。在我们看来，一个多年都在轮椅上度过的一百六十磅女性和一个积极活动的一百六十磅女性，这完全是两具身体。"

另外，慢性心脏衰竭会导致四肢浮肿，由此产生的水肿（液体）也会让事情变得更为困难。这里的目标是学习教科书版的解剖，学习身体运转和工作的原理。学生们需要对正常的身体有概念，才能定下不正常情况的辨识基准。结尾处有一句话：一旦诊所接受了捐赠，遗体便不允许人探访，或者取回。他在最底端表达感谢，认为这是最为珍贵的馈赠，并用蓝色原子笔签下他的名字。

现在，在这间空荡荡的教室里，特里把手放在膝盖上，为我一一解释，而合同上写得没这么清晰。不过，如果有人在签署之前仍抱有疑问，特里也不是那种会把事实委婉化，小心翼翼地呵护别人情绪的人：他会告诉人们一切想知道的，以及一些不想知道的。如果他一直是今天和我说话时的样子，那他会一直笑着，那种笑声刚好停留在歇斯底里边缘，而不至跌落下去。他让我相信，人需要发自内心的、足够高昂的乐观情绪，这样，当跌落到来时，它才不至于刮伤心底；而在我遇到的死亡产业工作者之中，他并不是第一个给我这种感觉的人。

---

① 全称为 Body mass index（BMI），是国际上常用的衡量人体胖瘦程度以及是否健康的一个标准。计算公式为：BMI= 体重 ÷ 身高²。

阅读解剖学和科学启蒙的历史时，医生的名字就像圣人与神明一样闪闪发光。但是医学的历史建立在尸体的温床之上，而大多数尸体根本没有任何姓名记录。

学者们知道，想要进一步懂得人类身体的机制，以此拯救更多生命，他们需要分解已经死去的尸体，探究他们运作的原理。解剖一只猪所获得的知识，其中能与人类相关的非常有限。相比于尖叫着、有意识的病人，他们可以从毫无生气的安静死者身上学到更多。而且，如果他们明白自己在做什么，死在手术台上的人就会更少。但是，那时候没有尸体捐献的制度。没有合同。没有特里。

从解剖动物到解剖人类尸体，这种转变曾是政治、社会和宗教的焦点之一，露丝·理查森在《死亡、解剖和赤贫者》这部佳作中对这些问题进行了详尽的讨论。最初，詹姆斯四世于一五○六年裁定，爱丁堡外科医生和理发师协会可以获取某些被处决罪犯的尸体，用作解剖目的。随后，一五四○年的英格兰，亨利八世允许解剖学者每年获取四具被绞死的重刑犯的尸体，后来支持科学的查理二世将配额又增加了两具，能获取的尸体数量达到了六具。在法律上，解剖被认为是一种惩罚，不亚于各种业已存在的惩罚措施——这是一种公开执行的、比死亡更为可怖的特殊命运，被描述为"更深刻的恐怖和特殊的耻辱标记"，可以替代英式车裂[1]。在宗教社会里，尸体理应保持完整，为复活做准备；而英式车裂便是此类社会中的终极惩罚，尸体的各个部分会被挂在尖桩上，分散在城里各处。一些被判处死刑但未被判处解剖的犯人在临刑前，会以自己的尸身和外科医生的代理人进行交易，以求购买华丽的殓衣。他们成为第一批选择尸体捐献的人，完全因为糟糕的环境。

  问题是，尸体的数量并不充足。解剖学者做了他们认为必须要做的事：威廉·哈维在一六二八年发表的著作中证实了血液循环，他解剖了自己的父亲和姐妹。其他人或者他们的学生则趁着夜色，去盗挖刚下葬的尸体。尸体由于稀缺性成为一种商品，而为了弥补绞刑架方面的供应短缺，盗尸业应运而生。"掘尸人"会挖出新近的死者——大多数时候是在市区贫民的集体坟墓中，然后把他们送到解剖学校，换取现金。在威廉·哈维解剖他的家人以发现血液通路的一百年之后，到了十八世纪二十年代，从伦敦的墓地盗取尸体这一行为，即使不能完全称得上司空见惯，也已经足够常见，近乎普遍。那个时代的两位顶尖解剖学家威廉·亨特和弟弟约翰得以持续研究人类和动物的尸体，如果只使用行刑者提供的尸体，这种研究根本不可能实现。十八世纪五十年代，约翰·亨特负责为其兄长的解剖学校寻找尸体来源，他从

---

[1] 原文为"being hanged, drawn and quartered"，又叫"吊剖分尸刑"，是一种英国独创的酷刑：被判处该刑罚的犯人第一步接受绞刑；第二步接受阉割和剖腹，体内的脏器被拉出；第三步尸体被分解，各部分分散在全城中展示，以示警告。

"掘尸人"那里购买，或者自己挖掘尸体。正是在这一时期，他不断往自己的博物馆里补充医学奇观和变异体，这就是著名的"亨特博物馆"。这座博物馆仍然矗立在伦敦林肯律师学院广场旁边。双头蜥蜴和狮子的脚趾，与脱离了肉体的心脏，以及向外瞪大了眼睛的小小婴儿保存在同样的化学溶液中。我曾站在那些展览柜前面，回以凝视。

到了一七九七年，玛丽·雪莱①出生时，盗尸现象已非常普遍，而且已不再是什么秘密；在她青少年时期，人们便已开始出售盛放棺材的铁笼等各种装置，来专门阻挠"掘尸人"的活动。她的母亲玛丽·沃斯通克拉夫特被埋葬于教堂墓地里，那里的尸体经常会被盗挖。有传闻说，她父亲教她描摹母亲墓碑上刻的字母，来学写自己的名字。最终，这种经历融进了她的作品之中：在《弗兰肯斯坦》一书之中，"怪物"身体的组成部分里，没有一个部位是签了合同后才取得的。它不过是无名之辈，一个造物，一件财产，真正的怪物是那个科学家，他被自己的造物理念牢牢禁锢，以至于忽视了正确的事。

一八二八年，事情发酵到了危险的程度：在爱丁堡，伯克和黑尔跳过掘尸环节，直接进行了谋杀，货到付款，两人因此臭名昭著。伯克因十六起窒息杀人案被处决，并被判处解剖，这种死后惩罚相当讽刺。他的骨架仍然矗立在爱丁堡大学的解剖博物

---

① Mary Shelley（1797—1851），英国作家，因其代表作《弗兰肯斯坦》被誉为科幻小说之母。

馆里，肋骨上别着一块纸牌：**（爱尔兰男性）威廉·伯克的骨架，臭名昭著的杀人犯**。再往南约三百三十二英里处，伦敦韦尔科姆收藏馆内，一块他的大脑切片存放于罐子底部，苍白、干瘪。二〇一二年，我曾在一个展览上见过这件展品：它和爱因斯坦的脑部切片被放置于同一个架子上。天才或恶棍的头脑，作为物质时看起来几乎并无二致。

盗尸业应被扼杀，但科学和教育机器需要持续的养料，因此须采取某些措施。于是，一八三二年的《解剖法案》应运而生，其中明确规定，外科医生可以从监狱、济贫院、精神病院和医院里收取无人认领的死者——这样一来，就相当于把"穷人"和"重刑犯"相提并论，以此引发了新的社会性大动荡。不过，解剖学家得到了尸体，无论死者意愿如何，而对穷人来说，恐惧的清单上又多了新的条目。

英国哲学家杰里米·边沁是最早将自己的遗体自愿捐献给科学的人之一，逝世一百八十六年之后，他那被割下的头颅仍在为我们所纪念。边沁于一八三二年去世，在《解剖法案》通过两个月之前。他在遗嘱中表明，希望自己的遗体由索思伍德·史密斯博士公开解剖——这位医学博士此前曾在文章中指出，埋葬对于尸体来说是一种浪费，更好的用途是教学。边沁也希望能够指明一条造福世界的道路，展示尸体对于活人的用处，相比起来，把科学研究的工具白白埋葬、任其被蠕虫啃噬不过是徒劳无功。在解剖现场分发的小册子上有一行字，出自他的遗嘱，对这个决定进行了解释:"这是我的意愿和特殊请求,不是为了特立独行而装腔作势,而是怀着一种决心和希望,即人类能够从我的死亡之中获得一些微小的收获,因为迄今为止,我活着的时候并没有机会对此做出贡献。"

尽管边沁做出了努力,但解剖捐赠在一百多年之后才得到普及。露丝·理查森在自己的书中推测:火化和解剖一样,会令尸体不再是可供复活的整体;既然捐赠的数量与火化率都在提升,那么,也许尸体所代表的精神意义在战后时期发生了改变。

时至今日,英国医用的尸体来源完全是捐赠,并不是全世界所有地方都是如此:在非洲和亚洲的多数国家,研究用的是无人认领的尸体;而在欧洲、南美洲和北美洲,无人认领的尸体和捐赠尸体都被利用。偶尔,会出现一种旧世界和新世界的奇异融合——有人会自愿加入,但他们承诺的,或许还没有达到未来所需的那么多。眼下,一款名为"Anatomage"的虚拟解剖台可以供医学培训使用:这是一种与解剖台实物大小一致的触屏平板,内置多层图像程序,每一层都是一毫米的人体"切片",共同组成一幅完整的三维人体图,学生们可以看到人体内部,而不用实际接触真人。内置四具尸体中有一男一女两具隶属于"可见人类"项目——这是美国国家医学图书馆于二十世纪九十年代中期开展的项目,他们通过冻结尸体来制作图像,每拍摄一张新图片,就从尸体上磨掉一毫米厚的一层。曼彻斯特举行的一次会议上,在现场的销售代表解释这种解剖台的功能时,我尝试了一下。我在一小群人之中弯下腰，戳探、旋转着尸体，放大那些多数人可能永远不会在现实生活中看到的器官，看它们完整而详尽的颜色。我正检视着的是得克萨斯州一个被处决的杀人犯，约瑟夫·保罗·杰尼根，他同意把自己的遗体捐赠给科学，虽然眼下它被利用的方式正受到伦理质疑。他本人并不知道这些图像的用途：当他于一九九三年被注射处死时，互动式解剖台还没有被发明出来。

去年，有二百三十六名签署过特里合同的人去世，并完成了捐赠，自愿让身体接受曾经只留给罪犯的命运。二十年前，这一数字最高时有五十人。眼下，人们的接受程度在不断提高，每年大约有七百名新的捐赠者报名登记。这些遗体将直接捐赠给梅奥诊所，而不是进入某个遗体中转组织，再分配到各个机构——这是众多其他捐赠项目的运作方式。鉴于这种情形，我问特里，为什么这里能够接收到这么多遗体。这看起来像是精心安排的。这里接收遗体的数量高于加州大学洛杉矶分校，后者也设有相仿的直接捐赠项目，在过去十年里，平均每年能接收一百六十八具遗体；但是加利福尼亚州拥有近四千万人口，仅洛杉矶一市就有四百万。明尼苏达州全州境内只分布着五百多万人，而该州的土地面积与整个英格兰相差无几。从明尼阿波利斯的主机场开车去罗切斯特，你一路都会行驶在平坦的道路上，望不到路尽头。身处玉米田的天地。除了你和几只乳牛外，别无一人。

"这些捐赠者之中，有很多都是因为他们在这里治病时受到了很好的照顾，想要给予一些回报。"他说，"他们会为下一代的医学教育尽一分力，以保证再下一代能受到一样好的照顾。从殡葬承办人的角度来看，我们埋葬或者火化尸体，他们的故事画上了句点，对社会的贡献就此终结。而在这里，这种贡献将继续下去。"

还能回报什么呢，除了献出整个自己？

特里十八岁时入伍海军，他主要在弗吉尼亚州一家大型海军医院的重症监护室工作，是事故小组中负责抽血的人员。那时越南战争接近尾声，有一些与他同龄的人前来接受救治。那是特里第一次接触垂死之人，而死亡是一件很难用情感估值的事：有些年轻人入院时，病症看上去和哮喘一样平淡无奇，离开时却装在尸袋里。"有的人上周还在跟我说话，就像街上遇到的普通人一样开着玩笑，但接着你就得看着他死去——与此相比，新生儿科里患有各种疾病的婴儿，那让人更好接受一些。"特里会把死去的病人送到停尸房，在那里，他第一次遇到了殡葬承办人。那时他还不确定自己想从事什么职业，而他们就在那里，用他力所不能及的方式照顾着他人。

解剖学家兄弟中的哥哥，威廉·亨特在一堂给学生的入门讲座中指出："解剖学是外科手术的基础……它为头脑提供信息，为双手提供敏捷，并使心胸熟悉某种必要的漠然。"换句话说，要想使得这一系统发挥作用，就必须拥有一种临床上的疏离。如果没有解剖室中的死者，医学就不会有如此大的进步。我们必须了解自身，才能拯救自己。不过，虽然临床上的疏离是一种必需品，但特里还是执意想让大家明白，在医院的国度之中，最重要的是对死者的尊重。没有接受过殡葬行业培训的人可能会以完全不同的方式运作这个项目，但对他来说，科学从不会将尸体和生前的活人完全分离开来。"捐赠者的需求是第一位的，即使他们已经去世，我们这里仍会坚持这一点。我们就像对待病人一样对待逝者，保护他们的医疗记录、他们的名字、他们的隐私、他们的秘密，"他说，"就像对待活着的人一样对待逝者。"

他花了很多时间，想让学生明白：学生总在自身和面前的尸体之间划出一道鸿沟。"假装死亡并未发生，把尸体看作是一个毫无生命的物体，也许这在情感上有助于学生们，"他说，"也许这给了他们某种安全感，毕竟他们还年轻，没有见识过太多死亡。所以，他们把这份馈赠或者这个人减损为一个物件，拿来取笑。我并不认为这别有目的，而是一种应对机制。"对于学生们来说，这通常是他们第一次亲眼看到尸体，晕厥的情况并不少见。特里说，大多数人都是由他从地上扶起来的。"我在走廊上或者教室里接住过一些人。他们直接软作一团，从椅子上滑下来。"

这种鸿沟是我可以感同身受的，但原因不同。我回想起在曼彻斯特的那场会议上看到的那张虚拟解剖台，以及，在因新式机器而兴奋的人们的包围下，我立刻就选择去看最粗俗的部位。我不想看死者的肺，想看他的阴茎——每个人都这样。此处有一种脱节感产生了：尽管我们被告知，这是来自一位真人的图像，但触摸屏带来的新奇感却成了一种障碍。这些都只是照片，这就像一个游戏。我在停尸房里，把亚当的人格一片片拼凑起来，而在这里并没有这种体验。透过屏幕，死亡并不是触手可及。这里没有敬畏：这个男人赤裸着，被剥夺了一切超越肉体的人性。但是，这就是特里要保留指甲油和文身的原因——他要保留下足够的事物，以作提醒：这曾是一个活生生的、会呼吸的人。在某些项目中，他还会透露他们的死因、年龄和职业。如果我是一名医学生，我怀疑自己能否通过一块屏幕，来获得与一具身体互动相同的联结，来感受到特里说过的，重要的不仅仅是了解人体动作机制，而且是了解你学着去做的工作的意义。这种经验已经被凿空了：最重要的人不在那里，所以死亡也不在那里。就像我在那间充满阳光的停尸房时一样，需要去触摸他们，置身他们所存在的环境中，即使最初这会让人不知所措，甚至晕倒。他们可能不会像我对亚当一样，当即就察觉到什么，但最终这种觉察会到来。特里保证了这一点。

"我们的捐赠者是这个世界上最好的人，"他说，发自内心地感叹，"把身体交给别人，这是一份非常、非常私密的馈赠。还能想到有什么事比这更私密、更私人的吗？有些八十多岁或者九十多岁的老人——他们经历过迷你裙运动①这类的事,多么保守的一代。允许别人解剖和检查他们身体的每一部分?这是极大的牺牲,把人们终其一生都在保护、都很珍惜的东西赠予他人。"

∽

特里去察看实验室里发生了什么,回来时,他穿着白大褂。虽然我不确定发生了什么,但看样子危险已经解除了。我们沿走廊前行,经过所有工作人员的裱框照片。每个人脸上都是那种美国式的灿烂笑容。

解剖实验室灯火通明。特里问我,这里闻起来是什么味道——他已经无法辨识了。"牙科诊所?"我说。他笑了:"我有点担心你的牙医了。"通风系统将用于尸体防腐的重度致癌气体(可注射性防腐液福尔马林是甲醛气体与甲醇的饱和溶液,但蒸发后又呈气态)压向房间底部,并从上方把氧气泵送进来,不断循环,这样尸体里的防腐剂就不会对相关工作者的健康造成影响,而且,像我高中同学在解剖蟾蜍时出现的感到恶心,因此逃离现场的情况也会减少。特里指着天花板上和其他地板附近的通风口,它们被密封起来,以便关节镜手术(一种带摄像头的锁孔

---

① 20 世纪 60 年代,美国女性掀起反主流文化运动,对社会传统标准提出质疑,迷你裙成为女性解放的象征。

手术）产生的水往地上排时不渗漏。他告诉我，需要水来保证相机捕捉到的图像的清晰度：就像在海滩上和在水下佩戴呼吸面罩也有区别。他轻松地把沉重的塑料台推来推去，演示这种台子如何在轮子上移动。天花板上，每隔几英尺就挂着一盏万向灯。房间里有电线、插头和插座，以及电脑显示器和电视屏幕，房间右边最远端有一扇玻璃柜，装满了解剖学书籍和怪异的物件。他打开一个柜子，指着一个大大的、灰色的物体："你知道你家墙缝里那种普通的家用乳胶涂料吧？"他拿起一个由聚苯乙烯泡沫塑料雕成的复杂物件，它看上去就像被阳光晒褪色的珊瑚。特里把乳胶倒进一双充了气的肺中，并将它整体浸入漂白剂里，组织溶解后，就留下了这些东西：一个三维的氧气路线图，如羽毛一般轻的人肺。

特里从一个高高的架子上拿下一个巨大的特百惠容器，里面装着多年以来在尸体里发现的人工制品。他把这些保留了下来。学生们可能要学习安装人工制品，特里会为他们展示这些东西的早期版本。一根曾经植入脊柱的哈灵顿棒[①]。一个心脏旁路瓣膜。一个葡萄大小的睾丸植入物，被他扔回容器里时弹跳了一下。一块塑料骸骨。一个心脏起搏器。一根骨螺钉。一个古老的乳房假体。主动脉网。撑开心脏腔室的支架。这些东西通常随死者一同被埋葬。即使是更为环保的自然墓地里，也堆满了工厂制造的金

[①] 一种不锈钢材质的外科手术器械。沿脊柱植入，用于治疗脊柱侧弯或冠状面弯曲等病症。

属假膝盖。

现在他打开抽屉，把东西举到灯光下，一一点出它们的名字，使它们显得更加可怖：骨锯，用于整形手术的、针眼大小的精致皮肤钩，臀部牵引器，肋骨剪，胸部扩张器。刮削用的镊子，刀刃弯曲成各种角度的剪刀，用以进入最难以触及的区域。手术刀、木槌、凿子和镊子。"这就像《工具时间》剧组跑到了大学，是吧？"他举起某种看起来相当邪恶的东西，它就像一条长着锯齿大嘴的金属蛇，说，"这个玩意儿来回摆动，嚼碎组织，再把它吸出来。"小小的、闪亮的钢片放置在整齐的隔板中，闪烁着光芒，所有的东西都被收进了有标签的抽屉。"这东西每件大约得一千英镑！"他说，显然对于炫耀这些收藏兴奋不已。

凳子上摆着缝合线、胶带、纸巾、皮肤缝合器。有各种尺寸的手套和医用大褂，一个水槽，一个高压灭菌器——尽管这里没有病人之间感染的风险，但这些工具都保持着手术级的一尘不染。有箱装的护目镜、全脸防护罩、局部防护罩、湿性实验室所需的过膝鞋套。现在，他拿出了今天下午要在髋关节置换课上使用的设备：在插入棒子或钉子之前用来清除骨髓的"铰刀"，不同种类的锤子，绿色、蓝色和粉色的塑料球状关节。他向我展示了一个看起来如高尔夫球大小的磨骨机，告诉我说，这就是他们用来在关节窝处为关节清出空间的东西。他在空中拧着器械，模仿研磨的动作。我的部分身体开始疼痛。

"我不会在尸体旁晕倒。"我说，以防面部表情毁掉我参观整个实验室的机会,"但是,呃,磨骨器可能超过了我的限度。"他又笑了起来,指着房间的另一头:"嗯,那是辆装满大脑的推车。"

他邀请我选一个桶,打开它。我们窥视着有蓝色脉络的灰色切片,它们像面包片一样被均匀切开。事实上,这是一个实验室术语:这个大脑已经沿着轴位面被"切面包"了。"有没有一些时候,你会看着这些,思索这一块东西是如何控制一整个人?"我问,切片在防腐剂中相互挨挤着。

"整具身体都是一种奇观。而看着大脑如何在其中做出贡献……这实在令人难以置信。那么,这些就是我提过的不锈钢手术台,能像蛤蜊一样打开——"

特里在谈论无线网络连接和多年以来的各种升级,而我的眼神在房间里徘徊,看到一具尸体躺在一张桌子上。他被覆盖在白色的床单下,床单各处有一些棕红色的污渍。两只脚伸了出来:年老、粗糙,脚指甲超过脚趾本身一厘米。这是一具男人的遗体,但男人脚的形状就像塞进过鞋头最尖、最不舒服的细高跟鞋里。这具尸体没有头。他正在耐心地等待着新的髋部。

*

"腿在后面,头和上身在两侧。"特里说着,站出来,以便我能走进去:在需要梯子才能抵达顶层的两排货架之间,有一条狭长的通道。这是保存新鲜组织的冷冻室;与冷藏室里的组织不同，这些尸体内部没有防腐剂。"我们想要创建一个模型，让它和使用它的人将会看到的病人的情况尽可能接近，只不过它没有脉搏和呼吸。"他在门口解释说。尸体防腐不但会限制组织的灵活性，而且化学制品往往会漂白组织的颜色。如果学生只在防腐的尸体上做过手术，他们第一次接触活的人体时就会感觉像是借助一张褪色的地图认路一样。"我们试图重现手术环境，让学生们能够尽可能接近真实的病人护理。这就是让他们犯错误的地方。"

这里没有完整的尸体，只有各种身体残片，来自许多捐赠者，特里估计约有一百三十名。若是站在一个被成千上万具尸体围绕的墓地里，你并不会思索六英尺的泥土①所能带来的不同；而在这里，视觉上的拥挤感令人难以置信。几百个形状各异的袋子沿墙壁摆开。我能看到手指和脚，以及看上去像足球的东西——如果不是有鼻子压在塑料袋上的话。一个装在袋子里的头颅上，有医生用永久性蓝色马克笔写下名字，留待以后使用。地板上放着一整条还连着髋关节的腿，赤裸的脚从毛巾里探了出来。几个绿色的装残片的袋子，标着"完成"的记号——这些身体部位已经准备好被火化，只是在这里等待此人余下的部分，每个人都有一个独属的编号。所有的身体部位抵达这里之后，特里将把所有碎片铺开，重新拼合一个人。但他不会把这些残片缝合在一起：肉体冷冻得太实，没办法用针线缝合；如果把它们解

---

① 在西方传统中，棺木一般会被埋在地下六英尺深的地方。

冻,血水又会流一地。它们将作为一个整体被火化,并重获自己的名字和身份。"这是我们对家属非常、非常坚决的承诺。我们不会遗漏任何部分。"

"有些人可能会认为这样不尊重人,"他说着,越过我,指着冷柜深处,"对我来说,让这些组织浪费掉才叫不尊重人。"

我在冷气中停步,低头注视着这些人的残片,塑料袋上凝结起几块晶莹的冰霜。我试着厘清自己此刻的感受。当我第一次与特里联系时,我曾预想,目睹这些场景会震撼感官,尽管我在病理学博物馆里盯着罐子看了许多年,但此时的场景将会截然不同,大约会更加让人难以直视。这些不是多年以前的苍白标本,而是新近的、活生生的、确凿的人类,在计算机系统的某个地方,他们也有名字。有人依然在为他们感到悲伤。但是,这里让人感到一种脱节——不仅是袋子和毛巾带来的物理意义上的脱节,也有情感意义上的:这些物件,都无法跟我认知中的人类相互对应。唯一能让我有所感知的是那些手,指甲上有完美的抛光,或者粗糙的咬痕——那个学生是对的。即使手被切断,它们仍保存着一种个性。手负责握持,是应该最为人所熟知的部件。我身旁的一个架子上,有半裹在小毛巾里的手臂,它们从肩膀以下的位置与身体分开,被扭曲着装进透明的袋子。这里的手在打着手势的中途停顿下来,终止在感情流露的某一刻,在时间里冻结——它们是从身体和语境中分离出来的姿势的集合,是迈布里奇①一套作品中的一张相片。袋子里赤裸着的手，比整具身体更具有个性。

但我几乎什么都感觉不到，至少没有那种我意想之中的感觉。在装满了割下的头颅的冷柜里，没有震惊、恐惧、反感：这是纯粹的科学，纯粹的未来世界。我在波普伊的殡仪馆里感受过十三条生命的消失，但在这里，十倍之多的残片摆在我面前时，却激起了一种奇异的情感沉默。

查尔斯·伯恩，那个身高七点七英尺的爱尔兰巨人，当他的健康状况于十八世纪八十年代开始恶化时，他就知道，解剖学家想要他的身体。他不想死后沦落到约翰·亨特的病理标本博物馆，成为一个供展示之用的怪胎，在玻璃柜中一待就是几个世纪，俯视穿羽绒夹克的游客。他要求海葬，所以，当他二十二岁去世时，他的遗体被送到了海岸。亨特博物馆里的大多数人类身体残片展品都来自身份未知的人，他们是被盗挖过来的。但伯恩就立在那里：这具被盗取的、有名有姓的骨架最终没能抵达大海；而他的空棺材里被受贿的殡仪员装了石头，以防抬棺人发觉。抬头看他那厚重的骨头，你会情不自禁地感受到它们的情感重量。他不想置身于此。

我慢慢地意识到，在那一刻，冷柜里的每一个人，包括特里，也包括我，都想置身于此。所有这些死亡，一层又一层冰冻

---

① Eadweard Muybridge（1830—1904），英国摄影师，因在摄影运动研究方面的开创性工作而闻名。

的肉体，一袋又一袋腿和躯干，如果你听之任之，它们甚至可以淹没房间里的活人。无休无止的、像肉店一样的单调，冰冻和解冻，归档和编号——这可能会使得一切变得毫无意义，或者更为恶劣。但在这里，仅凭如此庞大的规模，就能上演一场宏大的戏剧。镜头拉远，你就能把一切尽收眼底；这一幕并不令人震惊或悲伤，因为每个人都想在自己的死亡之中生出一些好事，这就是他们的选择。这是一幅传递着无尽慷慨和希望的画面，以一扇重型银门的橡胶封条作框。

˜

把普通鳄龟的头砍下来后，它的下巴仍会夹紧，就像被截断的蜥蜴尾巴仍会在草地上扭动。它的心脏可以连续跳动数个小时，泵出冷血。得益于力量和外壳的硬度，鳄龟没有天敌，除了乌龟汤的拥趸、过往的汽车和闲极无聊的男孩。

那是二十世纪六十年代中期，在佛罗里达州，七岁的特里发现了一只海龟的尸体。它被这个街区的混混折磨，然后抛弃。他每天都会回到犯罪现场，惊叹于那颗活蹦乱跳的头颅里所残留的生命力，生物纯然与生俱来的肌肉反应，以及让这种爬行动物得名的标志性猛咬[①]。在黏稠的热意里，他蹲在乌龟上方，着迷于一

[①] 鳄龟的英文名为"snapping turtle"，"snapping"有"猛咬"之义。

个躯体在生与死之间留存的奇迹,着迷于它的功能,以及基本机制。在他的记忆里,那只头被斩掉的乌龟一直能做出咬棍子的反应,持续了五天。

特里看着我,就好像他很久没有思索过这种问题了。鳄龟事件之后,他带着自己的"红莱德"气枪到大沼泽地国家公园去猎杀白鹭、犰狳、浣熊和负鼠。他会取出动物的内脏,总是对里面的东西感到好奇。"我小时候摆摊卖的可不是什么饮料,而是出去射击鲨鱼,把它们的下巴切下来,看看它们都吃了什么。然后,我就去 81A 公路上卖这些下巴,还有椰子。那是佛罗里达州的一条大公路。我真想象不到,那儿的老年人都在买椰子。"所有这些经历,听起来都像杰弗里·达默①的翻版,但对死亡的兴趣并不总是通往相同的道路。特里找寻的是一具躯体里的生命,那个能让零件通电的东西。

现在,特里在常规的手术平面上使用医疗设备,将尸体拆解,保留学生需要研究的结构。分割肩部时,他会沿着锁骨切开,行经肋骨,再将手臂与肩胛骨分离。为了最大限度地利用膝盖和脚踝,但同时为另一个部门保留髋部,他会留下三分之一的股骨,供脊柱外科学生观察髋关节入路方式。而在取下一具尸体的头颅时,他会用骨锯切入肉体,在肩部以上的某处拆开椎骨,尽可能多地保留颈部,方便学生研究呼吸道。

---

① Jeffrey Dahmer(1960—1994),美国连环杀手,在 1978 至 1991 年间共杀死、肢解了 17 名男子,被称为"密尔沃基食人魔"。

我问他,这些是否会让他感到困扰。他笑着说不会,他在犯罪现场收集尸体时所看到的景象,比在准备室里亲自做的任何事情都要糟糕。他并不知道自己身上有什么特质,让他能做这份其他人做不了的工作,且不受恶心、梦魇和晕厥的困扰。在他做殡葬承办人时,罗切斯特地区的验尸官手下没有搬运组,所以经常拜托特里来做。严重的汽车爆炸案把车座全部烧掉,只剩弹簧,而当他有条不紊地捡拾受害者的尸体碎片时,同事们在当地记者的摄像机前大吐特吐。一个自杀者,尸体在蹲厕里躺了好几周,旁边还有一把用杂志裹着、以求消音的手枪,当特里把尸体装进袋子时,其他人则往鼻子里塞满了威克斯[①],然后袖手旁观。他收集的一些尸体被宠物吃掉了脸。所有这些他都不在意。我坚持询问他,他怎么能忍受这些?他怎么能处理这些?而他则一直在笑。他不知道。我沉默了一会儿,等他回答。

"好吧,我不得不把一个朋友的头砍下来。那是……"他没说下去,"目前为止,在我的职业生涯里,我没有一天没在砍掉别人的头颅或者胳膊,没在疑惑自己怎么会做这份工作。我为什么会在这里?"

特里说的那位朋友是梅奥诊所的一位同事,他将自己的尸体捐给了这个项目。特里说服自己,此人知道自己签署的是什么,知道谁会来执行,所以他不过是在完成同事的愿望。"我在这儿

---

① 美国非处方药品牌,生产止咳药、止咳糖浆以及多种吸入式呼吸治疗药物。

的几年里,接收了不少我认识的捐赠者,这改变了很多。我仍能抽离出来,遵守我的承诺——我们将尽一切努力来尊重这份馈赠,但我也不可避免受到私人关系的影响。无论如何,工作还是要继续。我确信,对医生和医疗保健从业者来说,如果他们的工作涉及朋友或家人,事情对他们来说也会改变。这会带给你更大的压力,你依然会想做好工作,但你也会为其他你不认识的病人拼尽全力。不过,它会改变你对工作的感情。"

不过,有时你必须留意自己的心。现在有一套已经落地的机制:他们与一所邻近的、位于明尼阿波利斯的大学达成了协议,如果逝者与员工或学生关系太近,两所机构可以交换尸体。

"你为朋友做了什么特殊的事吗?"我问,"遮住了他的脸?"

"没有。我只是去上班,尽量压抑情绪,做我平常的工作,干好活儿,以满足他们的愿望,让他们参与进来。"

不过,我想知道,这是不是一种习得的习惯:即使对一个殡葬承办人来说,一个装满被砍下的头颅的冷柜也并不是什么寻常景象。所以我问他:在他工作的第一天,当看到十三颗头在两张桌上面对面摆开,以供甲状软骨成形术和鼻成形术的课程使用时,这景象是否让他感到震惊?"我没有逃跑,"他说,"我只是想着,好吧,这挺诡异的。"他认为,在殡仪馆工作倒可能会带来更多负面情绪:和梅奥诊所的解剖部门不同,殡仪馆要处理儿童的尸体——这是他觉得特别难以面对的部分。"你得持续跟悲痛打交道。在这里工作时,我也要处理少许悲痛,但这种事也会给家属带来很多希望和乐观情绪，是从一个非常糟糕的情形之中生发出来的积极的东西。"他又想了一会儿，寻找着其他话语，来解释为什么这些头颅不会令他感到害怕。"没有，我好得要命！"他什么也没想出来，"它们一点都不困扰我。如果我们只是无谓地把头砍下来，那我可能会觉得大有问题。"

特里六十二岁，两年后他就要退休了，虽然他看起来像是那种永远离退休还有两年的人。但他并没有以此计划自己的生活，他知道，一个人有可能活不到退休的年龄。他还知道，人的下巴并不会像鳄龟下巴一样，死后还能继续生存；但一具躯体能在寄居其中的生命消逝后继续给予：除了在生命的最后时刻、在医院的病床上献出一个温暖的肝脏之外，它还能为生者带来更多的帮助。在这个实验室里，规避的错误和取得的成功都是无法量化的，因为这都是培训年轻医生的一部分；不过，在这里，冷柜里的死者和街上的活人能产生直接的联系。

一个月里总有一两次，医生会请求他帮忙。有一位医生在死者的手腕上练习治疗腕管综合征，完善了自己的技术；还有一位医生带着肿瘤问题来找他：这个肿瘤非常复杂，可能致命，全世界没有外科医生愿意接诊。这个肿瘤从颈部开始，像理发店门口灯牌上的红色螺旋纹路一样，沿着病人的脊柱缠绕下行，直到胸部下端的位置。一个多学科团队将在不同阶段参与切除这个蜿蜒的肿块——不同外科专业的医生将轮流进行手术，沿着脊柱一路向下，从前到后，从后到前，像旋转烤鸡一样旋转这个男人——

因此，晚上十点，他们在特里的实验室里练习，下班后前来，黎明时分离开，转动死者的尸体，制订治疗计划。病人活了下来。

还有面部移植手术。我已经听说了：五十六小时的手术马拉松非常成功，还登上了国际新闻。怀俄明州是美国男性自杀最普遍的地方，来自此州的三十二岁伤者安迪·桑德内斯，在二十一岁时开枪自残，下巴上的枪伤毁掉了他的大部分脸。十年后，卡伦·罗斯在明尼苏达州西南部开枪自杀身亡。他们的年龄、血型、肤色和面部结构几乎完美匹配。医生们用了三年时间等待合适的捐赠者，在此期间一直在练习。为了准备手术，特里的实验室被分隔成两个小房间，以模拟拥挤的手术室环境，而外科医生、护士、外科技师和麻醉师在这里度过了五十个周末。他们研究每一处神经分支，以及它们对面部的作用；他们拍摄照片和视频，练习把它们连接起来。他们每次都会在两颗不同的头颅上工作。他们换了一百张脸。捐赠者离开这里时并不是完整的，但特里会确保他们离开时带走了属于自己的那部分。因此，当外科医生练习完后，特里会留下来，把脸再换回来。即使他不这么做，也没人会知道。火化之后，脸部的肌肉不会留下任何骨骼，不会有骨头出现在不匹配的骨灰盒里。他这样做，因为这样做是正确的，就像他在做殡葬承办人时，总会保证每个人下葬时，都会穿着包括内衣和袜子的全套服装，即使家属忘记把这些衣物加到装衣服的购物袋里。当然，如果他不做，也没人会知道。但他会做。

科学的进步、可能性、在这里开展的工作本身所具有的公益性质——正是这些让他在锯骨和割头中坚持下去。他有一个助手，也负责切割尸体，特里鼓励他偶尔从冷柜旁走开，去看看学生，看看他的工作会有什么结果：特里知道，如果没有科学和希望，这种工作环境可能会很令人悲伤。不过，当谈及他所参与的事业让生者的生命得以延续时，尽管隐身于无人知晓的冰冷房间之中，他的表情还是亮了起来。

❦

一位相当不擅长闲聊的足科医生曾在一次聚会上拿她的专业开启新话题，她说每个人都想把自己的脚放在罐子里。她的主要工作对象是脚已经腐烂——因为疏忽或者糖尿病，通常两者都有——的退伍军人。她说，没人愿意失去自己的脚，无论它处于何种状态，人们宁愿让双腿末端腐烂，害得他们丢掉性命，也不愿意舍弃脚。就算他们勉强承认这只脚已经没救了，也还是会询问他们能否保存它。人不想失去自己的任何部分。

我想象这些人从轮椅里抬起头来，拼命恳求把自己腐烂的脚放进罐子。这时，特里的运尸车在奥克伍德公墓减缓速度，停了下来。现在他已经脱下了刷手服。他穿着橙色格子的哈雷·戴维森衬衫、蓝色牛仔裤和棕色靴子，看起来就像要在廉价酒吧外倚着一辆排量1800cc的哈雷至尊滑翔摩托车，而不是驾驶着一辆白色道奇面包车，穿过明尼苏达州农村整齐的墓地。他开玩笑说，我是他迄今为止唯一能坐在前排的乘客。

他摇下车窗，指着一座灰色花岗岩纪念碑，那是为每一位梅奥诊所的捐赠者所树立的。在这方墓穴下，躺着那些捐出整个身体的人，他们并不知道自己具体将会经历什么，也不知道会被谁用手术刀不甚熟练地切开。纪念碑的正面刻有如下字样：

献给每一个

将自己的身体

捐献给梅奥基金会

以供解剖学研究

让其他人能够活下去的人

特里会定期来这里，观测墓穴内的潮湿程度，修剪石头周围的草，并每年来此添加更多骨灰。他为成千上万的人照管坟墓，这些人在世时他并不认识，但他一直照料着他们的遗体，直到他们死后一年，身体碎片接受火化。

不是所有捐赠者都在这里：如果家属希望要回骨灰，他们可以在一个名为"感恩典礼"的年度仪式上把它领回去。在那里，这些人从无名的尸体重新变回一个人。在黑色的塑料骨灰盒上，他们重新拥有自己的名字，以及自己的捐赠序列号：这是一具身体里的双重生命。仪式上会对捐赠者表示感谢，这也给予家属某种形式的终结——这些捐赠者还没完成自己的葬礼。今年的仪式将在明天举行,特里告诉我,如果我想有位置坐,那就得早点儿到。他们预计会有数百人参加。

第二天,众人从这座建筑侧面的一扇窄门中穿过,被引导进入一个巨大的礼堂。医学院学生在讲台上朗读自己写的诗歌,然后回到座位上,不知道自己旁边的人是不是他们曾解剖之人的兄弟、儿子、女儿、妻子。每一首诗都关于这些他们永远不会了解的人——学生们不知道这些人最基本的信息,但熟知他们那真实的、错综复杂的心。他们是否会在等红灯时用手指敲打方向盘?他们是否会从罐子里挖花生酱吃?观众席上,有戴着牙套的老人,有穿着牛仔靴和短上衣的年轻人,有穿着西装、看上去很不自在的农民。像是从二十世纪六十年代的时间胶囊中出来的、涂蓝色眼影的女人们佝偻着腰,排在去洗手间的队伍里,对年轻脊柱外科医生的合照里有多少女生滔滔不绝。房间里很热闹。

数百位捐赠者的名字列于一块巨大的屏幕上,由两位实习外科医生逐一朗读,但是,这份名单不会透露亲自教导过他们人体的运作的人是谁。其中,名叫克米特的人多得出奇。坐在我旁边的一位穿西装、打黄色领带的英俊老者,在一个名字出现时,倾过身子,平静而自豪地告诉我:"塞尔玛是我的母亲——一百零五岁半!"她守了四十年寡,在疗养院赢得了运动比赛,然后捐出了自己曾精心照料过的身体——这具身体,在她与生俱来的卵子中孕育了这个男人。

后来,在渐渐变空的自助餐桌旁,人们礼貌地等待合适的时机，向特里要回自己的家人。他穿一身深色的西装，用平和而温柔的语气与家属交谈着，言语间满是敬意，就像他在坟墓前一样。有些人碰运气一般问学生们，是否曾在自己父亲的体内发现什么异常情况。肿瘤最后有多大？你认为这会遗传吗？一盘盘食物渐渐凝固。打着黄色领带的男人要回了他的母亲。外面，在明尼苏达州的阳光之下，正值"五月五日节"[①]，坐在轮椅上的老人们等待出租车展开无障碍坡道，一盒盒骨灰放在他们的双膝之间。

[①] 墨西哥每年5月5日举行的庆祝活动，最初为庆祝墨西哥军队击败法国殖民军而设立。在美国部分地区亦有过节传统，已成为庆祝墨西哥裔美国人文化的节日。

弹指间,他们变成石头

死亡面具雕刻师

尼克·雷诺兹随他的父亲布鲁斯·雷诺兹在墨西哥度过了四处逃窜的童年;布鲁斯·雷诺兹是臭名昭著的"火车大劫案"主谋。现在,尼克住在伦敦离我不远的一座高耸小丘上的二层公寓里,没有任何建筑会遮挡窗外的天空。他和太阳之间,除了空气,别无其他。这是一个促狭的窝,挤满了艺术品、旅游纪念挂绳和青铜头像。我靠在厨房的门框上,而尼克在房间之间踱步,边说着话,边翻找东西,告诉我他已经好几天都在满负荷运转了,他得赶早上八点的那趟旅游巴士,但找不到他特意留存的、想要展示给我的东西——一封客户写来的感谢信。他为我泡茶,示意我越过一片狼藉的碗碟、凿子和茶包,去看窗边长椅上一张白色的石膏人脸。太阳一落山,他便停止工作,他说。因为一旦光亮消失,工作便毫无意义。现在天色已经黑了,石膏人脸的五官细节被厨房灯泡刺眼的光亮淹没殆尽。这显然是一张脸，一张英俊的脸，但如果没有显眼的细节，这张脸很难让人铭记。"自杀，"他说，"他从比奇角①跳下去了。据说，还助跑了一段。"尼克说，这个石膏人脸还需要在后期制作中进行修补：下巴已经不成样子，头骨上还有一英寸深的坠落凹痕。石膏人脸旁边，还有一只石膏手和一只石膏脚。尼克不知道，为什么会有人想要一个可能摔得粉身碎骨的人的残片。为什么有人想要他制作的东西，这个问题他选择不去过问。

  纵观历史，死亡面具曾历经世事种种：它们曾是国王和法老的属物，用于肖像制作。借此，已经过世的皇族可以在自己的领地内巡游，无论行程有多么久；而人民也会向不朽的领袖致以最后的敬意。在摄影技术发明之前，死亡面具是艺术家绘制画像时的参考工具，而在用后基本都会被丢弃——人们认为，艺术家的演绎比直接从人脸上复刻下来的三维造物更为重要，也更加合适。死亡面具同样也为无名死者铸造，希望有朝一日他们的身份能被辨别。其中一个面具来自一位年轻女子，她于十九世纪初期被从塞纳河中打捞出来，现在已成为世界上被亲吻次数最多的脸——一九六〇年，她出现在第一个心肺复苏训练用的假人"复活安妮"上。阿尔贝·加缪保留了这张面具的复制品，称她为"溺水的蒙娜丽莎"。超现实主义者将她奉为静态的、沉默的缪

---

① 位于英吉利海峡岸边，为一处白垩岩组成的海岸悬崖，是英国最高的海岸悬崖，为著名的旅游胜地。

斯。也许你见过她。也许你因为见过她,救下过一条生命。

那天早些时候,我一直在翻阅恩斯特·本卡德①《永恒面孔》一书。这本书的英文版于一九二九年出版,内容是十四至二十世纪的死亡面具合集。其中包括弗里德里希·尼采、列夫·托尔斯泰、维克多·雨果、马勒、贝多芬。名人、富人、政治领袖。所有这些死去的面孔都保存在石膏中,在他们咽下最后一口气的一瞬、几天或几周之后。但是,到了今天,为什么还要制作死亡面具呢?为什么不直接拍下一张照片?既然那么多人根本不忍目睹死者的遗体,那为什么还要雕刻一张死者的面孔?自我访问梅奥诊所已经过去了几个月,我脑海中总是回放着一个场景:特里留下来,把那些医用遗体的脸换回来。一张脸里藏着什么?

我来这里,就是要问尼克这个问题。他为死者雕刻面孔已有逾二十年,是英国唯一从事这项技艺的人(至少商业意义上是这样)。我的住所离海格特公墓很近,而我在那里的墓碑上看到过尼克的作品:马尔科姆·麦克拉伦②的青铜头像立在喷砂的引言之上——"盛大的失败胜过平庸的成功"。我也见过尼克的父亲。他的坟墓距离入口不远。如果你把头伸过栏杆的空隙,几乎能看到他的脸。

我们转移到客厅的黑皮沙发上。这间房里堆了更多书、更多

---

① Ernst Benkard(1883—1946),德国艺术史学家。
② Malcolm McLaren(1946—2010),英国时装设计师、音乐经纪人。朋克亚文化的早期商业版图的建设者。

石雕、更多着了色的画布,像混迹艺术家和音乐人中过日子积攒起来的凌乱。咖啡桌上有一本关于约翰尼·卡什的书,一排装有玻璃门的柜子沿墙排开,其中满是物件。他父亲的头颅雕像俯视着我们——这是在他父亲生前雕刻的,和那个摆放在其坟墓上的死亡面具并不一样——而在旁边是另一个活人面具:火车大劫案中他父亲的同伙龙尼·比格斯,他逃脱英国警方的追捕三十六年之久,已经成为大众心中的反叛传奇。比格斯戴一副黑色太阳镜和一顶黑色帽子,就像商店里的人体模特。尼克制作的死亡面具更为著名,他存有这些面具的复制品,不过,这间房里的面具都是活人的。即便如此,它们还是透出某种令人不安的感觉。我觉得自己正被人注视。"我曾邀请客人和我一起待在这里,而且这儿没有一个死人。"他指着这些面具,"但是,仅仅是面具就会吓坏别人,"他说,"仅仅是脸。"

他坐回去,卷着一根烟,小口喝着放在膝头的一罐生力啤酒。他五十七岁,穿一件粉色衬衫,最上面的几颗纽扣松着,戴橘色墨镜。他咳嗽几声,告诉我他主要靠当口琴演奏者谋生(他是"阿拉巴马3号"[①]乐队的成员,你肯定在《黑道家族》[②]的开场片段中听到过他们的作品),而现在频繁抽烟的习惯可能会让他丢掉自己的饭碗。"我真是傻瓜,"他说,舔舐纸张的边缘,"如果没了肺,那我可没办法演奏了。"他说话声音低沉沙哑,是那

[①] Alabama 3,成立于1995年的英国音乐组合。
[②] 描绘美国新泽西州北部意大利裔黑手党生活的电视剧集,1999年首播。

种穿透酒吧里嘈杂的噪音，穿透缭绕的尼古丁烟雾之后，依旧能让人清晰听见的声音。房间里迅速充满了烟雾，他不得不打开窗户，以便让我呼吸。

"在古代时，死亡面具十分重要，因为那时候的人认为，在某种程度上，面具承载着人的部分本质，"他说，把烟雾吹出窗外，"人们相信泛灵论①。古希腊人和古罗马人认为，通过集中注意力、祈祷和咒语一类的方式，你可以召唤出一个人的精神。他们相信，雕像能活过来。在他们心目中，雕像是一座房子，是一位神灵或一个人的暂存之处，可以把其精神召唤进去。而且我认为，维多利亚时代的人也真的相信这一点，虽然不知道为什么：他们相信雕像是一种容器，因为它看起来就像本人。在你拿的那本书中，本卡德生动地描述过，也许在雕刻的过程中，死亡神秘的一部分溜了进去，这就是为什么这些雕像会带有异世界的感觉。"

看着书里的众多面孔，以及现实生活中的死亡面具，我觉得它们的确拥有一种魔力。它们给予你与死者近在咫尺的感受，而又不必接近死者——与曼彻斯特解剖台触摸屏上照片里的人相比，此刻，死者会让你感觉更为亲近。这是不朽的一种形式：介于生与死之间的一种物质性的悬而未决。一个人可能已经死去四百多年，而你仍能看到其眼周爬满的皱纹，不需要以画家的画笔为中介。尼克说，死亡面具可以创造一个与人交谈的焦点，无

---

① 一种信仰，认为所有物体、地点和生物都具有独特的精神本质。

论你是否相信来世。他和父亲的面具交谈。他说，有些客户把它们塞进抽屉，永远不再打开。有些人则会在睡觉时，把它放在枕头旁边。

他从架子上拿下一些自己的作品。这是彼得·奥图尔[①]巨大的手，雕成黑色；这只手曾在电影剧照中出镜，捏着香烟；或是出现在狗仔队的镜头里，他当时正离开苏荷区酒吧，把手搭在朋友肩上。我把自己的手放置其上，感到相形见绌。奥图尔于二〇一三年去世，就好像是中了某种时间和地点的诡计一般，恰好与比格斯于同一时刻出现在殡仪馆。尼克给奥图尔的女儿凯特打了电话，因为乐队的工作，他之前就认识她。然后，尼克站在两位死者中间问她，是否想要一个她父亲的死亡面具。（多年以后在一次英国广播电台的采访中，凯特·奥图尔笑着说，父亲最终和比格斯相聚于殡仪馆，并排躺进冰柜之中，这是典型的"奥图尔风格"。）

在过去几年里，尼克认为，死亡面具的受欢迎程度不断上升。每当他为某位名人雕刻面孔时，就会出现一篇报刊报道，引发一阵新的关注。马尔科姆·麦克拉伦。苏荷区花花公子塞巴斯蒂安·霍斯利[②]。奥图尔。他曾经设想过一种学徒制度：在不同的城市招募艺术系学生为他制作模型，而他在伦敦将面具制作完

[①] Peter O'Toole（1932—2013），英国电影演员，因在1962年电影《阿拉伯的劳伦斯》中饰演一战中的英国军官劳伦斯而享誉全球。四次获得金球奖。
[②] Sebastian Horsley（1962—2010），英国艺术家、作家。

成。但这种设想并未成真。每年,他为四到五个死者雕刻面孔,把做好的石膏模型放在小轮箱里,从殡仪馆自己运回家。他的雇主组成了一个奇怪的少数群体。有些人的家庭富有而知名,制作面具本身就是一种家族传统:英国保守党政治家雅各布·里斯-莫格为他父亲做了一张石膏面具,意图留存父亲的三维肖像供后代纪念——他喜欢这种坚实、有形的物体,喜欢它们的永恒性。男人的面孔占大多数,由他们的遗孀委托制作。还有其他的人,尼克不愿意透露他们的姓名。这些人并不是名人,可能也并不富有,尽管这项服务打着两千五百英镑的价格标签。昨天,他刻下一个五周大的早产婴儿那冰冷的双脚。两周前,一位十四岁癌症患者的脸。去年刻了一个健康的二十六岁男子——他在人行道上后退,然后被绊倒了。

"不管你信不信死亡的神秘会附着其上,制作一个人的面具都是有意义的。"他打开窗户,然后回来,"事实上,它依旧是一张独一无二的脸,就像一个人的指纹一样。而且这是你能得到的最后一次机会。我认为,对很多人来说,得知死后身体的一部分能够保存下来,不会变成虫子的食物或灰烬就已经足够。他们突然意识到,那个人已经走了,他们希望死者的一部分能够留下来。他们那时有没有经过任何理性的思考,或者这就是孤注一掷,我不知道。就个人而言,我认为死亡面具这种东西是伟大的事物。我认为这非常神奇:这儿有一个人,已经死了,而你差不多只是打一个响指,他们就变成了石头。你还可以保存着它,而不是让它在你手中腐烂。"

尼克告诉我，人死去时，看上去会容光焕发。所有的紧张都从脸上释放，褶皱退去，多年的忧虑与苦痛瞬间消失，看起来十分恬然。脸部呈现一种均匀的色泽。"理想情况下，我会在人体还有余温时开始工作，"他说，丝缕烟雾从嘴里飘出，"如果是几周之后，我再接到电话，就完全不是一回事了。他们看起来有点……塌缩。"

维多利亚时代的人相信，死亡面具制作得越早，你就越能捕捉到逝者的神韵。有时候，在医生前来签署死亡证明之前，人们会先请死亡面具制作者到场。不过，尼克到达的时候，时间和生物原理已然使皮肤塌陷，软骨萎缩。嘴唇干瘪，眼球凹陷，鼻子开始弯曲变形。也许身上有验尸切口，也许皮肤已经干瘪得像梅干一样，就好像整个人在泳池里浸泡了太久。也许相关的诉讼旷日持久，让冰柜里的尸体结出了冰柱。但尼克认为，把别人的父亲在殡仪馆冰柜存放五周之后的样子刻成雕塑，再交给他们，这种做法没有任何好处。这不是逝者生前的模样，只是死亡缓慢入主的后果。因此，他揉捏、舒展、让一切平平顺顺。他把死者脸部的皮肤按摩回原位，之后通过雕刻，以及他所谓的"对细节的痴迷"，他消解了重力作用，让向耳部下沉的脸颊和垂肉堆积的下巴恢复原状。"基本上,我尽量让面具看上去就像在人刚死后制作而成的一样,"他说,"我尽量让它看起来自然,就好像我什么都没有改变。"

有些人要求双眼睁开,有些人则对此犹豫不定,但大多数情况下,面具看上去都像是处于沉睡之中。老式的死亡面具,比如威灵顿公爵①的面具,会保持自然的形态。他没有牙齿,所以,嘴唇看上去就像是被一只无形的手往喉咙里拉拽。不过,他死于一八五二年,那时候人们期待的是一场真正的死亡,而不是由现代的防腐师或者尼克制作出来的那种完美形象。

"你要做的第一件事是整理好他们的头发。"他说,口头为我解释整个流程。对他而言,这已经成了自动化操作,他不得不经常停下来,补充他忘记提及的部分。接下来,他在逝者脸上涂满妮维雅牌乳液,调整他们的姿势,以免海藻酸盐橡胶液顺着逝者的脖子流进衣服里。如果他运气好,逝者还躺在停尸房的托盘上,穿着纸质的病号服——这种衣服到最后无论如何都会换掉。但更经常遇到的情形是,他们已经穿上了下葬时的衣服,躺在自己的棺材里,所以尼克会花上一个小时,一丝不苟地套好黑色塑料垃圾袋来保护衣物布料,把它们掖进袋里,就像把面巾纸塞进新闻播报员的领口。牙医用蓝色的海藻酸盐来制作牙模,现在这种材料被倒在逝者脸上,需要大约两分半钟,它们才能凝固成某

---

① Duke of Wellington (1769—1852),英国军事、政治人物,英国陆军将领,英国首相。

种与"硬邦邦的奶冻"类似的质地：柔软、有弹性，如果没有东西加固，就会崩塌或者撕裂。所以，尼克用石膏绷带在它周围结结实实缠上一圈，就像在固定一根折断的手臂。二十分钟后，他把整个模具取了下来。"十有八九，头会随着模具一起抬起，你得再把头甩下去。"他说。有一次，一个男人的脸部粘到了海藻酸盐上，脱落了：他的五官是用昂贵的蜡重塑的，而他的家属马上就要来瞻仰遗容。那时已经来不及请蜡像师前来修复了。惊慌的殡葬承办人问尼克，他有没有修复蜡像的经历。他没有，但是身为一个雕刻师，他有过和蜡打交道的经验，所以他试着做了，重塑了男人的鼻子、嘴唇和眼睛，就在殡仪馆里。"我浑身打战，"他说，"我蒙混过关了，但成品远远称不上出色。"

他把石膏装进滚轮包，清理工作区域，清洗他的碗，从死者的头发上挑出剩余的海藻酸盐残渣。有些殡仪馆告诉他，这不是必要的，瞻仰已经进行完毕，哪怕他不留下来梳理死者的头发，让他们的样子和他到来之前别无二致，其实也没人知道。但是，就像梅奥诊所的特里会把逝者的脸孔换回来，尼克会知道。所以他留下来，为死者清理好，然后赶紧回家，在橡胶开始皱缩之前，把它填进模具。

如果需要重构的部分比较少，他会用石膏填充模具，等石膏变硬之后，再凿出必要的改造之处。如果需要重点关注脸部，他会用可塑的蜡填充模具——如果他要做的不过是抻直一个脱了水的扭曲鼻子，他可以在蜡冷却之前轻轻把它抚平。然后，给石膏制或蜡制面部涂上硅橡胶层，再次塑形，最后再往模型中填满混有金属粉末的聚氨酯树脂。重金属穿过树脂，沉降到浇注件的表面，形成一层外壳，有三张香烟纸那么厚。一次转移，又一次转移，复本离原始的血肉脸颊越来越远，成品就是一个永久的、不受腐蚀的青铜色面具。

你可以在 YouTube 视频网站上一个三分钟长的模糊视频里，观看尼克制作死亡面具的过程。视频并不如上文所述一般干净利落，不过，实际情况也并不那么干净。二〇〇七年，尼克前往得克萨斯州，去约翰·乔·阿马多尔的注射死刑现场。阿马多尔三十二岁，在十三年前因谋杀一名出租车司机而被判处死刑。"我相信那个家伙是无辜的。"尼克说，他从一名共同朋友处听闻了阿马多尔的经历，"他在死囚牢房里待了十二年，每次上诉都败诉了，即使证据滑稽可笑。这让我特别愤怒。"他向那位朋友提议，想和她一起去行刑现场，并制作一个死亡面具，以呼唤公众关注死刑的恐怖和不公。他想把阿马多尔的胳膊一并雕刻下来，之后加上三根从静脉处伸出的皮下注射针。

行刑结束之后，尼克与阿马多尔的家人一起，从监狱停尸房带走了他的尸体（狱方不允许在监狱辖区内制作模型。"他们说：'不行，你不能这样做，你疯了吗？！'"），把尸体放在租来的车放平的后座上，带到了树林中一间小屋里。这是个短暂的歇脚处，在通往另一家殡仪馆的路上——他们之前声称，已经在那里等着尸体了，但其实并没有。"基本上可以说，我们绑架了这具尸体，把它带到一个小木屋里,就像《十三号星期五》①里的情节。我们都吓坏了,疑神疑鬼的,觉得自己要被联邦调查局抓到。"他说,"我们用两辆车护送,开了约十个小时才到那里。其中一辆在某地被'老比尔'②查到了。幸运的是,尸体不在这一辆里。要不然的话,可得花工夫解释了。"

行驶途中,他们解开了尸袋,让他的妻子握住他的手。在十二年的监禁后,这是他第一次被朋友或亲人触碰。他还是温热的。

得克萨斯州的天气很热,车厢里更是闷热。尼克担心,他数量有限的海藻酸盐会凝固得太快:要是用温水,当你还在器皿里搅拌时,它就会凝固;所以他使用冰水,飞速行动,同时雕铸造他的面孔和胳膊,试图在被周围气温影响之前完成。半个小时后,当他把模具拿下来时,海藻酸盐的寒气已经让死者起了一身鸡皮疙瘩。

尼克走出客厅,回来时拿着约翰·乔·阿马多尔赤红色的面孔。这张脸刻在一尊犰狳雕塑的背面。这种动物是他死亡时所在州的象征。"那时他还是温热的,我想,这个事实让我觉得他更真实了。"他说着,把这张脸递给我,然后沉进沙发,"死者去世两周之后,我就感觉不到人的存在了。而当他们身体还温热的时候,就感觉好像——如果真有这样的事的话——他们的灵魂仍逗留在这里。"我的手指在阿马多尔的下巴上划过,触感确凿无疑:

---

① 美国惊悚电影,上映于1980年。
② 英国人对警察的俚语式称呼。

一位死者身上的鸡皮疙瘩，就像一只被截下的蜥蜴的尾巴，仍然在草地上蠕动。就像一只被砍头的乌龟，仍在啃咬。

"我跟他说过话，在他们杀死他之前，"尼克说，"事实上，他非常高兴。他说：'哇，你就是那个要给我做死亡面具的人。那是他们通常只为国王之类的人保留的荣誉。我曾经觉得自己不过是垃圾。现在我知道我也是个人物。'"

警察最终找上了尼克的父亲，那时尼克才六岁。他们从前门破门而入。布鲁斯被送进监狱，在那里度过二十五年，而尼克去了另一所"监狱"：寄宿学校。这段时光对他来说是苦涩的，除了一次学校旅行。他们去参观了华威城堡①，站在一个满是奥利弗·克伦威尔②肖像的房间里。尼克很迷惑，为什么这些肖像都大不相同；而且，艺术是他最喜欢的科目，他想知道，是不是那时候的艺术家整体水平都比较糟糕，又或者是因为，尽管众所周知，克伦威尔要求艺术家不加掩饰地描摹自己，但这些艺术家还是想迎合克伦威尔的虚荣。尼克脑子里想着这些问题，转身离开，这时他在墙上看见了克伦威尔的死亡面具。尼克立刻自己判

---

① 位于英国沃里克郡的中世纪风格古堡。坐落于断崖边，现为旅游景点。
② Oliver Cromwell（1599—1658），英国政治家、军事家、宗教领袖。曾逼迫英国君主退位，解散国会，并转英国为资产阶级共和国，建立英吉利共和国，出任护国公。

断出哪一种猜想是正确的。

几十年后,他在父母的房子里,翻阅一本讲雕塑的书。那是一九九五年。他父亲在收看电视上罗纳德·科瑞①的葬礼,尼克读着书中有关模具制作的章节,这是一节很细致的教程,教人如何雕刻出一个人的脸孔。背景里,屏幕上的新闻不停闪烁,这是一场和罪犯偶像的华丽告别,而对于尼克,这不过是他童年去监狱里探望父亲时,另一个住在旁边牢房里的家伙。"他的葬礼有这么多人参加,我真惊呆了,"尼克说,"哪怕是罪犯,媒体也能把他变成偶像。我觉得这真有意思。"他父亲的抢劫案最初被称作"切丁顿邮车袭击",直到媒体把案件炒作一番,最终升级成"火车大劫案"。他们能从窃贼中制造出英雄。"这在我脑子中挥之不去。所以我想,恶棍们一方面被媒体痛批,另一方面又被追捧成名人,我为何不来展示一下这其中的悖论呢?"尼克并不对自己父亲的所作所为心怀羞耻,但也并不引以为豪。他让父亲给他列出十位还在世的、最臭名昭著的罪犯。他想要刻下他们的脸,给这个展览取名"从罪犯到名流"。

雕刻死亡面具的传统和王室息息相关,而为罪犯雕刻面具也拥有悠久的历史,原因却截然不同。19世纪时,雕刻罪犯的整个头颅曾经一度是颅相学研究中不可分割的一部分。这是一门早已被推翻的学科,旨在通过一个人头骨的凹凸来研究他的心理,进

---

① Ronald Kray (1933—1995),和哥哥雷金纳德·科瑞都是英国有组织罪犯集团的成员。从20世纪50年代末开始声名鹊起,1968年被捕。

而研究他在犯罪和暴力方面的生理学倾向。苏格兰场[①]的黑色博物馆收藏有各种犯罪纪念物，不对公众开放，最初是为培训警备人员而建造的。这座博物馆里收藏的死亡面具，都是在纽盖特监狱门外被处刑的犯人：谋杀了妻子的丹尼尔·古德，把一家珠宝店老板殴打致死的罗伯特·马利，等等。在伦敦大学学院，从杰里米·边沁那身着衣物的骨架展厅出来，走到廊厅另一头，有三十七副面具：这是一位死去多年的颅相学者的收藏品，管理者也不知道该如何处置它们。有些面具上留存着手艺生涩的行刑者头几次尝试的印痕。有些面具上，能看到绞索留下的痕迹。

不过，尼克雕刻的不是死去的罪犯。他雕刻的对象都还活着。他把自己的父亲当作实验对象，让父亲在嘴里含一颗柠檬，这样尼克就能在最终成品里刻下父亲吞下一整列黄金列车的景象。（"我爸爸想了个浪漫的点子：他自己扮演亚哈船长[②]，正在吞咽那条大白鲸。"）柠檬给他父亲留下了意外的酸灼伤。下一个雕刻目标，他飞去巴西找龙尼·比格斯。然后，他差点杀了"疯子"弗朗基·弗雷泽——这是一个狠辣的黑帮罪犯，招牌虐待手法是把受害者钉在地板上，用镀金钳子拔下他们的牙齿。这一招曾为他赢得"牙医"的诨名。弗雷泽没办法通过吸管呼吸：他的鼻子已经被打断太多次，几乎没办法正常行使鼻子的功能。"我

---

① 英国伦敦警察局的代称，主管整个大伦敦地区除伦敦市以外32个地方行政区的治安。
② 美国小说家赫尔曼·梅尔维尔代表作《白鲸》中的人物形象，为了追逐并杀死白鲸，最终与白鲸同归于尽。

当时注意到，他的指关节发白，整个人都在颤抖，我问他是否感觉还好。很明显，他没听到我问话，因为头上套的那些石膏。我慌神了，立马把所有东西都拽下来，他赶紧大口喘气。他宁愿憋气，都不愿发出信号，说他放弃！我觉得这就是那个男人的写照。""疯子"弗朗基是一个被官方至少三次判定精神失常的罪犯，虽然他声称这是装出来的，为的是获取法律上的宽大处理。在雕塑的成品中，尼克让弗朗基穿上了束身衣。

他父亲名单中的榜首是乔治·"冷哥"·查塔姆，他父亲的导师，一个曾被《卫报》形容为"世纪大盗"的男人。但查找他的踪迹困难重重。尼克最终找到他时，他已经死了，不过刚刚死去不久。尼克联系上了查塔姆的姐妹，询问能否制作他的面具。做法就像活人面具一样，只不过死者不再需要吸管，如果他也有一个被打烂了的鼻子，那也没关系。

查塔姆的姐妹觉得这个请求有点奇怪，不过，她告诉尼克，那天下午她要去殡仪馆看看他的遗体，到时候再谈自己的想法。那天晚上，尼克接到一个电话。姐妹说，他在微笑，显然他和上帝达成了和解——所以，如果他来做面具的话，她会很开心。

"第二天，我第一次走进了停尸间。这也是我见他的第一面，感觉真的很奇怪。就这样，我制作了自己的第一个死亡面具。他确确实实在笑。"尼克说，"我没有告诉她，这只是因为他下巴的重量。"

离开寄宿学校后，尼克加入了海军。一部分原因是，这是他父亲一直以来的心愿，但是因为视力不过关而没能成功；也有部分原因是，他熟悉的生活和这种工作的四处漂泊相差不多，毕竟，在他长大成人的关键时期，他总是在路上四处奔逃。他被派去福克兰群岛①，在英国皇家海军舰艇"赫尔墨斯号"（以希腊神祇命名——这位神祇除了管辖其他事物，更是小偷的守护神）上服役四年，在舰艇上担任电子武器工程师和潜水员，之后被调到内陆的岗位。潜水员的工作需要他在水下待够一定时长，就像飞机驾驶员有飞行时长一样。不能潜水，就意味着他失去了这一份收入。所以他加入了泰晤士河沃平警局水下分队，来填补时长。尽管尼克亲眼见过战争，见过人们被撕成碎片，鲜血横流，但他说，他在福克兰群岛看到的景象，与警察局潜水员每天在自己的城市里所遭遇的情形根本无法相提并论。

"他们就是一群疯子，"尼克说，"上午九点就已经喝醉了。我后来很快就了解了原因。他们看过太多他妈的糟糕的东西了。有时候是河里的枪，或者河里的车，但大多数时候是尸体。我第一次跟他们出任务的时候，他们叫我去一个湖里，去确认掉进水里的司机是不是还在车内，然后往保险杠上拴一条链子。我尽量

---

① 位于南大西洋巴塔哥尼亚大陆架的群岛。福克兰群岛是英国海外领土，拥有内部自治权，英国负责其国防和外交事务。

不往车窗里看，但还是看到了。他那样子可不大美妙。"

我问，他这样总是跟死者打交道，整天目睹死者原本的模样，是否会让他自己对死亡产生不同的看法？或者，厨房长椅上这一字摆开的死亡面具方阵，会不会让他产生异样的感受？

"我脑子里能装下的东西就这么多，"他说，此刻天花板显得特别昏暗，"我有一个极度悲惨的童年，尤其是在上寄宿学校的时候。我非常擅长划分自己的事，把它们都关起来，不过，这也许就是我生活的本质。每个人都有这种能力，不过可能我所身处的环境让我不得不学着做更多，所以，我就对这种事情很擅长了。我能把事都压在心底。如果必要的话，我也能关上自己脑子里的闸门。虽然，这通常意味着我得专注在其他的事情上。我手里通常有很多事，所以这对我来说不是什么问题——或者，这其实是个问题。我一个孩子有一次对我说，我有这么多事要做，这其实是在逃避现实，因为这样我就不会有时间来思考现实。"

"如果你确实有时间思考的话，那会是一件坏事吗？"我想起雪莉·杰克逊[①]《邪屋》的开篇："在绝对现实的条件下，任何生物体都无法理智地存活很久。"我在想，到底多沉重的现实，到底多长久的时间，能够击垮一个人。

"我觉得这其实没有什么好处。如果你一直思考死亡，那只会把你压垮。尤其是自杀——他们为什么要这么做？活着的人有

[①] Shirley Jackson（1916—1965），美国作家，主要以写作恐怖小说和神秘小说闻名。

太多事要做了，没有时间对死亡念念不忘。总是把自己裹在死亡里，这不会有任何好处。只会让你感到抑郁。"

我问，如果他不想对死亡念念不忘的话，那又为什么选择了这样一种艺术，以至于他不得不直面现实，而这种现实，需要他极度忙碌才能逃避开来？为什么他生活的其余部分如此喧腾，他却要花上好几天、好几个月在如此安静的事物上？

"我做的很多事，都是琐碎而又非常自私的，"他说，"但昨天雕刻那个小女孩的脚让我心碎，让我觉得，至少我的生活不完全是追求刺激、寻欢作乐。"他让我想起了波普伊，她想找寻某种比在拍卖行卖画更有营养的事情。"我现在做的事是实打实的，"他说，"我所做的大多数艺术都很自负：组乐队也是完全出于自我。我觉得我现在做的事非常非常值得。要不然我不会做的。这就像某种使命。没有其他人在做这件事，而且我想，如果一开始有其他人的话，我大概就会说：'那我就不必做了。'我做的其他事情，都是因为我想做。而有这么一件事，我并不是很想做，但我觉得我应该做，这种感觉很好。"

尼克并不觉得一个活人的面具中会蕴含精神力量，但如果他有选择的话，他还是更想为生者雕刻面具。在为死者雕刻时，他会揉捏、拉伸，来让死者看起来不那么死气沉沉，不那么凋零皱缩。他宁愿不去做这些。但是，如果人真的会对死亡有所思索的话，他们也只会在死亡成为事实之后才开始这种深思。只有当生命逝去，他们才会想要保存下生命的精髓，所以，死亡面具中总是蕴含一缕哀伤的元素：正因为失去，它们才会存在。尼克抬头看着自己父亲的活人面具，后者曾是世界上最炙手可热的通缉犯之一，他说，他有时候会想要把它和海格特公墓墓碑上的死亡面具调换，那个面具在阴影之中尽显哀伤，眼窝的凹陷处有某种神情，重力的某种作用在拉拽着面具的五官。他父亲死于五年之前，而他现在谈起还满怀伤痛。在我和他交谈的大多数时间里，他都在回避这个话题，把目光转向别处，卷烟，或者问我有没有其他问题。但是，就在我即将离开的时候，他告诉我，现在他希望当初没有把父亲扶到椅子上——这并不是他父亲通常工作的样子，他也记不得为什么当时自己要那样做。发现父亲死去，以及接下来几个月的记忆，对他来说都是一片模糊。他把这些记忆埋藏在脑子后的一扇门里，回忆起时总会有一番挣扎。不过，那个活人面具也能天衣无缝地嵌进死亡面具的位置，左边是手工雕刻的引言——"来了！"——这是一九六三年那个夜里，他父亲把耳朵从铁轨上抬起，对着对讲机说出的话；而右边那句"**这就是人生！**"①，是他父亲被逮捕时的感言。

我又一次拜访了海格特公墓。那是一个冬日，人行道上的菟葵被卷进强劲的大风，在我头顶咔嚓作响。我注意到，墓碑前多了一个小小的座位。这不过是一块小巧的木头，平衡地放在石头上。从主路上看不见这个座位，它被其他坟墓的土堆遮住了。我

---

① 原文为法语"C'EST LA VIE!"。

坐下,发现自己的视线正好对上尼克的父亲。这是一张与尼克惊人相似的脸。从他的青铜色皮肤上,雨水蜿蜒流下,沿着那些花费了一生才形成的细小皱纹不断变换方向。

悬停[①]
灾难遇难者身份确认

伦敦边缘一处萧瑟的工业区内布满了环岛和停车场。凯尼恩公司的办公地点就位于这里，在一栋毫不起眼的砖楼之内。这里只有大型商场，售卖修理汽车、房子和花园的物什——总之，就是让你的生活在外人眼里更为美好的东西。哈尔福德汽车中心，威克斯家具，"大本营"家具。一家名为"好莱坞保龄"的保龄球馆肉眼可见地破旧不堪，但显然仍在营业，耸立于一家简陋的必胜客之上。大部分地方基本上都是柏油路面，除了某些景观：一处池塘，水面上立了一座小桥，树桩上挂了一块牌子，告诉你这里有多美——它们本用来装点钢筋水泥，但实在是不太自然。

[①] 原文为"Limbo"，来自拉丁语"limbus"，意为"边缘"或"边界"。既指处在两种状态之中悬而未决的境遇，又指天主教原教义中，凡人死后所处的天堂与地狱之间的区域。

又一个停车场，另一端，有个穿着黄色警戒背心的人向我招手："是的，就是这里。"这个手势对我说，他们选择这个地点的首要原因，正是它临近希思罗机场[①]。无论在世界的哪一个角落，如果发生大规模死亡事故，就不能浪费任何时间。

我从来没听说过凯尼恩。这家公司标志上的附文写着"国际紧急服务"，对他们具体的业务含糊其词。不过，公司的运营经理伊万告诉我，我的无知完全情有可原：我本就不应该对凯尼恩有所耳闻。"我们是一家白标公司[②]。遭遇灾难后，你打电话过来询问信息时，我们是以客户的名义开展工作。我们会使用客户的名字。"他一边说，一边在接待区的玻璃茶几上放了一盘巧克力圆饼干和一杯茶。我本来想找一名侦探来做采访对象，却发现了这家公司——很多前警察都在这里工作。不过，凯尼恩和他们的业务并不是什么秘密。凯尼恩的网站上有很多员工的故事，他们讲述自己做过的事，被派遣前往的地方。他留给我一堆杂志：《殡葬服务时报》《航空杂志》《深度：独立殡葬师的声音》和《客机世界》。殡葬业和航空业在此交汇。

无论是飞机坠毁、建筑失火，还是火车横撞上公交车，一有事故发生，凯尼恩就会以你公司的名义与当地机构合作，处理善后事宜。他们会替你应对媒体，保证传达出去的信息清楚无误、

[①] 伦敦的主要国际机场，空中交通枢纽。
[②] 指以下商业模式公司：一种产品或服务，由一个公司制造或提供，但由另一个公司或品牌销售和分销，通常没有明显的品牌标识，以便销售方可以将其作为自己的产品销售。

前后一致。这样一来，你手下的员工便能专心应对极有可能发生的内部震荡。他们还会对你的网站做相关处理，比如说，有副驾驶员故意将德国之翼客机撞进阿尔卑斯山，令一百四十四名乘客和六名机组人员全部殒命①，那么，当紧急事故人员在阿尔卑斯山上收集飞机残骸时，在你那宣传乘坐廉价航班出游的网站主页上，将不会出现花哨的阿尔卑斯山照片。

凯尼恩会开设危机专线，以便人们致电登记失踪者信息，或是询问事件进展。他们会安排家属联络官，用真实但更容易接受的说法向失踪家属传达可怕的事故消息，口吻亲切，避免造成"用扩音器向全体喊话"的观感。他们会为你的网站设立"暗区"，家属可以从那里登录，获知实时进展；也会设立家属援助中心，让家属在那里坐下，等候，待在那儿，对着所信奉的宗教书籍祈祷，得到心理健康医师的帮助，听到用各种所需语言宣读的公告。

凯尼恩会为受害者家属协调前来的行程，把人们从地球最远处带到他们所爱之人死去的地方，无论需要飞机、火车，还是需要用马匹和马车把人从巴西最深处的雨林里拉过来。他们会协调住宿，低调行事，确保酒店不会在召开空难媒体发布会的同一时段还在举行一场有四百名宾客出席的婚礼，并错开就餐时间，以

---

① 指于2015年3月24日发生的"德国之翼"航空9525号航班事故，该航班由西班牙巴塞罗那飞往德国杜塞尔多夫，途经法国南部上空时失事，于法国境内阿尔卑斯山地区坠毁。

免悲伤的家属与度假的宾客同时用餐。他们会组织悼念活动；逾百年的事故管理经验（他们的首次事故处理始于一九〇六年，一列水陆联运列车①于英国索尔兹伯里脱轨坠毁）意味着凯尼恩熟知：每一次事故各不相同；每一种文化对待死亡和死者的方式也截然不同；他们知道，给日本家庭送玫瑰花，让他们放在死者身上，这是不妥当的行为：白色菊花才是首选。他们会考虑并处理所有可能出现的实际问题，包括媒体伪造身份潜入家属援助中心赚取独家新闻的可能性：二〇一〇年，利比亚一家机场，一架飞机冲出跑道，致使一百零三人死亡，一名记者就是因为上述行径遭到逮捕。逢上火灾事故，他们会提前要求餐饮服务人员规避烤肉。

你正身处一场灾难之中，你或你的公司以前可能从未遇到过类似情况。这个时候，你想得到的、想不到的一切，他们都帮你想好了。

我来参加凯尼恩公司的开放日。他们这里销售的产品——毕竟，这是一家商业机构——是一种详尽的解决方案，用来应对尚未发生的问题。今天有几十人前来，来自各行各业：航空公司，地方议会，服务行业，铁路公司，巴士公司，消防系统，航运公司，石油和天然气公司，他们都把大规模死亡事故看作行业未来极有可能发生的事情。在接下来的七个小时中，凯尼恩会解

---

① 一种将火车车厢通过渡轮运输到另一个国家或地区的火车服务。

释，为什么这些行业需要立刻与他们签约，在糟糕的事故发生之前。他们会解释，为什么备好预案至关重要：这不仅有关家属和员工，更关系到公司的声誉。马来西亚航空公司在二〇一四年发生了两起空难①，造成五百三十七人死亡，这家公司将作为警示例子被反复提及：他们的名誉很可能永远无法恢复如初。我们坐在折叠椅上，手里攥着带有凯尼恩品牌标志的纸袋，被平放在窗台上的飞机模型环绕。讲话人说，人们总体上能够接受灾难。他们会为失去的亲人感到哀恸，接受严酷现实的能力比别人想象中更好。但是，人们不能并且不会接受一个对生或死毫无计划的公司，不会接受他们做出一丁点不恰当的反应。

马克·奥利弗，大家都叫他"莫"，今年五十三岁。如果让警察来形容他，会说他中等身高，中等体形，戴眼镜，灰色短发，像军人一样利落。他上班穿西装，除非他被派去事故现场：那时他会从随身携带的包里拿取衣物。他的随身包就放在凯尼恩办公室后面的庞大仓库里，随时待命。他领着我穿过一扇门，门上贴

---

① 2014年3月8日，马来西亚航空公司MH370航班与地面管制中心失去联系，此后国际社会组织了庞大的搜救工作，但飞机具体的行踪和事故原因一直不明。之后，时任马来西亚总理宣布，该航班于南印度洋坠毁，推定机上所有239名乘客和机组人员均已遇难。2014年7月17日，马来西亚航空公司MH17航班在乌克兰东部顿涅茨克州坠毁，机上298人全部遇难。

了一张覆了膜的白色 A4 纸，上面用红黑色的大写字母写着："**停步！检查！你干净吗？？？**"他打开一个储物柜，潦草地展示了几个大号证物袋。这些袋子都被重新改造过，这样打包的时候方便。袋子里装有应对炎热、寒冷、潮湿、干燥等不同气候的衣物。所有衣物都叠放整齐，每个袋子里的衣物都够他穿一星期左右，这留给他充裕的时间制订计划，把足够多的衣服送到他去的地方。他打开另一个储物柜，用手指了指。"看，"他笑着说，"现在你看到的是我老板的内裤。"

莫于二〇一四年加入凯尼恩，并于二〇一八年成为运营副总裁。他负责公司的事故现场作业、培训和咨询，还管理着庞大的团队。凯尼恩有两千名员工，其中有前航空业工作者、专修哀悼和创伤后应激障碍的心理学专家、消防人员、法医学家、放射技师、前海军官员、警官、刑侦警员，还有一位新苏格兰场的前指挥官。还有危机处理专家，在航空旅行相关危机和银行业相关危机领域均有丰富经验，有防腐师和殡葬承办人、退役飞行员、拆弹专家，以及一位伦敦市长的前顾问。如果让你来组建一支世界末日分队，你可远做不到这么好。再加一位外科医生，你们大概就能和蟑螂与深海鱼一起幸存了。

来凯尼恩之前，莫在英国各地的警察局工作了三十年。他担任高级调查官，负责凶杀案、有组织犯罪、反腐和反恐工作。

莫的职责非常严肃，但他其实是个爱开玩笑的人。戴维·西蒙①的《凶年》里，巴尔的摩警察会在死去毒贩的大头照背部贴上翅膀，然后挂到圣诞树上；莫当然不像这样轻佻，但即使在最暗淡的时刻，他身上确实仍保有一种幽默。幽默感不可或缺：它是一种精神支撑，而在凯尼恩，这种情绪抵御着相当繁重的压力。我们所处的仓房放着成千上万件格伦费尔塔火灾②受害住户的所有物。这座被烧毁的公寓楼成了伦敦西部一座高耸的黑暗骸骨，直到被当局用一块巨大的防水油布遮盖起来，希望我们能对此视而不见。不管距离格伦费尔塔火灾过了多久，二〇一七年六月十四日这个日期依然像是一道崭新的伤痕。七十二人死亡，七十人受伤，还有二百二十三人逃生，这场火灾凸显了政治和社会体制从高层到基层的种种弊端。调查不断开展，凯尼恩依旧在搜寻楼内住户的所有物，并试图通过家属暂时的新住址联络他们，以便将物品归还。一共有一百二十九间公寓，几乎在每一间内都找到了一些物品。约七十五万件个人物品被装箱，从北肯辛顿运回此处，接受处理、清洁，并被归还。两年之后的二〇一九年，当我造访凯尼恩时，这项工作仍没有结束。

此前，我看到莫在向别人解释个人物品对人的力量和意义，而听他说话的这些人在将来也会把这种力量传达给手握金钱和实

---

① David Simon（1960— ），美国作家、记者、电视剧编剧兼执行制片人。后文《凶年》即为电视剧集《火线》的原著。
② 英国一起重大火灾事故，于 2017 年 6 月 14 日凌晨 1 点发生，地点在北肯辛顿地区 24 层高的格伦费尔塔公寓塔楼。大火之后整座塔楼几乎被火灾摧毁。

权的人——他们能够决定，是否值得为寻回这些物品慷慨解囊。个人物品并不仅仅是一件东西。他告诉我们，一个人在遇难时刻随身携带的物品有着难以言喻的情感重量，至于到底有多沉重，我们也无权评判。按照惯例来看，当局并不会对个人物品投以过多关注：警察也许会把它们塞进柜子里，然后忘掉，或者把它们转交给其他也可能把这件事忘干净的人（我曾经和一位调查记者共事过，他的书桌抽屉里有一个塑料袋，装着一位谋杀受害者的衣物，他想要把这些衣物归还，但这不是当务之急）。但死亡拥有改变一切的力量。不仅是对死者本人或家属；死亡也会改变房子里的东西。玛吉·纳尔逊[①]写过一本名为《红色部分》的书，讲她的姨妈被谋杀，以及随后的审判。她在书中写道，这些物品最后变成了护身符。

现在，莫领我走过摆放着格伦费尔塔事件物品的架子，箱子高高堆起，越过我们的头顶。"这里以前满满当当的。"他说。不过，在现在的我看来，这个仓房仍然能用"满当"一词形容。比起以前，这里的东西少了很多，但依旧占据着绝大部分空间。架子上摆列着成千上万个硬板纸箱，而那些庞大到无法装箱的物品，则按照各自的类别放在墙边：各式自行车——从儿童小轮车到成人型号的赛车，婴儿车，还有那种能把婴儿放进去的摇摇车，上面旋转的悬挂饰物能让婴儿安静下来。手提箱。有烧焦

[①] Maggie Nelson (1973—)，美国作家，作品涉及自传、艺术评论、女权主义、先锋派历史、美学理论等领域。曾获得 2016 年麦克阿瑟奖。

的,也有没烧焦的高脚椅。仓库前方是加工部门:对于计划返还的物品,无论是玩具车、睡裤,还是硬币,凯尼恩都会询问家属是否需要清洗。"如果你早点过来,就能看见走廊两端挂满晾衣绳。"他咧嘴笑着,像稻草人一样张开双臂。在开放日之前,他们进行了一次紧急清洁。架子上摆着几瓶清洁用品,吹风机,还有好几台电熨斗。这个区域旁边是摄影室,内部用 A4 网格纸展示着拍摄不同物品的规范操作,从钢笔到胸罩,再到一只袖子折叠、另一只袖子伸展的毛衣。

我回到接待处,翻阅着一个名为"无主个人物品"的文件夹。里面装着在此拍摄的物品照片,而这些物品来自其他事故,一直没能找到所属人,但仍被放置在某处,配有辨识号码,一直等待着。开放日的参与者吃着纸盘上的三角三明治,围着一个热水器叽叽喳喳,我站在他们中,有种感觉萦绕不散。配好系统编码的个人物品,厚厚的文件夹,成千上万毫无意义的物件,却对未知的人来说意义重大。玳瑁色的老花镜,镜框已经因火灾或爆炸,或两者的共同作用而变了形状;房子钥匙,阿尔法·罗密欧汽车的钥匙;祷告卡片。一本从海里捞出来,已经泡涨了的伊恩·兰金[①]的小说。

如果已经确认了家属,取得联系,并确定他们不想拿回物品,那么,无论物品是什么,都必须处理到无法辨识的状态才能

[①] Ian Rankin(1960—),英国犯罪小说作家、慈善家。

扔掉。莫带我去了仓房后面的另一个部门,那里有六个工作人员,身着白色连体服,头戴防护面罩,正用锤子砸毁二十世纪九十年代的家用录影带。在被戴着手套的手砸碎之前,露出的贴纸上,用锐意牌马克笔写下的认真字迹清晰可见。锤子敲打塑料,碎片飞溅起来,再于附近落地,在这一片杂音之中,他大喊大叫着,开着"带薪减压"之类的玩笑,但我听不太清楚。我看到《老友记》的剧集被录制在《塔格特探案》①的带子上。看到和我家里录影带一模一样的带子,那里面是无可取代的童年片段。在碎片之中,还有一张布兰妮·斯皮尔斯②的 CD。

火灾被扑灭三个月后,凯尼恩的工作人员仍然在烧焦的残骸中细细搜寻。他们在被熏黑的塔楼中发现了一只鱼缸。虽然缺少食物,也缺少给水制氧的电力,还有二十三条死鱼翻着肚皮浮在上头,但不知怎的,仍有七条鱼活了下来。凯尼恩联系了那间公寓的住户,但他们如今的住所无法容纳这几条鱼,于是,在这家人的祝福之下,凯尼恩的一位员工收养了它们。它们甚至成功繁衍,从被烧毁的大楼灰烬之中,诞生了看似最为不可能的事物:一条小鱼。

他们给它起了名字:凤凰。

---

① 英国历史最悠久的系列电视剧之一,是一部以苏格兰格拉斯哥地区为背景的侦探剧。
② Britney Spears (1981—),又译为小甜甜布兰妮,美国女歌手、词曲作家、舞者、演员。

莫来这里工作，可不是计划好的：在接到工作邀请时，他已经从警局退休了。不过二十年前，他参加了一次行动，为现在的事业打下了根基。

　　那是二〇〇〇年。此前一年，为结束科索沃战争，北大西洋公约组织发动了持续十一周的轰炸行动。此举备受争议，次年，一支国际援助力量抵达，来调查暴行。情报小组确认了乱葬坑的位置，法医小组进行了挖掘和验尸，想要确认死者身份，以便让死者和家人团聚。法医小组需要紧急找人参与，为期五周。那时候，莫正负责凶杀调查，特别是尚未侦破的凶杀案件。他对验尸非常熟悉，做事一向条理分明，还能为如此浩大的工程架设所需的电脑系统——这些技能曾让他成为一名出色的警官，现在也使他成为这项工作的不二人选。"我飞到那里，他们给了我一辆路虎车的钥匙，第二天就派来三十人的团队，过来给我说明情况。"现在，他跟我说起这些时，眼珠都快瞪了出来：科索沃的乱葬坑，和北伦敦的亨登可是天上地下。"天啊。"他说。

　　四年后，一场海啸于节礼日①袭击了斯里兰卡，伦敦警察局派人前往当地，去帮助辨认成千上万的死者。在科索沃时，莫曾经成功地辨认过死者的身份，有已经完全化为骸骨的，也有几乎

---

① 英国与多数英联邦国家于 12 月 26 日（圣诞节翌日）庆祝的国定假日。

完好无损的。所以他们把他派去了斯里兰卡，让他负责不同国籍的遇难者身份鉴别。莫在那里待了六个月，几乎没怎么睡觉。在此期间，他结识了其他灾难救助人员，而也正是那些和他并肩作战的人，在多年之后，把他从短暂的退休警官生活之中拉拽出来，给了他一个凯尼恩公司的永久职位。

开放日已经过去几周，现在这里的一切都安静下来了。我们坐在莫的办公室里，他给我讲解了一些他参与过的其他案例：二〇一五年"德国之翼"客机坠毁于阿尔卑斯山；二〇一五年突尼斯大规模枪击事件，造成三十八人死亡；二〇一六年埃及航空804号航班坠毁于地中海，机上人员全部遇难；二〇一六年阿联酋航空一架客机在迪拜机场坠毁，不过只造成了地面一人死亡。他说，每家航空公司即使设有事故应对方案，其中也都有一个最明显的缺陷：他们都假定事故会发生在自己的机场。没有人考虑过，如果事故发生在其他国家，他们会面对什么水平的基础设施，发生在基础设施落后的贫穷国家又会是什么情况。

架子上摆着他做警官时的镶框照片，还有一些小装饰品，旁边就是大规模死亡事故手册。一把破旧的挂锁，上面有一个磨损的手写标签，挂在一个小小的涂漆木架上。我指着挂锁，问它的故事。"这是我们在斯里兰卡最后一天取下的挂锁。"他说着，把挂锁从架子上拿下来，放在我们之间的桌子上。这把锁来自一个四十英尺长的冷藏转运集装箱——就像你能在卡车后备厢里看到的那一种——箱子里装着二〇〇四年海啸之后，人们发现的身份不明的尸体。当最后一具尸体的身份得以确认，当集装箱在令人痛苦的六个月之后终于空空如也，斯里兰卡的验尸官把最后一把挂锁送给了他。"对我们所有人来说，那都是一个极具意义的时刻，"他说，"那时我们意识到，我们完成了任务，让那些人得以安息。"

海啸卷起巨浪，席卷了印度尼西亚、泰国、印度、斯里兰卡和南非的海岸线，造成总共二十二万七千八百九十八人丧生。仅在斯里兰卡，就有逾三万人失去生命。当地政府对于掩埋尸体反应迅速：他们担心，如果把尸体放置不管，在热带高温下，可能会对活人的健康造成危害。他们把尸体埋进万人冢里，很多都在医院附近，以便各国机关在其中挖掘、翻找自己的国民。"斯里兰卡当局并不想开展大规模的国籍鉴定工作。"莫解释说，"很多人都是佛教徒，印度教教徒，他们觉得把人埋在万人冢里是挺好的事。但同理说来，当局和政府知道外国人不会理解这种文化。他们不愿意被抛弃在万人冢里。所以，对那些明显是掩埋外国人的地方，他们尽力保护，并且表示愿意和我们合作，辨别这些人的身份。"

英国警方和法医人员组成轮换小组，对埋有外国人的万人冢的地点进行了调查，并挖掘出了尸体。约三百具尸体被装进了七个冷藏集装箱，全都身份不明，等待着尸检。为了和集装箱里的尸体进行比对，工作人员需要跨国采集生前信息——即死亡之前的信息：牙齿，基因信息，指纹。但是，收集上百名失踪外国人员的生前信息,这绝非易事:在凯尼恩的开放日,莫给我们展示了这项工作该如何完成。他告诉我们,当找到尸体时,你并不知道尸体会处于什么样的状态,所以你需要这具尸体所有残存的部分,所有相关的信息。如果某人的手臂上有一处文身,那自然很好,但如果你根本就找不到他的手臂呢?同样地,你可能会认为某个文身独一无二,后来却发现并不是这样:过去一个案例里,出现过一个"威利狼"①的文身,而它是海军陆战队运输中队的吉祥物,数百个男人都文有相同的图案。在爆炸或坠机事故中,个人物品会全部混在一处,这就意味着在某一具尸体上发现的装有身份证的钱包,可能并不属于这个人。你得质疑一切。莫让我们参与一项练习:和身边的人组队进行角色扮演,来收集生前信息。他让我们记录下所有的医疗植入物——心脏起搏器,乳房假体,说这些物品的序列号是极有价值的信息:它们独一无二,并且可以追踪。他最近根据一个膝盖骨假体辨认出了一个人的身份。也就是说,这个人身上最有辨识度的部分是他的膝盖骨。在这项模拟练习中,我扮演我的母亲,提供和我相关的信息;而我身边那位安静的消防官员则扮演凯尼恩的工作人员。我列举了自己两条腿各自经历膝盖手术后留下的钢钉,左腿大腿上一处褪色的胎记,青春期时因愤怒砸烂了一面窗户,手腕上留下了伤疤,以及骑着粉色脚踏车撞进滚轮垃圾桶,肩膀上留下了一条白色线

---

① 华纳兄弟喜剧卡通系列《乐一通》里的角色,外观造型上是一只郊狼。

痕。身在此地，回答着那些也许有助于辨别我身份的问题时，我才意识到，自己什么事都没告诉过家人：他们不知道我的全科医生是谁，我的牙医是谁，不知道我是否被采集过血液样本，或者是否曾需要医疗干预；不知道我是否向"23andMe"①一类的遗传祖源测试提交过基因信息，也不知道我是否被采集过指纹，以求能进入我工作的大楼。我想象父母向家属联络官零碎地提供着信息，就像从口袋中掏出绒毛。我又想象停尸房的工作人员梳理这些碎片的样子，想象他们努力寻找那些童年的伤疤。在我看来，这是一项极为昂贵的工作，无论是金钱，还是时间。

"当地政府甘愿让本国遇难者处于身份不明的状态，这纯粹是出于宗教意义上的考虑吗，"现在，我在莫的办公室里问他，"还是说因为遇难者很穷？"

"肯定有政治方面的考量，"他说，"泰国的死亡人数要少得多，但在泰国，国际层面投入了巨大努力。为什么？因为他们决定去确认每个人的身份，这要花费十八个月到两年左右的时间。这跟去那儿的很多都是有钱游客有多大的关系？"他微微耸了下肩，好像在说，这总是会归结到钱的问题，而钱的问题不总由他说了算。"这意味着国际社会对那边的关注程度更高。涉及灾难的处置方式和资金的问题，总是与政治息息相关。"

菲律宾，这是另一个受贫困影响的案例。台风"海燕"是有

---

① 美国生物技术公司，开展个人基因方面的相关服务。

史以来记录到的最为强劲的热带气旋之一，于二〇一三年十一月登陆。台风把车辆像石头一样抛掷出去，把建筑物夷为平地，把整个城镇席卷一空。仅在菲律宾，这场台风就造成至少六千三百人死亡。据一位官员估计，塔克洛班市百分之九十的区域毁于一旦。暴风雨一结束，莫和团队就即刻抵达：一座满目疮痍的城市，被台风损毁殆尽。两年后，教皇方济各访问此地，并在机场前组织了一场三万人参与的弥撒，以求重燃希望。

我告诉莫，我曾在《纽约时报》上读到，那场灾难后，遇难者的尸体被弃之不顾长达数周，他别过头去，就好像依然无法相信所目睹的一切。"海莉，我拍了照片。"他说。他回到办公桌后，翻找了一阵，嘴里咒骂着："天哪，我做过多少该死的汇报？"然后，在他电脑上调出了一个演示文稿。上面是行动总部：一栋只有一间厕所的废弃建筑，当地政府利用手头所能找到的一切资源，搭建出来帐篷和摇摇欲坠的亭子充当临时的停尸房。在那个地区，没有官方的临时停尸房配给品，也没有冷藏设备。一个亭子上印着"**我 ♥ 塔克洛班**"的字样。旁边是一片沼泽，蚊虫肆虐，数千个裹尸袋排放一处，在高温下爆裂开来。塔克洛班当时的平均气温为二十七摄氏度，湿度百分之八十四，在这样炎热的地方，尸体腐烂的速度非常快。气体导致塑料袋破裂，内容物倾泻出来，在地上汇集成水坑。我问莫，那时是什么味道，他停顿了一下，好像从没停下来想过一样。"其实，我觉得我的嗅觉并不是很灵敏，"他说，从屏幕上抬起视线，"这可能对我的工作有所助益。不过，在斯里兰卡，整整十四个小时的车程里，都充斥着一种死亡的腥甜气味。"

接下来是更多的照片：有一张在菲律宾，莫正把三具尸体从一个潟湖中捞出来。并不是台风把尸体卷到这里的，而是一名当地警察帮了倒忙。这些尸体一直处于露天的环境，渐渐开始腐烂。这名警察想尽力让幸存者远离骇人的气味和场面。所以，他把尸体放置到最近的水源里，结果却造成了附近所有人的水源污染。这些尸体泡得发胀，浑身惨白，脸朝下趴在水里。人们用两块木板分别夹住骨盆和腋下，把瘫软的尸体拉出，再用皮艇送到岸边。尸体背部的皮肤光滑浮肿，但正面已经露出白骨，脸部被其他生物吞食殆尽。"我们曾经找到过被鲨鱼咬掉身体的空难遇难者。"莫说，点击着幻灯片。自然的运行法则就是这样。这张照片上，尸体在一块防水布上排开。这张是莫抬起一名遇难者的腿，指着一条蓝色绳索——那个警察认为，用这根绳子就能把尸体绑在潟湖底部，令它消失不见。

现在他加快了点击照片的速度，想要让我明白，当他看着满地尸袋，内心想着"我觉得我可应付不了这个"，这是一种什么样的感觉。照片都是在暴风雨夺去这些人生命一周之后拍摄的，而尸袋已经盛满了褐色的汤水，乳白色的肋骨从残留物中突兀伸出，蛆虫混在里面，肉眼可见。可以辨认的血肉五官已经剥脱，头骨露出，毫无光泽的长长头发紧贴着颧骨和眼窝。更多浮肿的尸体身着泳衣，此刻却身处距离海滩如此遥远的地方。成人，孩子。我已经听莫讲解自己工作好几个小时了，但是，直到看到这些照片之时，我才开始理解，身份辨别是一项多么困难的工作。这可不是从湖里打捞出来的溺水者，而是腐烂的肉与骨，没有面孔，更别说文身。从积极的一面看，至少这个人留下了全尸，而不是从一场空难的废墟中捡回的四十七块碎片。理论上来说，这并不是一种毫无希望的境况：这种状态的尸体仍能通过基因信息或牙科记录来比对鉴定。但是台风"海燕"不仅夺去了他们的生命，还摧毁了他们的房屋，由此抹去了一切可能的生前信息：丝缕头发，可能从中获取基因信息的牙刷，记录下他们指纹上独特涡旋的镜子或房门把手——这些信息本可以被收集起来，以比对遇难者的身份信息。而且，人越穷困，就越不可能去看牙医。在这里，也没人曾把拇指按在扫描仪上，在"嘟嘟"的声音中进入某幢高层办公楼的大门。

尽管如此，一支来自菲律宾的尸体处理小组还是以每天约十五人的速度处理着成千上万的尸体，收集到的死后信息或许不会，也很可能永远无法与能够识别出他们身份的信息相互匹配。他们并不考虑这种工作有何意义，只是一直不停工作。莫认为，像当局那样让这些尸体长时间腐烂，这是不人道的行为：这里没有任何恰当的身份鉴别计划，没有各国政府的关注，因此没有钱。对于本就情绪敏感的幸存者来说，这更是一种毫无必要的骇人情境。

"我对那些尝试的人充满敬意，但我判定这是不可能完成的任务。我尽量把他们都埋葬在独立的坑位内，拿走一颗牙齿之类的东西。"他说。牙齿是最容易保存的东西，是一缕微薄的希望——希望某天也许能做出某种辨认，而不是白忙一场。"最后，所有国际援助人员都回家过圣诞节了，他们开来了大型挖掘机，用那种巨大的机械把尸体都埋了。他们明白，自己也做不了更多了。"

几个月前，伦敦南部，春光明媚的停尸房里，我们仔细地把亚当放好，小心地褪下他的T恤，叠好，以便返还给他的家人。现在和莫坐在一起，我又想起亚当，惊讶地意识到，"有条不紊"这个词，在平静、预料之内的死亡情形，和在大规模死亡的情形之下，其意义竟然分裂出如此巨大的鸿沟——对独立个人的体贴关注，和"在有限的条件下尽可能做到最好"之间的对立。每一次灾难都有所不同，但有某些基本原则永不动摇——就像大多数事情一样，所有的一切，都是从他人犯下的错误之中学到的。

一九八九年，泰晤士河上的一艘船沉没。那是一艘名为"侯爵夫人号"的小型游船，曾参与一九四〇年敦刻尔克大撤退的人员营救。深夜时分，它与一艘名为"鲍贝利号"的大型挖泥船相撞，三十秒后沉没，造成五十一人丧生（其中大多数人都还不满三十岁），并使官方改变了灾后尸体的处置方式——这场事故的处置方式本身就是灾难。理查德·谢泼德是当时负责伦敦和英格兰东南部地区的法医病理学家,根据他的说法,这场事故属一系列引发变革的灾难事件之一,还有火车相撞,大规模枪击,一根点燃的火柴落入国王十字站的自动扶梯(每周我都会在这一站经过一块纪念在此事故中遇难人员的牌匾)。这些事故,以及其他更多事故导致数百人死亡,暴露出了巨大的体制弊病。企业和国家对于培训、风险责任、健康安全事宜的态度需要彻底改变。

莫并没有参与"侯爵夫人号"事件的调查。事件发生时,他还是一名年轻警员,在另一片辖区工作。但他从书架上抽出一册文件:《关于重大交通事故遇难者身份确认的公开调查》。这是克拉克大法官[①]所做的报告,于"侯爵夫人号"事故发生十一年后公布。他解释了那场沉船事故为何在后续几十年里不断激起涟漪。根源在于,遇难者的双手被割了下来。

"无家可归的人,我们以前叫他们'流浪者'。他们掉进泰晤士河,两三天之后被打捞上来时,人已变得浮肿,无从辨认。"莫解释说,"谁泡在水里,都会是这个样子。"无论多新近的死亡,都会改变人的模样,所以,仅仅依靠视觉鉴别既不可能,也并不明智。报告引用了法医病理学家、大英帝国司令勋章获得者伯纳德·奈特[②]的话,根据他的说法,面对哪怕是刚刚去世的尸体,就连近亲也经常会怀疑、否认或错误认定死者的身份。重力

[①] Anthony Peter Clarke (1943—),英国最高法院首批 11 名法官之一,领导了"侯爵夫人号"沉船事故的司法调查。
[②] Bernard Knight (1931—),英国法医病理学家、犯罪小说和法医学通俗读物作家。1993 年被授予大英帝国司令勋章。

对五官的影响，身体和硬面接触的部分被压平，还有肿胀和惨白的皮肤，都会让你可能认识的人容颜大变。当一个人身上的动态元素——面部神情、动作和眼神接触的方式——消失之后，余下的东西，有时候会让他人无从辨认。

一般来说，从泰晤士河里捞出来的人，往往是生前被警方拘留过的人。他们的指纹已经录入数据库，因此，在理论上，可以迅速通过指纹辨别出他们的身份。但是，当尸体在水中浸泡过后，这就成了一项艰难的工程：尸体像洗了很长时间的澡一样，皮肤皱皱巴巴，而且无论人种，颜色都会变白。指纹也看不见了。"所以，他们割下了尸体的双手。"莫说，"他们把双手放在指纹实验室的干燥柜里，这样等手晾干之后，就可以提取指纹。"

"侯爵夫人号"案件的调查中的问题在于，他们把本该应用于小规模鉴定的手段大范围地应用到了此次事故中，而且针对的是很可能并不在指纹数据库内的人。泡过水的皮肤开始变松弛，并从指头上脱落，因此他们越来越难以获取所需的指纹。索思沃克一家实验室拥有比停尸房更为先进的指纹鉴定设备，但并不拥有能够处理尸体的设施。因此，就像对待泰晤士河相关的其他个案一样，他们只带走了双手。

取下双手的行为导致了后续一系列更严重的问题：不明真相的家属看到，自己死去的亲人竟莫名少了一双手，而在尸体被埋葬或火化多年之后，丢失的双手才在停尸房的冰柜角落里被人发现。"他们本身是出于好意，才做这样的身份鉴定，但也许并没有妥善开展。"莫分析说，他的理论也在克拉克的报告中得到了证实。克拉克用五十六页长的篇幅，调查了导致遗体失去双手的每一个决策。还有二百页左右的内容，罗列出了未来的指导方针：如何鉴定尸体，谁有权做什么，如何对待遇难者家属，以及应当告知他们的信息。

"现在，我们会有所谓的鉴定标准。一般来说，只凭DNA、指纹和牙齿记录本身就足够了，只要没有其他影响因素或者无法解释的不匹配结果——我拿到过某个人的DNA鉴定结果，我在停尸房里看出来那是个女人，但鉴定结果显示那是一个男人，因为DNA被污染了。你必须周详考虑所有的病理因素。"

"侯爵夫人号"事故发生之后，一些家属得到批准，可以去看死者的遗体，而另一些被拒绝入内。殡葬承办人和警方声称，他们被建议不要让家属看到遗体，即使家属坚持想看。病理学家谢泼德后来才得知这件事，他推测，无论是谁做出这个决定，都可能是出于某种"错配的同情心"：他们觉得，看到腐烂的尸体，只会让本就伤心的家属更为痛苦。谢泼德在回忆录《非自然因素》中写道："但是，那个人显然不知道，看不到遗体，才会让事态更为糟糕。"

就看望遗体这件事，我询问莫的看法。他已经经历了给我展示的一切，那么，他会阻止某个家庭目睹他所见的景象吗？

"在这个国家，人们有权去看遗体。"他说，"也许这具遗体会被遮盖起来，你只需要在那里陪着他们。也许遗体只会露出部分身体或脸部。不过，就我们所处理的事故类型来说，很多情况下遗体已经重度破碎，可能只留下了遗骸的最小碎片，所以，在早期阶段我们会告知家属，遗体处在不宜看望的状态。但是我们会解释为什么，这和拒绝他们可不是一回事。"

在解释原因时，家属联络官必须诚实以告。如果发生坠机事故，家属会被问及，是否希望每确认一块遗骸之后都收到通知。你希望他们在找到第四十七块尸骨后，再次给你来电通知，还是做出确凿的身份鉴定之后的一通电话就已经足够？有些家庭可能会得到一绺用以留存的头发，而有些不会。要是连头都找不到，又怎能提供头发？如果遗体破碎得不成样子，有些宗教仪式可能就无法进行。如果不如实反映情况，家属就没法理解。

"埃及航空 MS804 航班事故发生后，我首次在埃及接触到遇难者尸体时，有六十六具尸体被放置在三个家用五格冰箱之内。最大的尸块也不过一个橘子的大小。而属于同一个人的尸块残骸，最多只有五片。这确实给信仰伊斯兰教者的家属带来了困难，因为他们想到现场并清洗遗骸。而你面对的是已经进了样本罐里的一片样本。尽管如此，辨别某个人的身份，以及确认他部分躯体的存在，仍然是非常重要的事。"

回到凯尼恩开放日。短暂休息过后，盖尔·邓纳姆走上讲台，准备发表演讲。她是一位七十五岁左右的女士，有一头利落的灰色鬈发。一排漂亮的胸针夺人眼目，装点在她的衣襟之上。她独自坐了一整天，和各家航空公司的代表隔着几把椅子的距离，在一屋子西装革履的人中显得格外引人注目。她是英国国家空难联盟及其基金会的执行总裁。这是一个由空难幸存者和遇难者的家属构成的组织，追求提升航空安全、安保和生存能力方面的标准，并对遇难者家庭给予支持。她的到场显然让凯尼恩公司极为喜悦：这是一位说话率直、彬彬有礼的女人，她曾在美国航空公司效力二十七年，既深谙航空公司的运营模式，又十分清楚地知道，在空难中失去亲人，又被航空公司恶劣对待是一种什么样的感受。一九九一年三月，联合航空585号航班，一架波音737-200型客机在科罗拉多州附近斯普林斯即将降落之时向右侧翻滚，机头朝下坠落，以一个几乎垂直的角度撞向地面。坠机地点位于机场南部，是一个本地公园，从那里的现场录像中可以看到黑色的灼烧痕迹，烧焦的草坪，以及四处迸裂、极其细小的机体碎片，就好像整架飞机蒸发了一样。两名机组人员三名空乘人员和二十位乘客遇难，登上飞机的人无人生还。邓纳姆的前夫，她女儿的父亲，是这架飞机的机长。身为一名业内人士，以及一名失去亲人的外部人士，她参加这次开放日的唯一目的，就是在这间聚集了数百家航空公司代表的房间里直接与他们对话，恳请他们不再使用"完结"这个词：这是保险业内的说法，没有任何意义。没有人会接受。空难永远不会结束。

如果"完结"是一个根本无法抵达的终点，逝者躯体的存在又能为幸存者的新生活带来什么？我们到底在找寻什么，而尸体又能有什么样的帮助？我们想要回尸体，这理所当然，没人会质疑这一点。但很多人不忍直视尸体，有些人会直接拒绝。有些人的宗教信仰毫不关注尸体：灵魂已经离去，这个人现在已经身处另一个更好的地方——这种精神理念，比一具空洞的外壳重要得多。当大规模死亡事故发生，当战争发生，当天灾人祸发生，为了把或完整、或残缺的尸体送回到家属手中，要花费数以百万计的金钱。这是为了什么？如果葬礼现场的棺材空空如也，但除了抬棺人之外，没人知道这一点，那么一具尸体存在与否又有什么意义？

一九七五年，佛朗哥将军去世，了结了近四十年的独裁统治，西班牙政府决定不再追究过去的罪行——历史学家称之为"西班牙大屠杀"，它夺去了几十万人的生命——而是专注于西班牙的未来。他们投票通过了《遗忘条约》，一种立法性质的遗忘，一项大赦法条，意味着没有人会因佛朗哥统治期间的集体性苦难而遭到起诉，这个国家只是继续前行。德国把自己的集中营改造成纪念博物馆，把官员交由法庭审判，而西班牙不同。以他们名字命名的街道继续留存，官员继续掌权，往事勾销得干干净净。这也意味着，那些被佛朗哥的士兵扔进乱葬坑的人将留在那里，想把他们挖掘出来，就等同于想把过去挖掘出来，这为法律所禁止。有些幸存的遗属知道受害者尸体大致的埋葬位置，他们把花束掷过高墙，或用束线带把鲜花捆扎在路边的防护栏上。他们被吸引着去到他们想象中所爱之人身处的地方。阿森西翁·门迭塔的父亲于二〇一七年终于被准确定位：他于一九三九年被行刑队杀害，之后被扔进了西班牙众多乱葬坑中的一个。此时门迭塔已经九十二岁了，当她得知，在阿根廷一场法庭判决之后（反人类罪行可以在世界任何地方受到审判——如果犯下罪行的国家用法律压制案件，这项准则就会派上用场），这座坟墓将会被掘开，而她的父亲的遗体也将通过基因检测被找到时，她说："现在我可以快乐地死去了。因为现在我知道，我能见到他，哪怕只是骨头或者尘埃。"

在她父亲于被枪杀的墓地发现一年之后，门迭塔去世了。射杀她父亲的弹孔依然清晰地留在墙上。她一生都在为找回父亲的遗骨奔波。

看见遗体，这是一个路标，是悲伤之径上的一处印记。安慰者会跟哀恸之中的人说，如果一个人在你脑海之中继续活着，那他就没有真正死去。这句话的真实性甚至比安慰者意图表达的更多面。如果没有看到你儿子的遗骸，你死去的婴儿的遗体，他们就以某种状态活在你的心里，这种信念是任何理性思考都无法驳斥的。如果是飞机失事，你甚至几乎可以欺骗自己，说他们还在某个地方，从事故中幸存，被海浪冲上了某个热带小岛，此时正在打磨石块、劈砍圆木，在海滩上拼出 SOS 求救信号，等待被人发现。没有尸体，你就身处于死亡的黄昏，而不是深陷你必须承受的全然黑暗。

"在这段时间内，人们处于悬而未决的状态，这才是最难的事。"莫说，"不知道遗体在哪里。甚至不知道他们所爱之人是否能被确认身份。不知道什么时候能把他接回来。正常的死亡会给予人们重要的转折节点，但这种不一样。正常的死亡或许意味着，你会亲眼看到一个家庭成员被诊断出疾病，在医院里去世，你能去参加葬礼。或许本人去世之前，也会和家人说说话。凶杀也很难接受，也是同样的原因：凶杀是一种骤然而意外的死亡。我会用和处理凶杀一样的方式跟别人讲：'听着，我会尽一切努力，去查明到底发生了什么，来告诉你到底发生了什么。'这其实是同一种驱动力，说真的。到底发生了什么？我该怎样才能给你真相？有时候真相非常可怖。但是家属想知道实情，我们就会告知一切。"你没法给予家属他们所需的全部，但在找回一具尸体的过程中，你能给予家属机会去寻找能令他们重新振作起来的事物。

莫随身袋里装的东西现在在地毯上摆成一排，旁边是一个空的棕色皮革手提包。他在等待一场空难遇难者的DNA检测结果。明天一早，他将飞往美国，去查看每一个尸袋，确保所有该在的东西都在里面。地板上有个三明治袋子，里面装着印有凯尼恩品牌的空白标签，莫将在上面亲自写下被确认者的姓名。他一直在给家属打电话，告知他所了解的情况，并指导家属接下来的种种步骤——火化，埋葬，这都取决于家属。当遇难者从停尸房里出来时，莫也会在那里。棺材的长度和形状都与惯常标准一样。里面，只装着一小袋碎片。

我想知道，目睹人们在乱葬坑里堆叠，在尸袋里腐烂或者被封进骨灰罐里，这对莫本人，对他的心理有什么影响。他说，他对死亡并没有特殊的感受。"死亡是生活的一部分，"他说，"也不过是另一件我们需要做的事。"不过，工作改变了他的价值取向。在亲眼见过他所看到的一切之后，原来重要的事情，就不可能仍拥有同样的意义了。莫说，在斯里兰卡海啸之前，他很擅长警察工作中的烦琐事项：表格、规章、条例。他回来之后，这些不再重要了。"这也许对我的职业生涯来说是很大的损害。为了作秀、为了光鲜而做的事？不在乎了。我并不愤怒，我只是不愿意去做了。"

工作也加深了莫对人的理解，对人情感、精神和身体承受能力的理解。斯里兰卡的经历让他的一名员工患上了创伤后应激障碍，那人可能永远也无法继续工作了。"在这一点上我失败了，"莫直白而严肃地说，"他一天不落地跟着我，无休止地工作了差不多三周时间。他没那么坚强，一开始就不该被派过去。"英国内政部发了一笔钱，以替代那名员工本该获得的善后援助。凯尼恩会非常谨慎地选择某项工作的参与者，在工作期间和结束之后都会提供精神健康方面的支持。当下，莫正在为格伦费尔塔事件的工作人员安排述职。莫在科索沃时，曾目睹一名挖掘小组的志愿者每天爬进乱葬坑之后都会呕吐，这持续了整整两周，但志愿者拒绝退出。这次经历之后莫明白,想做和真正有能力去完成工作,这两者之间是有区别的。工作人员要有协助任务的实际技能,但也要有坚韧的情感承受能力;不能是最近才遭受过打击的人,也不能是想与自己生活中的错误决一死战的人。

这是一份令人难以承受的工作,而他自己也没能完全摆脱其影响:二〇〇九年,在来凯尼恩工作之前,他被警方派遣到巴西,去辨别法国航空447号航班坠机造成的二百二十八名遇难者的身份。那是他经历的第一场空难。上司要求他准时回国,回归由他轮值的凶杀调查工作。所以,他于清晨六点在希思罗机场降落,然后直接开车去上班,中途出了车祸。"我的世界改变了。我的注意力没跟上。在那种经历之后,人需要时间休息,需要时间复原。"

但莫好像并没休息。他说他一直在忙碌。和他在斯里兰卡一起工作的同事再也没有参与其他大规模死亡事故的善后工作,他们每年都会组织烧烤聚会,互相关心近况。莫和他们不同。他参加了另一项大规模工作,然后又一项。每次坐飞机,他都不脱鞋子,清楚地知道几个出口在哪里,并把安全指示视频从头看到尾。而现在,他身在此处,在一间办公室里工作;而距我们座位数英尺的地方,就是那间盛满了熏黑物品的仓房,这些物品的主人被大火烧死在床榻之上。我曾问过那位死亡面具雕刻师尼克·雷诺兹,现在我也问莫同样的问题:如果他能坐下来,仔细想想这一切,会不会万般感受突然涌上心头?"你现在说话跟我妻子似的。"他咧嘴一笑。

就在我把东西收拾进包里,准备离开的时候,莫问我,在我曾对话过的人中,有没有人曾就"为什么做现在做的事"给出过好的回答?在我待的这段时间,他变了一些,不再那么爱开玩笑,而是深沉起来。过去好几个小时里,我们都在试图厘清,为什么他能够胜任他所做的事情。他坚持说,他不过是"一个简单的家伙",没有任何值得挖掘之处,做现在的工作也不是出于任何深刻的原因。"我很确定,在我肤浅的外表之下,你只能找到更多的肤浅。"他一直开着玩笑,从一个印着"**完美女儿**"字样的马克杯里喝茶。但是,突然间,他向我讲起自己没能解决的凶杀案件。他身后的墙上,有一句装裱起的名言,来自威廉·格莱斯顿[①]:"向我展示一个国家是如何对待他们的死者,我就能以数学一般的精确衡量出国民的仁厚,他们对国家法律的尊重,和他们对崇高理想的忠诚。"

我告诉他,过去几个月里,那些自认没有原因的人给了我很多原因,但一切归根结底不过是:他们想提供帮助,想做自己认为正确的事。他们没法逆转情势,令人死而复生,但他们能改变对待死亡的方式,给死者尊严。我告他讲了梅奥诊所特里的故事,讲他在人体实验室里待到很晚,只是为了等着把死者的脸换回,即使如果不做这件事,也根本没人发现。莫安静地点点头,

---

① William Gladstone(1809—1898),英国自由党政治家。曾担任英国首相长达 12 年,在 1868 年至 1894 年间出任四届首相。此外四次担任财政大臣。

从坐着的椅子上向前倾身,最后那间停尸房的挂锁依旧摆在我们中间。"人应当拥有身份,哪怕是死后。你明白吧?"

恐 怖

犯罪现场清洁工

在美国，暴力致死事件发生后，不会有任何政府机构前来清理血迹，让业主或家属免于目睹一片血泊。尸体送进货车，口供如数记录，指纹提取完毕，警戒线收起，之后你便会被扔下，扔进一片狼藉和寂静。"家属、朋友，谁也不管。"这就是最后来清理的人，尼尔·史密瑟，这位专业犯罪现场清洁工告诉我的。他有种加利福尼亚瘾君子的气质，说的每一句话都带着"这摊狗屎就这样"的调调。在从事现在的职业之前，他最擅长的事是"上床，抽大麻，坐在沙滩上"。过去二十二年里，他一直在清理死亡现场和犯罪现场，每天二十四小时待命。现在，在一家油腻的餐厅里，他坐在一叠白色纸巾旁，穿一件挺括的蓝牛仔工作服，胸前口袋上绣有代表"生物危害"的符号。我问他——因为他肯定目睹过——什么样的死法最为糟糕？

"毫无准备。"

大多数由他清理干净的人，死去时都毫无准备：没想到会被谋杀；没想到会在睡眠中死去，然后腐烂，直到房租过期才被发现；没想到生活能出这么大的问题。每隔数分钟，他的手机就会发出提示音和震动，送来新工作的信息。他没有理会。他个子不高，头发修剪利落，眼镜上一尘不染。在我们谈话时，他把眼镜擦了好几遍。他又向服务员要了一沓纸巾，她给了他大约十张。之后他又倾身两次，拿取更多纸巾，擦拭看不见的污渍。他声音很大，也很强硬，但烤架的嗞嗞声淹没了一些话语，他不得不重复一遍。人们回头，向这边瞥来。"腐烂。"他说，提高了声音。"很多大脑。"他用复数重复了一遍。"假阳具。"

四周是带黑色金属支架的镀铬凳子，它们支撑着美国人蓝色牛仔裤里的阔大臀部。一位服务员在其间忙碌着，紧攥一把咖啡壶，她的指甲比指头长出一英寸，涂着深青色的丙烯酸指甲油。一个独眼的跛脚男人倚在富美家牌柜台前。一对老夫妇擦拭着对方衬衫上汉堡的油渍——这是下意识轻拍背部安慰时留下的副作用。一块黑白棋盘格纹地板，一罐二十五美分的薄荷馅饼。一台什么节目都没播放的小电视。

"有三样东西，几乎总是会出现在谋杀现场。"他说，举起手指，像在玩《猜猜我是谁》^①的人物卡片一样，随意地敲下去。

---

① 一款双人棋盘游戏，玩家需要猜测对方所选角色的身份。在游戏过程中，需要不断按压淘汰的人物卡片。

"色情片或者某种色情用具——从驯服用的到，呃，你懂的。某种致醉剂，气体的，慢性的，或者随便你选择的什么。还有武器。唯一一样真正各不相同的东西就是性方面的。不是所有人都会把假阳具放在梳妆台上，但肯定藏在某个地方。我一定能找到。"我觉得他在夸张，假阳具不可能出现在每个凶案现场。他看我的神情，就好像我不是低估了人性，就是高估了人性。"我们到达时，生活已经停止了，"他说，"但他们没来得及清理。"

尼尔的公司叫"犯罪现场清洁工"，它充当了正常模样与暴行现场之间的界限。他就像一个重启按钮，能让你把凶宅挂牌出售，或者在警方拍卖里售出被扣押的汽车。在类似的公司出现之前，你只能亲自上场，手脚并用，尽一切可能擦洗血迹。现在，你可以给尼尔打电话。他的卡车会在一小时之内抵达。你可以转移注意力，去喝喝咖啡。离开现场。当你回来时，就好像一切从未发生过。

我和尼尔约谈，部分是因为他的工作，不过主要是因为我找到他的方式。他推广自己营生的方式和所有人一样：通过互联网。他也卖货：连帽衫、T恤、无檐毛线帽，都印有同样的犯罪现场清洁工公司的标志。他也把标志文在了前臂上：一群骷髅，周围环绕着公司的业务范围："**凶杀——自杀——意外死亡**"。他的Instagram（照片墙）账号是@crimescenecleanersinc，拥有近五十万关注者，简介里写着"**如果你犯贱，我会屏蔽你**"，他会在那里发布深度清洁前后的对比照片。我随意翻看着照片：一起猎枪自杀事件，血液和脑组织喷溅到房间顶部，击中烟雾探测器和灯。一场灾难性的车祸，车体被完全撞毁，附近头骨碎了一地，脑干飞到柏油碎石路上。还有牙齿。发现尼尔时，我正做着一直在做的事：在互联网上寻找和死亡相关的照片。我关注他的账号好几年了。

我是童年时期没有互联网相伴成长的最后一代人，也是青少年时期体验互联网的第一代人。那时候没有安全搜索：我们可以探索网络世界提供的任何事物，任何我们所能想到的事物。有些人搜索流行明星和色情片，有些人搜索死亡。现在，把"rotten.com"放入网址栏，什么都不会出现——这个网站已经不复存在。但它曾经就在那里，用简陋的基础 HTML（超文本标记语言）编写，二十世纪九十年代，任何青少年创建自己的 GeoCities[①] 网站时都会自学这种编程方法。这个网站汇集了疾病、暴力、酷刑、死亡、人类堕落与残忍行径，这一切都蕴含在一张又一张清晰度极低的 JPEG（一种图片格式）图片之中。这里有著名人士，也有无名之辈：未被识别的人，无法识别的人。有《周六夜现场》的明星克里斯·法利，他吸毒过量，脸色发紫，死在自家公寓的地板上。点击。一个年轻的金发女子，处于腐烂的早期阶段，她那发绿又泛黄的皮肤开始剥离。点击。一位警察发送的一

---

① 一家网络托管服务公司，允许用户免费创建和发布网站，并按照主题或兴趣浏览其他用户创建的网站，于 1994 年至 2009 年期间运营。

系列照片：一个九十多岁的男人死了，无意之间用浸在洗澡水里的水壶电线把自己慢煮了两周。点击。另一位喜剧演员伦尼·布鲁斯，照片发在叫作"名人停尸房"网站分区。网站的创始人是托马斯·戴尔，苹果和网景公司一位三十岁的计算机程序员，他以"Soylent"（单词原义是一种代餐饮料）的化名运营网站。一九九七年九月，在网站运行一年后，戴尔发布了一张戴安娜王妃的尸体照片。照片本身是伪造的，但他敢于发布如此照片这一事实本身让全球媒体炸开了锅，Rotten.com 因此声名狼藉：它成了一个热门打卡点，吸引着偷窥者、青少年和我，也引发了许多诉讼。

  我去看这些事物的冲动产生于渴望。渴望看到我可以思考、可以理解的日常性的死亡，但互联网给予我的只有恐怖——年幼的我仰望着"开膛手"的犯罪现场，比起那时候，我并没有更进一步。我不记得看到过任何自然死亡的人；我看到的死者被凌虐、肢解、爆裂开来。他们是一系列暴力的、非比寻常的悲剧。最接近普通死亡的也许是玛丽莲·梦露躺在停尸房里的照片，她的脸上满是斑点，神色相对安详。这一切都不像真实的死亡，也不像是会发生在我所在城市的事情。而且，我们是青少年，我们会永远活下去。尽管我死去的朋友告诉我事实并不是这样。

  这个网站开始运营时，我十岁；我发现它时十三岁，大约在哈丽特的葬礼之后一年。对许多和我一样成长于互联网早期时代的人来说（年性地？^①），它曾产生过深刻而持续的影响。在一个小时的拨号上网时段内（因为超出这个时长，就得再拨一次号），这就是我浏览的东西。我在另一个窗口，通过即时消息软件和学校里的孩子聊天，把我的昵称改成同好才懂的笑话，以及从科恩兄弟^②电影中引用的语句。肯尼迪后脑勺被脑浆和鲜血浸透的头发，点击一下，就能切换到讨论男生的聊天界面。青少年的鸡毛蒜皮和可怖的死亡并肩存在。苏珊·桑塔格在她生前出版的最后一本书《关于他人的痛苦》中写道："可怕的事物邀请我们或成为观众，或成为不忍目睹的懦夫。"这是一本剖析我们对恐怖景象的反应的书。你选择了一个队伍：观众或懦夫。这种"去看"的需要，是一种强迫性的冲动。它成了目的本身。一旦你看到，并且能够理解某种糟糕的东西，你就会继续去寻找下一个更为可怖的事物。借助缓慢的 56K 调制解调器，像素一行一行地加载，你的头脑会与它们赛跑，直到屏幕底部：比起想象，你看到的东西是没那么糟糕，还是更加刺目？有时，屏幕上展示的糟乱太过具体，你的大脑根本不可能独立想象出这种场面。你永远不会想到头骨会像鸡蛋一样崩裂，大脑会像蛋黄一样摊开。计算机老师并不了解我们，色情内容也还没有遭到屏蔽。你可以看到任何想看的东西，而我们会去那个网站，在死亡图像中感受不安和勇气

---

① 即年龄、性别、地点，缩写为"ASL"，通常用于刚进入聊天室后互相询问信息，以便决定是否进行下一步对话。
② 美国电影导演组合，由哥哥乔尔·科恩和弟弟伊桑·科恩组成。代表作《老无所依》《冰血暴》等。

交织的嗡鸣。在点击足够多次之后，最终你会失去这种嗡鸣。你变得麻木。

我和犯罪现场清洁工尼尔对谈时一直在思索这种麻木。尼尔在几部纪录片和一档名为《真实污垢》的电视真人秀中出过镜，也在《流言终结者》①的某一集中出镜，并在一系列YouTube视频中客串。当他出场的时候，观看者经常说他冷酷——坐在他对面，听他用那种和垃圾深夜档电视节目画外音差不多的语句讲述自己的职业生涯，我可以理解他们的感受。单看他的照片墙账号，我也能理解他们的意思。但我想知道，这其中多少是他的个性使然，又有多少是随这份工作而来的。

就像很多二十多岁、喝得醉醺醺的高中辍学者一样，二十世纪九十年代中期，尼尔看了《低俗小说》②，顿悟了人生。其他人去写衍生电影剧本，尼尔则选择了一条不那么常规的路径。对他来说，改变了一切的那一幕是这样的：哈维·凯特尔饰演的温斯顿·沃尔夫于清晨现身，身着燕尾服，准备解决问题——由约翰·特拉沃尔塔饰演的文森特·维加，不小心打掉了车后座上马

---

① 美国科普电视节目，在探索频道播出，主持人会根据自身的专业技能，针对各种广为流传的谣言进行实验。
② 1994年上映的美国黑色幽默犯罪片，由昆汀·塔伦蒂诺执导、编剧。后文中温斯顿·沃尔夫，马文等均为影片中的人物名字，具体情节也出自该片。

文的脑袋。"你的车在车库里,有一具少了头的尸体。"沃尔夫说,"带我过去。"他指示特拉沃尔塔和塞缪尔·L. 杰克逊把尸体挪到后备厢,从水槽下拿出清洁用品,以最快的速度清洗汽车。他详细地指示着,特拉沃尔塔和杰克逊穿着血迹斑斑的西装,打着细长的黑色领带,尴尬地站在厨房里;而昆汀·塔伦蒂诺饰演的吉米穿着睡袍,在厨房里徘徊,害怕妻子突然归来。"你得去后座,把那些小块的脑浆和头骨舀起来,把它们弄出去。把汽车坐垫擦干净。坐垫这玩意儿,你不需要把它搞得锃光发亮——你又不吃它,好好擦一遍就行。你需要仔细处理的是那些真正的脏乱——那些血泊聚起来了,你去把那玩意儿吸干。"特拉沃尔塔和杰克逊步履沉重地走向车库;尼尔放下手中的大麻,开启了职业生涯。

针对清洁公司,他做了一些调查,发现在这块该死的地皮上,有几个家伙已经在上面活动了,但他们的服务"贵得离谱",所以他觉得这并不会对自己产生威胁。他掏空家底,花五十美元弄了张营业执照,然后开始在街上四处游荡,把传单甩到任何可能需要他服务的人的怀里。他到殡仪馆和物业管理公司上门推销,还用甜甜圈贿赂湾区的警察。"到了后来,警察看我过来,就按开门禁,我就直接进去。我进了警局里面,直接去凶案组、巡逻队,随便进。那时候是'9·11'事件前,你可以这么做。我会带着赛百味三明治,说:'嘿,浑蛋,你啥时候能给我些活儿干干?'我很会抓时机,而且,我百折不挠。不管你到哪儿,都能听到关于我的事。"他说,那时候他的祖母已经八十多岁了,她去圣克鲁斯警察局找了一份临时的志愿者工作。她会从警察局写信,假装自己是一名客户,对他的表现大加赞赏。她会把信件寄送给验尸官、警长,以及他们能想到的、任何在"清理犯罪死亡现场"这方面有些话语权的人。

我们身处里士满圣巴勃罗大道上的"红洋葱"餐馆,在旧金山以北,隔着海湾。"这个地方由里士满警察局一位为人刻板、作风老派的警长管辖。"尼尔说,隔着眼镜看印着可口可乐的墙纸和古董咖啡机,"他在的时候,他们就算把人打得面目全非,也不会受到任何制裁。他是最早跟我做生意的人之一。"

一小时前,我乘出租车到达这里,司机眯着眼睛打量了一番这个地方,问我是否确定。我下了车,车停留了一会儿。我们都盯着一个吸毒的半裸男人,他正拖拽着一条羽绒被,穿过"美元树"①("所有东西都卖一美元!")的停车场,走过沃尔格林药房的得来速②。这家小餐馆坐落在自家停车场的中央,就像一方小小的孤岛,看上去像是从二十世纪五十年代传送过来的。仅仅几个月之前,瑞典记者基姆·瓦尔在一艘潜水艇上被人杀害,她的尸体被肢解,然后扔进了丹麦和瑞典之间的大海。我不认识她,但我知道她的作品,她去世之前,我们是同一本杂志的作者。如果

---

① 美国大型折扣零售连锁店,以价格低廉的商品闻名。
② 一种商业服务,常见于快餐店。顾客将车辆驶入,但无须下车,透过麦克风或窗户,直接对服务人员点餐及提出服务需求。

换我发现一个人在自造潜水艇,我也会写一篇相关的稿子。站在路边正要去见一个以抹消谋杀为业的人时,我想起了她。出租车司机看看我,问我是否百分之百确定要留下。我点了点头。"好的,女士。"他说完,把出租车开回了大路,留下了我。

"这儿就是狗屎运的源头。"尼尔说着,指了指窗外,并没能让我对自己的选择感觉好点儿。"这就是由我控制的神奇市场。这是一片人口稠密的狭小区域。在六十英里的半径内,这几百万人都是我的业务对象。"他说,人是领地动物。人越多,就越有可能相互残杀,或者自杀。近距离催生紧绷感。

最初的糟心事正是在这家餐馆发生的:二〇〇七年四月,四个蒙面袭击者拙劣地抢劫了当时的店主,开枪打了他。当时负责这起案子的警探对《东湾区时报》声称,这是一起"武力抢劫,非常暴力的那种"。抢劫者打伤了一名厨师,恐吓其他雇员,而当阿尔弗雷多·菲格罗阿从后面的办公室出来时,他们射击了他的胸膛。袭击者双手空空地逃跑了。菲格罗阿在急救室不治身亡,他的红色丰田超霸一连数日留在被警戒线围起的停车场。行凶者从未落网,而埃尔塞里托警局的罗贝托·德拉坎帕警长告诉我,一直到二〇一九年,案子仍处在调查之中。案发数周之后,家属一直在向所有愿意捐款二十五美元以上的人士赠送免费汉堡,这笔捐款将用来奖赏提供有效信息的人。汉堡正是用案发现场的烤架烤制的。

在成为专业人士之前,尼尔有过一次清洁犯罪现场的私人经历：他十二岁时,一个邻居自杀了。来复枪的子弹射穿了这位邻居的头,打碎窗户,把脑浆沾在尼尔祖父母的房子一侧。当时,尼尔正在这幢房子里过暑假。他拿了一把钢丝刷和一条软水管,开始清理。"那场景很恶心,但我他妈的不在乎。我更多是感觉到,'哇哦,那伙计给自己的脑袋射开花了!'这让我有点上头。这种事情需要的不过是处理。我的祖父母干不了,他们太老了。这成了我的任务。"他很快就开始了清理,就在枪响不久之后。如果当时他弃之不管,就能学到他多年之后才发现的事情:迸溅出的脑浆干了之后就像大理石。这是最难清理的东西。

如果你能控制呕吐反射,你就能自己去清理犯罪现场,不过,雇用一位职业清理人员,这取决于你多在乎那些看不见的东西,也取决于你能否负担得起这笔开销。尼尔让我想象一幢房子,有人刚死在里面,已经开始腐烂。尸体已经清理走了,那么现在,房间里面的床垫浸透了人类体液,爬着蛆虫,还有污渍斑驳的地板。你换掉床垫,把现场泡在漂白剂里,这地方现在看上去光洁无瑕,你觉得这样就完事了。但你错了:你忽视了苍蝇那微小的脚。"我很久之后才意识到,苍蝇会进到室内,然后把污渍带到所有东西上。"他说,"除非你能意识到发生了什么,否则你甚至都意识不到该查看哪些地方,因为你其实看不到的,直到你站在墙的跟前,或者摸了一下墙壁,发现那地方显出污渍。你可以找出源头,但它们已经早他妈满墙都是了。"他在那一瞬瞪圆了眼睛。"你得把所有地方都擦干净。你得给客户们看,否则他们不会相信你——我其实原来也不会相信。我在实践中学习,这种事没什么手册、指南。你懂吧,操!谁能知道?"

犯罪现场清洁工公司接的大部分工作,都要处理物品囤积满屋,老鼠横行,或者出现血迹的情形。这些工作由八名全职员工分担,都是男性。血迹溅射的方式各不相同,而血泊则是家属会低估的另一种东西。"地毯上沾的一处血迹下面,还有面积大上三倍的血泊。就像一根倒过来的蘑菇:你看着的是它的根茎末端,而下面才是最精彩的伞盖。血迹看着有盘子那么大,但你得裁掉四英尺的地毯。因为血液会分离。白细胞从他妈的那什么玩意儿中分离出来,哦,血浆,然后变成一摊又肥又大的血迹。这就是他们会忽略掉的恶心玩意儿。"

每桩工作结束之时,尼尔都会跳进房子的浴室,把自己清洗干净,换好衣服,再离开现场。因为不管哈维·凯特尔那一身西装给你留下了什么印象,真实的工作其实是极致的体力劳作。"这活儿非常脏,非常痛苦,"尼尔说,"你穿着防护服,立刻就会开始出汗,浑身湿透,还他妈戴着防护面罩。太糟糕了。"我回想梅奥诊所的特里,想他的防腐液,以及封好的地板,然后问尼尔:是不是就算洗了澡,气味还是会跟着他?"哦,是的。不过不戴防毒面具是没法进去的。活儿干完以后,你把面具脱下来,看看自己能不能闻到气味,如果你能闻到,就有问题。你还没清理完。这味道是通过空气传播的,而且不是你自己的悬浮微粒,而是别人的。你不会想吸入那些的,无论是吸进去、吃进去，还是通过其他方式让它进入身体。"

一名偷听的顾客无言地转回去，喝他的奶昔。

就二十世纪九十年代和二十一世纪初期的青少年来说，访问 rotten.com 是有意而为的。你肯定是故意的。这可不是误打误撞就能碰上的。当下，你也许会看到某张图片成了审查的漏网之鱼，那些画面你看过之后，恨不得完全抹除记忆。当时，我们得到处寻找。这个网站到今天也许已经不复存在，被封存进"网站时光机"①的琥珀之中，但类似的网站紧随其后涌现。犯罪现场清洁工公司则在照片墙上为新一代偷窥死亡的人展现一种新型的恐怖：它依存于一个平台按时间排序的满屏信息，和其他内容混杂在一起。有时候，在往下滚动页面的过程中，你会忘记去有意识地思考所看到的内容。恐怖景象以这样的形式呈现，与其他你精心陈列的生活跻身一处，就会滋生一种危险：恐怖变得庸常。

死亡的意象已经包围了我们，但因为随处可见，我们不再有所反应了。对它们的存在，我们太过习以为常，甚至变得麻木。你走进一座教堂，不会重新想起，这儿有一个备受折磨的男人，在十字架上死去。耶稣受难是艺术史上反复描绘的场景之一，但

---

① 数字档案馆网站，自 2001 年开始运营，允许用户"回到过去"，查看过去网站的样子。

它不再令人惊骇：这个故事你已经听过无数遍了。你也许会把这个场景做成饰物挂在脖子上，但从没在镜子里真正注意过：这是一场公开处刑，一个用24K纯金打造的犯罪现场。在天主教学校上学的十二年里，我被"苦路"①和耶稣的死所包围：精美的彩绘玻璃窗在阳光下熠熠闪光，在每一个教室的角落，他的雕像赫然矗立，血迹沿着身侧滴答流下。在我还小的时候，这个故事对我来说仍新鲜，逢上四旬期②，我跪在几排长椅之后，听牧师告诉我们，耶稣在复活之前在他的墓里躺了多久。我好奇，他的尸体会处于什么样的状态，当墓门③口的石头滚开时，他会发绿吗？如果他于星期五死去，星期天他闻起来会是什么味道？各各他④有多热？把你的孩子送去天主教学校吧。他们会度过一段美好的时光。

安迪·沃霍尔是作为一名天主教徒长大的，他对死亡的意象极为迷恋。他怎么可能不迷恋呢？这就是一个建立在死亡之上的宗教。根据亲身经历者的说法，一九六〇年初，沃霍尔三十五岁左右时，他的这种痴迷变得尤为强烈。我现在正是这个年纪。一九六二年六月，他的朋友、策展人亨利·戈尔德扎勒在吃午饭的时候递给他一份《纽约镜报》。头条新闻惊呼着**"一百二十九人**

---

① 耶稣被判刑后，背着十字架走向行刑点，最终被钉上十字架。天主教后以"苦路十四站"为朝圣之路。
② 基督教教会年历的一个节期，意即四十天。整个节期从大斋首日开始至复活节止，一共四十天（不计六个主日）。
③ 根据《圣经》，约瑟把耶稣的尸体安放在磐石中凿出来的坟墓里，又滚过一块石头，来挡住墓门。三天后，有天使将石头滚开，宣布耶稣已复活。
④ 耶稣被钉死在十字架上的地方，也被称为"受难地"。

死于喷气机事故",文章说死者都是艺术界人士。沃霍尔手绘了一幅画,把坠机场面搬到了画布之上。两个月后,玛丽莲·梦露去世。为了填写殡仪馆文件,有人拍下了她的黑白照片,后来发到了网上。仅仅数天之后,沃霍尔制作了第一批丝网印刷相片,上面是梦露著名的微笑。之后几个月,他不断补充作品,并给这一系列相片命名为"死亡与灾难":自杀者,车祸,原子弹爆炸,人权抗议者被狗袭击,两名家庭主妇被受污染的金枪鱼罐头毒死,还有纽约城北部三十英里的辛辛监狱里一张接一张的电椅照片。这些图像一张张印出,又一张张重复,有些会在同一张画布的网格上反复出现,沃霍尔与这些场景所能激发的情感越发疏离,在他自己和现实之间创造的距离越发遥远——就好像他从教堂的经历中懂得,重复会让故事哑然无声。

从犯罪现场清洁工公司的照片墙账号主页,我认出了同样的效果。另一张网格,三个横行,若干纵列:堪比"死亡与灾难"系列相片,只不过是由业余爱好者拍摄的。这些图片描摹着悲剧、痛苦和暴力,但是,一下子看了数百张之后,我已经麻木了。不过是又一个 rotten.com。"你越是专注于同一样东西,"沃霍尔说,"意义就会越发消逝,你的感觉就会越正常、越空虚。"

我还是个青少年时,每当阅读艺术书,总是会在沃霍尔的系列作品中反复逗留。他和我感兴趣的东西是一样的。我从没有质疑过,他究竟为什么会去寻找死亡的场景,只有到了后来我才明白,我们的动机并不相同:我想要理解死亡;而他想要从中逃离。

我从没想过，其实他是被吓到了。我以为他只是在挑衅。他会在深夜给戈尔德扎勒打电话，告诉他自己的恐惧，在黑暗中发出微弱的求救。"有时候他会说，他害怕在睡梦中死去，"戈尔德扎勒说，"所以他就躺在床上，听自己的心跳。"沃霍尔的兄弟约翰和保罗觉得，他对死亡的严重恐惧缘于他们父亲的死，那时安迪十三岁。父亲的遗体被带回家，在客厅里躺了三天。安迪躲在床下哭泣，请求他的母亲让他去阿姨家住。母亲害怕他的风湿性舞蹈病，即西德纳姆舞蹈病在惊恐中发作，于是同意让他离开房子。

沃霍尔从未目睹真正的生猛死亡，他只会看报刊新闻中摄影师拍下的画面。童年时候的我从没能近距离目睹死亡；和我不同，他十三岁时遇到了这个选项，而他拒绝了。直到二十世纪七十年代，他差点被瓦莱丽·索拉纳斯[①]的子弹夺去性命，回到生的一边后，他才开始用自画像和头骨探索自己的死亡。但他的恐惧留存下来，持续一生：沃霍尔从不参加葬礼或守灵，甚至拒绝参加一九七二年他母亲的安葬仪式。他是死亡图景的受害者，死亡的力量长期纠缠着他，他则在自己的艺术中与之对抗，而没有抓住现实中的机会，去看到死亡除却恐怖之外的其他实质。这种逃避行为带来的美丽产物，现在正在全世界各地的画廊中展出。

---

① Valerie Solanas（1936—1988），美国激进女性主义作家，曾经试图暗杀安迪·沃霍尔，朝后者枪击三次。沃霍尔受了重伤，随后因手术成功而获救。

桑塔格写道:"自从镜头于一八三九年发明以来,摄影就一直与死亡为伴。"拍摄这些照片的原因数不胜数,就像观看者的动机一样多变。维多利亚时代的人把相机安装在三脚架上,为濒死的人和死者拍照——有时候,这是他们给孩子能拍下的唯一一张照片:死去的婴儿依偎在厚厚的襁褓中,盖住了下面母亲托举的臂膀;或者,孩子躺在自己小小的棺材里,伤心欲绝的父母在旁边摆着僵硬的姿势,等待曝光。还有用于警方侦查的犯罪现场和尸检照片。就像我非常熟悉的、那五位女性死者[①]摄于一八八八年的照片一样:波莉·尼科尔斯,安妮·查普曼,伊丽莎白·斯特赖德,凯瑟琳·埃多斯,玛丽·凯莉。几十年后,一位名叫韦吉(本名阿瑟·费利格)的摄影师记录二十世纪三十年代的暴力事件,将死亡用作一种吸引人的煽情,来刺激报纸销售:当时"大萧条"结束,禁酒令废除,政府层面对有组织犯罪发动打击,导致纽约市内凶杀案件急剧增加。他从不拍摄案发现场,只是记录紧随其后的余波——多亏了他的警用对讲机(他是唯一获得许可,持有此类器械的自由新闻摄影师),他能及时赶到现场,赶在尸体裹上白布之前,拍下他们在血泊之中的样子,还有倒扣在人行道上的黑帮的帽子。他拍摄的照片会横亘在头版头条:数百具尸体,数百个故事。他会把这些版面撕下来,像战利品一样钉起,挂在他那破败公寓改成的工作室的墙上,对面就是纽

[①] 指前文连环杀手"开膛手杰克"的五名女性受害者。

约市警察局。受害者排满了整个房间。"谋杀，"他说，"就是我的生意。"

三流小报的道德世界摇摇欲坠，而新闻报道可远不是这么回事：目击者的证词并不是可靠的证据，新闻则发挥着至关重要的作用。玛格丽特·伯克-怀特是第一位美国女性战地摄影记者，第一位获准在战区工作的女性，一九四五年，她跟随巴顿将军的第三集团军，穿越了正在崩溃的德国。她那时约四十岁，拍摄的记录纳粹暴行的照片是坚实而重要的例证。后来，在暗房里，她才能处理这些照片带给她的精神冲击。"我一直告诉自己，等我有机会看到自己的照片时，我才会相信眼前院子里那难以形容的恐怖。"第二年，她在回忆录中描述她在布痕瓦尔德①看到的场面。"使用相机几乎是一种安慰。它在我和眼前的白色恐怖之间形成了一道微弱的屏障。"她的照片发表在《生活》杂志上，当时的公众基本对死亡集中营持怀疑态度，这些照片是最早向其展示真实情况的报道之一。

摄影记者身处记录与行动之间：就让世界了解正在发生什么而言，他们的工作无比重要，但这可能要付出个人意义上的巨大代价。凯文·卡特凭借一九九三年拍摄的照片获得普利策奖，照片上是一名饿到昏厥的苏丹儿童，旁边是一只眈视的秃鹫。照片见报后，读者纷纷写信给《纽约时报》，想知道孩子后来怎么样

---

① 纳粹在德国图林根州魏玛附近所建立的集中营，也是德国最大的劳动集中营，建立于 1937 年 7 月。

了，摄影师有没有帮助她。几天后，《纽约时报》登了一则公告，称秃鹫已被赶跑，孩子则继续自己的跋涉，但是没人知道，她是否到达了食物帐篷。获得普利策奖三个月后，三十三岁的卡特在自己的皮卡车里吸入毒气自杀身亡，留下了一张字条。字条的一部分写道："我被栩栩如生的记忆所纠缠，是杀戮和尸体和愤怒和痛苦……是饥饿和受伤的孩子，是以扣下扳机为乐的疯子（通常是警察），是杀人的刽子手。"

身为死亡影像的观众，最关键的因素是语境：我们需要了解到底发生了什么，否则，这些影像只会在我们的记忆中随意漂浮，成为无根基的恐怖，对你造成的影响可能是不断累积的恐惧或麻木，具体是哪种取决于你是什么样的人。尼尔照片墙账号发布的犯罪现场图片不属于上述任何一种。它们不是武力的号召，也不是能激发共情或加深理解的故事。甚至不能助力报纸售卖。它们只是毫无意义的血腥。这主要是因为我们根本不了解背景故事：虽然警务调度员通常会给他解释一下情况，来方便他预估工作时长，但尼尔说，他撰写的图片说明从来都不是真实的——他会将故事改为毫无关系的内容，以掩饰自己的身份，虽然有时候家属还是会看到这些推文，在评论区里勃然大怒。除了满足偷窥欲，以及推广他的生意之外，这些影像其实并没有真正的意义，与其说是展示，不如说更像一场表演，表演你的钱能买来什么。他开设这个账号的目的，就是为了向人们展示他工作的具体样子，虽然他并没从信息流中得到多少客户，不过，因为推文的语焉不详，这项生意围观者众多：尼尔允许自己的粉丝窥视隐秘的死亡现场，但只能通过半遮半掩的窗户；于是，在缺乏细节的语境下，他们在评论区建立起自己的叙事，拼凑他们窥见的事物。

关于背景故事，我们所能知道的唯一真实的部分就是，犯罪现场清洁工到达现场时，事件已经发生，罪行已经犯下，手腕已经割开——这是他改变不了的事。我想知道，这是否会对他产生负面影响。看上去似乎没有。"我觉得这不关我的事，真的。"他说。我问他脑海中最挥之不去的画面是什么，他费劲地思索着。也许是一个幼儿踩着她父母的鲜血，在走廊上留下的脚印。但大部分都不会留下什么印象。"每个人一开始都想知道这些故事——你的前五十次工作，类似的——但之后你就不在乎了，你甚至都视而不见了。"他说，"大多数时候，当你离开那房子时，就已经全忘光了。"

桑塔格分析了恐怖影像对我们的影响，在结尾处她写道："同情心是一种不稳定的情绪。需要把它转化为行动，不然它就会枯萎……人就会感到厌倦。"她接着写道："愤世嫉俗，而又麻木不仁。"无论这种不稳定的同情心是否曾在尼尔身上存在过，现在，愤世嫉俗在他性格里占据了至高地位：在餐馆里，他向我讲起自己的工作时，说话的方式就带着这种情绪；他为照片打上"#p4d"①的话题标签，再撰写露骨的图片描述，因为死亡意味着

---

① "pray for death"（祈祷死亡）的首字母加上谐音数字缩写。

收入（谋杀现场也在他的业务范围内）时，这种愤世嫉俗依然存在。他对我说的一些话，我在其他地方，比如电视上和YouTube上听过几乎一字不差的说法。"如果我不在电视上露脸并激怒所有人，不说一些刻薄话，那公司根本就不会有现在的成就。"他说。这不过是他的表演，是犯罪现场清洁工适应互联网的方式。我很难体会到他对任何事的真实感受，甚至是我对他的真实感受。我不过是又一个观众，观看这精心彩排过的表演——它被反复打磨，直到熠熠闪光。

但在某些时刻，我能感受到，某种真实的东西一闪而过。

尼尔不再亲自去现场做清洁工作了。他的员工会发回照片，供他发上网。他已经五十岁了，而且，他的视力受损，削弱了他清理墙上蝇虫留下的微小痕迹的能力。但他说，他抽身的主要原因是，他再没办法掩饰自己的感情了。"我对客户不再怀有同情，而且我觉得，这比我想要表现出来的更加明显了。他们就是让我恶心。"他说，"我并没有直白地说，我觉得他们都是浑蛋，但他们感觉得到。"

对客户的厌恶之情不断累积：既厌恶他们的态度，也厌恶他们肮脏的房子。这种感觉并不是时刻萦绕，但是，在清理了二十二年的恐怖和悲剧之后，他只能看到人们最糟糕的一面。"我觉得每个人都是机会主义者，都只顾自己。"尼尔说。然后他告诉我，忠诚这种品质并不存在。有时一个人死了，几个月都没人发现，亲戚们现身之后，就只会在房子里翻箱倒柜，寻找可以卖掉的值钱物什。"我在清理,而他们在翻找抽屉,寻找能拿走的东西,好像这是他们与生俱来的权利一样。我恨这些。"

开始从事这项工作时,尼尔带着获取财富的冰冷意图,而对现在的他来说,这份工作也只意味着清理和赚钱。"我来这儿,不是来当你的朋友,也不是来做你的心理医生。"他说着,咽下最后一口汉堡,"我是你的清洁工,懂吗?我怎么看你,你有什么好在意的?"在他的工作中,他也丝毫没有那种"让世界变得更好"或"给死者以尊严"的意识。他的工作,是将一个人所有的存在痕迹从现场移除,将这里真真正正地"去人化",以便正在另一个房间翻抽屉的死者的远房表兄可以卖掉这座房子。但他们都是出于同样的原因才来到这座房子,而这也许是尼尔的厌恶的根源。他们是秃鹫,而也正是他们会为他掏钱。

他告诉我,他在爱达荷州有一处住所,他和妻子准备在那里退休。那是一片干干净净的绿洲,他将在那里销声匿迹,把这所有的谋杀、自杀、老鼠和被遗忘的人们统统抛在脑后。他抓起手机,划掉几十条工作相关的通知,给我看一个倒计时钟,数字正一秒一秒地变换。"从现在算起,我关机的日子还有一千五百四十二天。四年零两个月零二十天。"他已经迫不及待了。"我要死在那里。"他说。他做好了准备:他已经把所有的事项都安排妥当,在他身体彻底垮掉之前,他想徒步上山,然后被熊吃掉。他不想成为别人的清洁工作。

"你害怕死亡吗?"我问。

"嗯。我不想死。"

他问我们的对谈是否结束了，拿起桌上的钥匙，出门时和店员聊了几句。女服务员叉着腰靠在柜台上，手里捏着点餐牌，问他是不是在忙。他说他总是在忙。他的手机又响了。他让我在餐馆里等我叫的车，说外面不安全。我看着他开走了那辆整洁的"公羊"牌皮卡，它一尘不染，洁白无瑕，在太阳下闪闪发亮。视线中的其他车都被灰尘遮盖，把光线吸收殆尽，像黑洞一样。他的车牌号是 HMOGLBN。照片墙告诉我，他最近给员工买了一辆新卡车。车牌号是 BLUDBBL。

我把自己的身体塞回卡座里，等着出租车来接。我拿出手机，划着屏幕。看：在小狗、自拍照和种在玫瑰金色花盆里的盆栽之间，是新鲜的犯罪现场。

与行刑者共进晚餐

行刑者

二〇一七年二月二十七日,阿肯色州宣布将加快死刑进程,在十一天内处决八名囚犯。这是美国近代历史上前所未见的速度——阿肯色州十二年内也从未执行过一次死刑。他们的理由是:该州注射死刑规程中使用的三种药物之一——咪达唑仑供应量本就有限,现在已经临近使用期限,因此,这八个人也大限将至。(这可不是阿肯色州第一次做出重磅死刑决策。一九九二年,正是在该州,时任州长比尔·克林顿从总统竞选活动中匆忙赶回,见证里基·雷·雷克托的死刑执行。此人因用枪射击头部自残而精神失常,甚至把自己最后一餐的甜点山核桃派省下,想到执行之后再吃。克林顿拒绝赦免此人,以此为自己的公关手段。这位州长想让自己看上去不那么软弱。)

来自美国各地的二十三名前死刑执行人员签署了联名信。在这封落款二〇一七年三月二十八日的信中，他们恳求阿萨·哈钦森州长：

"我们认为，在如此短暂的时限内执行如此多的死刑，会给负责执行的工作人员带来非同一般且毫无必要的压力和创伤……即使在不那么严苛的情况下，执行死刑也会对管教人员的健康造成严重影响。我们之中有曾经参与或监督过死刑执行的人，他们都直接经历过这种事件及其后果带来的心理上的巨大挑战。其他人也曾目睹了同事所经受的压力。管教人员在行刑中担任的角色具有自相矛盾的性质，但往往并不为人所关注：管教人员在整个职业生涯都致力于保护囚犯的安全和健康，却被要求参与处决他们照管的人。"

这封写给哈钦森州长的信并未奏效：信件发出的一个月内，就有四人被处决，另外四人被暂缓执行死刑，原因与本次尝试性的干预并无关系。即使数量减少了，但一周之内于同一机构内部执行四次死刑，这在美国现代死刑历史上也是独一无二的。

这封信附在我当天早晨读到的一篇新闻报道之后，在信的尾部，我发现了杰里·吉文斯的名字。在长长的联名者名单中，有典狱长，管教队长，还有一位牧师——只有他一人被列为"行刑者"。现代的行刑者都是匿名的，至少对我们来说如此：他们的身份不会见诸报端，他们的工作隐匿在监狱围墙之后。那么，为什么一个行刑者不仅公开了自己的姓名，还签署了这封关于创伤的信件？到底发生了什么？

我关注死亡产业工作者，而行刑者在其中始终像是与月球类似的卫星：行刑者不是死亡产业工作者群体中的一员，但存在于他们的轨道之中，是其他类别的隐形人。但是，行刑者不是犯罪现场清洁工，不用清理自己没有做过也无法改变的事情所带来的后果。他们不是殡仪馆停尸房里的工作人员，不用接收已逝之人的遗体，并在冷柜门上写下名字。行刑者现身于生与死的转换之际；从最基本的实际意义上来说，他们就是这种转换的原因——他们是执行政府和法院指令的机器终端，从事着其他人难免忌惮的工作。走进那间房间，把一个人绑上电椅，按下开关，这是一种什么样的感觉？把一个活生生的、健康的人变成一具尸体，然后回家，知道你完成了自己的工作，结束了一个人的生命，这又是什么样的感觉？为什么一个人会做这种工作，并且一直做下去？

这是一个行刑者致另一支行刑队的信，想救他们一把，使他们免于经历他所经历的事情。也许他会跟我谈谈，说说自己的感受：现在看起来，他有了这么做的理由。我想知道，一个实施国家批准的、计划之内的谋杀来结束他人生命的人，如何处理这一事实所带来的心理压力。如果死亡不过是法庭可以判定的一种惩罚，那它对他来说意味着什么？他不仅看到了尸体，还看到了死亡的发生，那他现在会对死亡更为恐惧，还是更为无畏？

酒店接待处的服务员把我的信用卡号输入系统时,我没有说这些。当时她停顿了一下,然后,用一种极度疲累、只想回家的人所能拿出的全部真诚说:"我的天。你为什么要来弗吉尼亚州里士满?"

℮

一年来,我一直试图敲定杰里的时间,但每次我问他何时方便见面,他都会很随意地说,只要在我到城里的前一周告诉他就行了。这可是个模糊的计划,而想要见他,我得绕着地球飞一圈,不过,更傻的事我或许也做过。于是我争取到了一些其他美国杂志的工作,思忖着如果他不来,这趟旅行也不算完全白费工夫。然后,我安排好了行程,把弗吉尼亚州排了进来,尽管弗吉尼亚州的地理位置和我要去的任何地方都不顺路。

在杰里和我约定见面的那天,我和男友克林特开着一辆租来的破日产汽车,从费城出发,一直开了二百五十英里。我说服他和我一起去,因为这趟旅程有点复杂,不能依赖出租车,而且,虽然我的部分工作就是在奇怪的地方——地下室、偏远的电影取景地、苏格兰小城镇,那儿会有一个你打电话给他时他永远在洗澡的出租车司机——与陌生人交谈,但在采访犯罪现场清洁工之后,我终于受够了坐在那里,盯着应用程序上代表汽车的小点慢慢向我移动,而我则担心,不甚稳定的信号是我和全面崩溃之间唯一的屏障。而且，我要和一个实打实的行刑者见面，地点他甚至都没定下来，在美国一个我不认识任何人的陌生地区。诚实地说，我感觉很诡异。这倒不是说，如果你担忧自己的生命安全，就应该带上一个英国喜剧演员；不过一般来说，他们确实更擅长驾驶着一辆破车长途跋涉。

那是一月的一个傍晚。天已经黑了。我们的目的地是里士满，但不知道具体要到哪里，杰里打电话过来，询问我们的位置。我们在空荡荡的加油站里垫补了些薯片，心想，不知道这个计划会有多脱轨。我们还在想，两个人光靠加油站里找到的东西能存活多久。无论制定行程的那个人是谁，要是当时把"中途停车吃午饭"安排进去，那我们本可以不过这种日子。车里全是放了太久的比萨的味道，我们全身也是。杰里告诉我们在学校见面。他会在校门口等着。哪所学校？他发邮件告诉我地址。这是一家位于郊区的学校。为什么一个行刑者要在下课好几个小时后，在那里见我？我们又开了一段路，跟着他扔下的面包屑[①]穿越世界。我们前面车的车牌上写着"弗吉尼亚，为爱人而生"。这些车牌都是由市中心以西一家监狱的囚犯制作的。

晚上七点，我们沿着一条安静的街道行驶，路灯不太明亮，但汽车的前大灯还是短暂地照亮了一块横幅：它悬挂在社区礼堂的屋顶，写着"**黑人的命也重要**"。我们在阿姆斯特朗高中旁停

---

① 出自童话故事《汉赛尔和格莱特》，主人公汉赛尔和格莱特被继母带到丛林深处，汉赛尔在沿途一路偷偷撒下面包屑作为标记，想通过此方法找到回家的路。

下车。大厅的灯光流泻到人行道上，此外几乎一片漆黑。周围空无一人，只有一个男人的剪影，他正靠在自己的车旁抽烟。他对我们的到来无动于衷，所以我猜想他并不是杰里。我们拿上包，走向学校门口。我们的车只有一个能用的挡风玻璃雨刷，保险杠是用扎带重新固定的。我们开着它走了这么远，我对即将发生的任何荒唐事都几乎不惊讶了。与一个在该州的行刑者岗位上干了十七年的人见面，我实在不知道会面对什么。

我眯起眼睛，往玻璃门里看。我看到了保安和金属探测器——那种不真实的美国高中场面；还有，在几层阶梯那么高的夹层上，我看到一个六十多岁的黑人，戴眼镜，留着白色胡子，正弯下腰来从安检门里窥视我们的脸。他咧嘴笑了，热情地挥着手，叫我们进去。除了这寥寥的几个人外，就我能看见的，这仍然是一所空空荡荡的学校。甚至大厅连接的走廊也是黑漆漆的。

"这是你的人吗，杰里？"一名警卫问。

"对，没错。大老远从伦敦过来的！"他笑着说。他说话很慢，有南方口音。是那种你会希望在深夜电台中听到的浑厚嗓音。

警卫检查了我们的包，搜我们身上有没有刀枪。"我们来自英国，"我尴尬地说，"什么都没带。"他们笑了，挥手示意我们通过。杰里给了我一个拥抱，说感谢我们能过来，他对此很是高兴。"我们要去看一场篮球赛，"他说，"你喜欢篮球吗？"

篮球赛我可没想到。

我们穿过昏暗的大厅。杰里身穿棕色裤子和海军蓝夹克，他的膝盖最近刚动过手术，走路有点跛。我们给了桌旁一个拿零钱小盒的人十四美元，那人递来了几张票根，让我们享受比赛。"这是你的人吗，杰里？"

"是的，和我一起的。"他微笑着，跛着脚继续向前。

杰里推开了高中体育馆的两重门，灯光炫人眼目。馆里充满了新鲜油漆和汗水的气味，鞋子在光滑地板上擦出的吱吱声震耳欲聋。"野猫"队对阵"老鹰"队。我们赶上了第三节比赛，杰里在看台上坐了下来，经过别人时向他们挥手致意。学校校长穿西装，打紫色领带，笑容满面地站在主队半场的篮筐边。一个满头脏辫的小女孩，把她哥哥巨大的白色耐克鞋抱在腿上。

克林特和我挤到他身边，缩着肩膀，就好像森林里的树木收拢树冠，避免相互挤压。杰里的话偶尔会被尖叫和欢呼淹没，不过他告诉我，他自己于一九六七年就读于这所学校。它成立于十九世纪七十年代，是弗吉尼亚州第一所录取非裔美国人的学校。他告诉我，在过去三十年里，他一直在指导这里的孩子们。他会在下班后过来，仍然身着监狱制服，允许孩子们在足球训练时问他和监狱生活相关的任何问题。"这给了我一些机会，好把这些孩子引导到正确的方向，因为他们中很多人会到外面去，做和父母、朋友一样的事，下场就是进斯普林街。就是监狱所在的地方。"他说，"也是处决人的地方。"

"走步！"一名教练喊。

有人吹响了哨子。

一九七四年，杰里刚到弗吉尼亚州州立监狱当管教时，该州还没有死刑。整个国家都没有死刑。当时，美国正在全国范围内短暂叫停死刑执行，有两起法庭判决，分别充当了这段暂停期的开端和结束：一九七二年，"弗曼诉佐治亚州"[①]一案裁定所有死刑判决无效，理由是这种判决残忍且反常，并将死刑减为终身监禁；同时，美国还在探索一种更具一致性、（据称）种族歧视更少的行刑方式。为遵循最高法院的指导方针，全国各地的法规都进行了修订。一九七六年，"格雷格诉佐治亚州"[②]一案重新打开了美国行刑室的大门。

弗吉尼亚州是十三个原初殖民地之一，也是美国国父托马斯·杰斐逊的夏洛茨维尔种植园的所在地。这里的死刑处决历史悠久。美国公认最早的死刑于一六〇八年的詹姆斯敦执行，乔治·肯德尔上尉因涉嫌密谋将英国出卖给西班牙，被行刑队枪决。但在一九七七年，当杰里的上司推荐他到行刑队工作时，弗吉尼亚州的死囚牢里空空如也。自一九六二年起，这里没有任何人遭到处死。

---

① 美国法制历史上一起具有里程碑意义的刑事案件，于 1972 年以 5 比 4 的投票结果裁定。美国最高法院在该案中宣布，美国当时所有死刑在法律结构上无效。
② 美国法制历史上另一起具有里程碑意义的刑事案件，于 1976 年裁定，重申了法院对美国适用死刑的认可，该裁决实质上结束了 1972 年 "弗曼诉佐治亚州" 一案后暂停执行死刑的事实。

那时，杰里只有二十四岁。如果那时候有人问他，他会说，自己支持死刑：你如果夺走一条生命，自己的命也就该被终结。他说，他记得自己十四岁时参加一个派对，看到有人走进屋子，开枪打死了一个他紧张到不敢与之说话的女孩。这种不公让他念念不忘。所以他接受了这份工作，每执行一次处决，都会有现金奖励。我问他每次执行死刑任务能拿到多少美元，他说他不知道。他从没问过。

他从来没有为自己所做的事接受过任何额外报酬，因为这样会改变他做事的初衷。"我的工作是拯救生命，"他说，"你知道我有多少次冒着生命危险，救下了其他囚犯或者警官吗？"

"在斗殴的时候？"

"嗯哼。拿刀捅什么的，在监狱里。"

至于上级当时还问过谁，杰里不知道，但在接受这个职责后，他和其他八个人于某个晚上聚集在监狱的地下室里，集体宣誓保密。行刑队之外的人都不知道队内有谁。杰里甚至没有告诉妻子——他也不会告诉妻子，在他担任这个职位的整个任期之内都不会。

美国每个设有死刑的州都有自己任命行刑者的方式：在死刑暂停期之前，有些行刑者甚至不是监狱工作人员，而是自由职业"电工"，他们被叫来，只是为了按下开关。在纽约州，有些行刑者的名字为大众所知。有一人受到许多死亡威胁，另一人的房子被炸弹摧毁。有些人从中赚取很多钱财，在不同州之间辗转，每终结一条生命，就收取一张支票。一些人匿名开展工作：有一个人会在车库里给自己的车更换牌照，之后才于夜半时分，长途开车去辛辛监狱，这样就无法被人认出或者追踪。佛罗里达州操纵电椅的人凌晨五点就已经戴好了头罩，等车来接上他，前往行刑室。头套一直都不会摘下，直到他回家，走进自家前门。执行死刑的暂停期结束后，全国各地都成立了新的行刑队（佛罗里达州比其他地方都要开诚布公，直接在报纸上刊登了招聘广告，收到了二十份申请）。新建的小组使用以前的行刑队留下的设备学习，无论是毒气室，电椅，还是绞索和枪支。

弗吉尼亚州最初的电椅制作于一九〇八年，是囚犯们用一棵老橡树制作而成的。他们把老电椅拆开，再重新组装。（耶稣也曾是一名木匠，他制造出的东西最终毁灭了他——这种事情的讽刺意味，让十几岁的我和尼克·凯夫①都记得很清楚。）一九八二年，他们准备把弗兰克·詹姆斯·科波拉送上电椅。这是一名三十八岁的前警官，他曾在一起抢劫中，把一名妇女用百叶窗上的拉绳绑住，将她的头反复撞向地板，直到她死亡，然后带着三千一百美元现金和珠宝逃之夭夭。杰里那天晚上只是候补行刑者。二十年来第一次按下那个按钮的人不是他；行刑队里其他人完成了这份工作。

没有媒体现场报道那个房间里发生了什么。而且，关于死刑

---

① Nicholas Cave（1957— ），澳大利亚歌手、演员、小说家、作曲家。其音乐以对死亡、宗教、爱情和暴力的抒情性痴迷为特色。

执行的媒体报道不但并不可靠，还缺乏连贯性——它们总是迎合所在媒体的政治倾向，既戏剧化，又夸大其词。管教也没有公开处刑细节。但是，根据一名以弗吉尼亚州议会代表身份出席的见证律师说，行刑过程并不顺利。陈旧的刑具点燃了科波拉的腿，烟雾蹿上天花板，整个行刑室里充满了朦胧的雾气。在第二次，也是最后一次五十五秒的电击震动中，律师听到了一种"嘶嘶"的声音，据他形容，就像"烹煮人的血肉"。

科波拉并不是第一个经历拙劣的电刑处决的人。一八九〇年，纽约的威廉·克姆勒也戴上了这顶"电皇冠"。他是一个酒鬼，在一次酒后争执中残杀了自己的同居妻子①，拿一把斧头在她的头部连续砍了二十五次。如果不算测试电压时用的一匹老马，他就是第一个被电刑处死的生物。

人类的头骨和皮肤都是电的不良导体，他也是第一个证明了这一点的人。《纽约时报》在他死刑执行的第二天刊登了尸检报告，从中能看到病理学家形容，他背上烧焦的皮肤被移除后，脊髓肌肉看起来像"煮烂了的牛肉"。不过，汗水是一种极好的导体：它的本质是盐水，因此比纯水含有更多的导电离子；而且，大多数被押送到行刑室、坐上电椅的犯人，都会浑身大汗。行刑队学会将海绵浸泡在生理盐水中，然后把它放在死刑犯剃光了的头上，放置在皮肤和头盔之间。杰里告诉我，现代很多失败的处

---

① 又称事实婚姻伴侣。指在没有婚姻许可证或举办婚礼的前提条件下产生法律效力的同居性质伴侣。

决都是因为监狱方面使用了合成海绵,而不是天然海绵,结果就会点燃犯人的头部。

科波拉被弗吉尼亚州行刑队处决两年后,林伍德·厄尔·布里利也坐上了那把橡木椅子。一九七九年,里士满市,他和两个兄弟进行了长达七个月的一系列抢劫和谋杀,据官方通报,他们在全城范围内造成十一人死亡,但调查人员怀疑,他们杀人的真正数量几乎是这个数字的两倍。主行刑者那天请了病假,所以杰里接替了他的工作——把那个人绑起来,把海绵浸湿,放在他剃光的头上,站在帘幕后面,按下按钮,就会有一阵电流发出,通过他的身体,让他的心脏停止跳动。之前的行刑者是真的生病了,还是在经过了科波拉的事故之后无法再面对行刑室,因为知道自己的手指就能决定之后发生的一切?我不能问他——杰里不会告诉我那是谁。他仍然尊重他二十四岁那年在地下室起誓之夜所立下的誓言。无论如何,那个人再也没有担当主行刑者。自弗吉尼亚州行刑室重新开放以来,共有一百一十三人被处死,这起行刑之后的六十二人,都经过杰里的手:二十五人由电椅处死,三十七人被注射处死。

我们跟着杰里那辆起亚汽车的尾灯,到"红龙虾"餐厅吃饭。这是停车场之海中另一座灯火通明的美国连锁店岛屿。走进前门,还没被引到餐桌,就能看见囚徒们:一缸被判了死刑的龙虾,等待着处决,动弹不得的爪子被小橡胶手铐铐住,混浊的透明玻璃隔出它们的间间牢房。它们仰头盯着我们,一眨不眨。

"选一只吧。"杰里咧嘴笑着。

我站在那里,就像穿着长风雨衣的卡利古拉①,选择让哪一只死去。它们爬上彼此的躯体,想更仔细地看看我们。

有时候,我会想起查尔斯·亚当斯②的一幅漫画:两个只穿着半身衣服的行刑者站在一间砖砌的龛室里,那是某种斩首行刑之前的换衣间。两人戴着头套,身着斗篷,戴黑色长手套。一人倚着斧头,正对另一人说:"就我看来,我们不做的话,其他人也会做的。"我现在想起来这幅漫画:这些龙虾已经被人做好了死亡标记,就算我不挑出一只,其他人也会这么做。即便如此,我还是做不到。我没法按下终结龙虾生命的按钮。我告诉杰里,我想点些其他的,他笑了。我和克林特盯着水箱,而他走开了,向工作人员挥手致意。他们也认识他。他已经向着桌子走到一半,我还在那四磅重的甲壳类动物旁边,反刍着我的内疚感。

我还没完全坐进卡座,他就开始向我诉说,是上帝把他推到了夺人性命的位置上。所以,如果我来这里是为了找出他被选中做这份工作的原因,那我就得直接和上帝对话。"他自有原因。

---

① 罗马帝国第三任皇帝,被认为是罗马帝国早期的典型暴君。
② Charles Addams(1912—1988),美国卡通漫画家,因其创作的富有黑色幽默的角色形象和情节而闻名。

我没有问为什么，只是接受了这个位置。我不是自己要处于这种境地的。你觉得，二十四岁的……黑人会做这种事吗？"他看上去无法相信。"但是，"他耸耸肩，"不管是不是我，这种事都是要做的。因为国家可以这么做。"我又想起了查尔斯·亚当斯的漫画。我回头，瞟了一眼龙虾。他拿起菜单，说他不知道我们想点什么，但他要吃一种叫"终极盛宴"的菜品。

保罗·弗里德兰在《目睹正义：法国的公开处刑年代》一书中写道，在我们的认知中，行刑者是法律的代理人，其职责是执行上级下达的判决——这是一个相对现代的观念，是由启蒙运动的改革者有意提出的，因为他们试图构建一种截然不同的刑罚体系：这种官僚化的体系十分理性，通过分散责任的方式分散指责，让它们分布在庞大系统的众多齿轮之上。在此前，至少就法国来说，行刑者被认为是逾越凡俗的存在，是被抛弃者，一种被普遍憎恶的人："行刑者的触碰极其亵渎，以至于他们一与其他人、其他物件相接触，就会深刻地改变被接触者。"他们在城镇的边缘生活，在他们的群体内部通婚。行刑者通常是继承制：如果你的血管里流淌着行刑者的血液，你就受到了诅咒，就好像是你亲自让断头台的刀刃落下一般。行刑者死后，会被埋葬在公墓一个区隔开来的区域，因为人们担心他们的存在——是生还是死都没有区别——会污染普通的人群。他们是字面意义上的贱民——他们从市场摊位上拿东西时要用长柄的勺子，还要佩戴特殊的标志，以免别人将他们误认为是"受敬重的人"。"在整个近代早期，事实上也包括整个法国大革命期间，"弗里德兰写道，"诋毁一个人品德最有效的方式之一，就是影射他们曾与行刑者共进晚餐。"杰里礼貌地向服务员示意，我们已经准备好点餐了。

"囚犯们知道你就是那个按下按钮的人吗？"我问。身陷监牢的人拥有很多思考的时间。我想，对于典狱长和狱管，他们一定有自己的看法：行刑者不是全职工作的。

"不。"他摇摇头说，"有些人会猜。他们会走过来，然后说：'我猜那是你，吉文斯。按下开关的人。'我就说：'不是，伙计，那不是我。'我可不会坐在那里，跟他们说就是我！所以我就笑着糊弄过去。'不是我，伙计。不是我。'"

杰里担任行刑者那段时间，行刑时间定于晚间十一点：为最后一刻的上诉留足了时间，也为可能出现的设备故障留出了额外的一小时（若是错过了午夜的截止时间，那你就得等法院再次裁定新的行刑日期）。杰里有过很多不眠时分，他思索着，看着钟表指针嘀嗒走过，抵达暂止或行刑，抵达生或死。他的职责是准备，无论是为了犯人，还是为了自己。

"我为这些家伙准备他人生的下一阶段，"杰里说，一盘焦炸大虾放到他面前，他用叉子把虾叉了起来，"我不知道他会去哪儿。所以这是他和造物主之间的事，他和上帝之间的事。但我的工作就是为他做足准备。怎么样帮一个人准备好被杀呢？我研究他，跟他对话，与他一同祈祷。因为这是他最后能做的一切。"

当他在狱内，帮助死刑犯人理清一切俗事尘缘，死刑的支持者会在监狱外集结，售卖 T 恤，拉起横幅庆祝。废除死刑的倡导者则会在附近围着蜡烛聚起，举行沉默的守夜。对死刑犯来说，几个小时就像几分钟；而对行刑者来说，分秒漫长得如同钟表指针停摆。你担任典狱长，对一个人关心有加，现在你要亲手结束他的生命。这种事情要如何做好心理准备？

"我把一切都屏蔽了，"他说，"我专注于不得不做的事。我不跟任何人说话。我甚至不照镜子，因为我不想看到自己行刑者的面目。"

一位满面笑容的侍者过来，放下几杯饮料。我想象着一个男人躲避镜子里的自己。"所有这些时候，你妻子都不知道——你没有想要告诉她的时候吗？"

"没有。因为假如你是我的妻子，你知道我执行了一次死刑，那么我曾经受的压力，也会压在你身上。你会和我有同样的感受。所以我从没让她经受这些。"

每个州的情况各有不同，不过，通常来说，行刑者的身份不但在囚犯和目击者之中不公开，甚至在行刑队内部也不公开，这样每个人都会觉得，他们并不是独自完成这项工作。有时候会有两个同时按下的开关，而机器决定哪个开关生效，之后再自动删除记录，这样就没人能确定，完成了致命一击的是不是自己——

无论是电击，还是注射。在你本人和行刑之间置入足够多的程序，你就可以欺骗自己去相信事情从未发生，就像用无人机进行的空袭。还有时候，是行刑者本人分散了责任：刘易斯·E.劳斯于一九二〇至一九四一年间在辛辛监狱担任典狱长，他曾下令将逾二百名男女罪犯用电椅处死，但从来不曾正视开关拨动，因此，他声称自己从未目睹过任何行刑。但是，尽管杰里的行刑队和其他所有死刑执行队一样，在内部分担任务，保证不让一个人单独承担重负，但按下控制面板上按钮的只有杰里一个人。只有他看着致命的化学物质从自己手中的注射器中涌出，顺着管子，进入被绑缚在轮床上的人的静脉。但尽管面对着这种确凿——或者说正是因为这种确凿，他得以在自我和杀死一个人的行为之间放置了屏障：上帝。

杰里相信，死亡并不是真正的终结，因为还有来生存在；许多在死牢里等待了数年之久的囚犯也相信这一点。就连此前的无神论者也需要某些能够渴盼的事物，并在国家不愿给予宽宥时，向某种更高的力量祈求宽恕。他们需要一种期望，期望着干预发生，最后一刻判下的缓刑，某种能让行刑室墙上的电话铃声响起的力量——从一个允许自己的独子被国家处决的人[1]那里寻求宽恕，这是另一个讽刺之处。从囚犯到狱警，再到政治家和拒绝赦免的法官，似乎与死刑相关的每一个人都把责任的重量转嫁给了

---

[1] 指上帝允许耶稣被罗马总督彼拉多判处死刑。

上帝。对于把宗教作为挡箭牌或替代物的任何人，我都心怀警惕，因为在我看来，这代表他们选择不去深刻思索自己正在做的事情，因为觉得不重要：这事是别人在做。他们只是遵从上面的命令。在弗吉尼亚州的死囚牢里，上帝是每个人给现场打上的柔焦。

但是，对杰里来说，这一切都是一种回顾性的重拟，是一份有漏洞的、自相矛盾的初稿。他告诉我，是上帝把他置于那个位置，他做的是上帝的工作。他说他每天都在与上帝对话，但当我问起这种对话开始于何时，他给我的日期，则是在他离开这份工作的多年之后。时间并不吻合：他并不是在行刑室里与上帝交谈的，他并没有与任何人交谈。无论我试探多少次，或者重新组织问题，都无法进入他早年执行死刑时的头脑：当他穿上熨烫平整的制服时，当他躲避镜子中的自己，与妻子吻别时，他在想些什么？也许他也无法再进入那个空间了：身体会把我们经受的创伤藏匿进黑暗之所，让我们构建带有留白的叙事，以求拯救自身。

但是，无论把责任推给上帝，推给法官还是陪审团，当一个人被国家处决时，他的官方死亡文件证明上都会写"他杀"。无论你是否赞同，这是对此人骇人罪行的一种公正、适合的惩罚。"死亡机器的运转，离不开人双手的拨动。"得克萨斯州历史最悠久的"清白计划"[①]的创始人戴维·R. 道如是写道。这双手便是杰

[①] 美国非营利性机构，旨在为力图自证清白的人提供免费的调查和法律服务。

里的,他必须与之共存。侍者俯下身,拿走我们吃空的盘碗,而我能看出,杰里对我反反复复指出这一点有些沮丧。

"听着,"他说,拳头放在桌边,里面攥着餐具。他并没有生气,而是在笑,笑这一切的显而易见,笑我的天真,"我杀人不是为了自己。"他沉静地笑着。"犯人反正是要被杀掉的。我只是处在那个按下按钮的位置。我是最后的解决手段。我是最后一个为犯人的行为负责的人。你明白吗?犯人会落得什么下场,他们心里一清二楚,当他们出去杀掉那个人的时候。他们就放弃了你的生命。他们做出了糟糕的选择。这就是后果。这是自杀,亲爱的。自杀。"

隔着餐巾纸和鱼的残骸,我们看着彼此,我没有说话。我不知道该说什么。他曾花费数年,在监狱墙内墙外搭建起精神上的堡垒,这能让他免于崩溃,得以继续生活;而我又是谁,竟然想把这心防摧毁?琼·狄迪恩[①]在《白色专辑》中写道:"为了生存,我们会为自己讲故事……我们在自杀中寻求布道,在有五人遇害的案件中寻找社会根源或道德教训。我们阐述自己眼见的事物,从多个选择中找出最能利用的那一个。"就连一九六五年印度尼西亚大屠杀的行刑队队长也会告诉自己,他们是和詹姆斯·卡格尼[②]一样酷炫的好莱坞枪手,而他们在屋顶上绞杀了无数人,血

---

① Joan Didion(1934—2021),美国随笔作家、小说家。
② James Cagney(1899—1986),美国舞台剧演员、电影演员,曾出演黑帮电影,在其中塑造了令人难忘的硬汉形象。

流成河。我们旁边的卡座里有人在笑。寡淡的流行音乐被厨房的响铃声打断。最重要的是，杰里讨人喜欢，在他跟学校里的孩子相处，跟已经当他是熟客的侍者相处，跟我相处的时候都很友善。我根本无法想象他做行刑者的样子。

"但是，"我开口，"当你第一次不得不终结一个人生命的时候，你没有觉得，'我做不到'吗？或者说你知不知道自己有那种——"

"听我说，"他说，拿起面包篮，把最后两块干酪饼干倒在桌上，"亲爱的，你想错了。我没有夺走他的生命。他自己夺走了自己的生命。这是囚犯——"，他晃晃自己的手机，"这是河。"他拿起空了的面包篮，又重重放下。"如果人走错路，就会掉进这条河，然后淹死。"他模仿着"呜呜"的火车行驶声音，在一堆啤酒瓶和凉茶之间，把篮子推过桌面，分开成堆的餐巾纸。"要走错路？"他把手机扔进面包篮里，"就会死。我就在这儿，在这栋大楼后面——"他把番茄酱瓶子也拿了过来，"守着按钮。我还没按，我从没按过。不需要按。做对的选择，囚犯就不会跟我打照面——就从我身边过去了。"他推了面包篮一把，篮子越过了黏糊糊的瓶子。"别给我按按钮的机会。你明白我的意思吗？别责怪我。我可没做什么。我也不会因为这事睡不着觉。"

我说："我忍不住去想，换作是我的话，我会睡不着觉。"我还忍不住去想，如果我们现在身处的是一家回转寿司店的话，这些事情解释起来也许会容易很多。

"是的，你知道为什么吗？换作是你的话，你就会责怪自己。如果根本没人来找你，你为什么要责怪自己？如果根本没人进死牢的话，你为什么要责怪自己？你不知道吗？来说说。你为什么要责怪自己？"

"……如果没人来，我就不用这么做？"

"是的。"

"……那我什么也没做过。"

"好吧，好吧，这样。"他说着，坐了回去，举起他的双手，一副言尽于此的胜利神情。面包篮在我们中间。"如果你什么也没做过，那又有什么指控可言呢？"

有一种表情，我只在喝多了之后才会做。我会闭上一只眼，这样才能用单只眼睛视物，努力辨别公交车站牌或烤肉店菜单上面令人眩晕的字句。现在我非常清醒，但仍做出了这种神情，努力在"被回答了，但没真的回答"这一令人沮丧的死胡同中走出一条路。杰里又笑了。

*

杰里认为他的所作所为是正确的、善意的。为了维护这个理论，杰里必须完全信任司法体系。他没有出现在犯罪现场，没有出庭，在陪审团也没有一席之地。他需要相信，在这根链条上游的每一个人都完成了自己的职责，让一个有罪的人在公正的审判中获罪。而他确实也相信,这个体系卓有成效:他的信念在早年时就牢牢扎根,那时他还是个小男孩,就和警察们交上了朋友——那是两位黑人警察,会来学校教授柔道和空手道。他们有自己的车,杰里至今仍然记得他们的编号:612 和 613。九岁的杰里想在长大后当一名警察,这主要是因为他想开自己的车。他对司法体系的信仰,就像他后来对上帝的信仰一般坚定。

但发生了两件事,让他对司法准确性的信仰产生了怀疑。第一件事的当事人是厄尔·华盛顿二世,他的智商只相当于十岁儿童,被判有强奸和谋杀罪,在死囚牢房里待了近十八年后,被 DNA 证据判定无罪。这离他在杰里的行刑室内被处死,只有九天时间。

华盛顿二世的清白让杰里对其他案件都产生了怀疑,无论是过去的,还是将来的。这件事动摇了他的信心,但他依旧没有离开。他想在退出之前完成一百场行刑:一个圆满的整数。到了这时候,他觉得自己已经是一位专家,别人也这么想:他被派往其他州,比如佛罗里达州,调查那些失败的行刑,矫正他们的手法,确保他们没有使用合成海绵。就这样,他说,鉴于第一个提示没有奏效,上帝又给他抛来第二个难题,告诉他已经做得足够了:他自己在庞大的陪审团前接受审判,被判有罪,并因作伪证和洗钱被判入狱服刑五十七个月。

直到现在,杰里仍然声称自己是无辜的。他讲了一个在时间和逻辑上都说不通的故事,说有把上了膛的手枪被人藏在监狱的打字机里，就像他的大部分故事一样，其中夹杂着许多来自上帝的信息。他说，当他站在证人席上时，他的心思都在其他事情上：他在做精神准备，要在三个月内处决十个人，这是他任行刑者一职以来任务最集中的一次。但他不打算告诉法庭这些。如果他对自己的妻子都没法开口，那他更不会告诉陪审团里的十二个陌生人。当被讯问及一辆用贩毒赃款购买的汽车时，他的头脑中正刮着一场风暴，他说他不知道那是贩毒资金。但是，他想道，如果他们能以此给他定罪，那他们就能以任意罪名给任意一个人定罪。

杰里的妻子最终就是以这样的方式发现，自己的丈夫在过去十七年内一直担任弗吉尼亚州的行刑者。自恢复死刑以来，弗吉尼亚州处死罪犯的数量排名仅次于得克萨斯州。当他获罪一事登上报纸时，她在当地报纸上读到了新闻。杰里不知道是谁告诉了媒体。

在那封致阿肯色州州长的信中，杰里和其他许多死囚牢的工作人员都签了名字。正如他们所说，监狱工作人员所长期经受的精神健康方面的影响，通常并不是死刑辩论所关注的焦点。聚光灯通常会打在正义、复仇，以及未经统计学证实的威慑效力上。但是，如果你留心的话，这些影响确实存在：一些简短的观点文章，写前任典狱长几十年的不眠之夜；写一遍遍练习杀人时的紧张和焦虑，既担心行刑出错，又担心行刑顺利结束之后，要与相关的记忆相伴为生。有些前行刑者成了废除死刑的支持者，他们撰写回忆录，周游世界，努力说服相关当权者终止杀人。罗伯特·G.埃利奥特是一名自由职业类型的行刑者，他在六个州为三百八十七人执行过死刑。他写下回忆录《死亡代理人》，在结尾处写道："在全美国范围内废黜包括电刑、绞刑、毒气和其他方法在内的合法杀戮，我希望这一天为期不远。"这本书出版于一九四〇年。那时，这份清单上还没有列出注射死刑。

在电椅和注射死刑之前，政府曾经采用公开绞刑的方式执行死刑，但自从一九三六年来，美国再未出现这种行刑方式。包括诺曼·梅勒[1]和菲尔·多纳休[2]在内的许多人认为，如果美国真的决定杀害自己的一位公民，那就应该在公众视野里执行，也许甚至在电视上广播。如果我们看不到正在发生的事情，就不能真正理解它，而这种事也就会继续在司法体系的表面之下，无休止地继续发酵。一个人被有计划的官僚手段所杀害，亲眼看见，而不是听闻这种事，才能够改变人们对于死刑的看法。阿尔贝·加缪写过关于断头台的文章，写它对他那支持死刑刑罚的父亲的影响；他父亲观看了一个谋杀儿童的犯人被断头台处死，回家后，

---

[1] Norman Mailer（1923—2007），美国非虚构作家、小说家。代表作《刽子手之歌》，曾获普利策奖。
[2] Phil Donahue（1935—2024），美国作家、制片人、主持人，最为人熟知的代表作品是脱口秀《菲尔·多纳休秀》。

在床边呕吐,之后就变了一个人。加缪写道,如果法国当真支持处死已被定罪的囚犯,那就应该像以前一样,把断头台拉到人群面前,而不是把它藏匿在监狱的高墙之后,藏在早餐时段新闻报道的委婉辞藻中。如果法国当真坚持自己的做法,他说,那就该让人民看到行刑者的双手。

杰里现在摊开双手,像传教士一样。他告诉我,在四年后离开监牢时,他的想法改变了。"我们所有人,在这个世界上的每一个人,都被判处了死刑,"他冷静地说,"我们每个人都会死去。这是确凿无疑的。一定会发生。但是问题在于,我们不需要以杀戮的方式,来向世界展示杀戮的错误性质。我们知道这一点。"他现在相信,不仅司法体系是不公正、有缺陷的,对他来说死刑也变得毫无意义。他提出了一种替代性质的刑罚:就让他们烂在监狱里,让他们一辈子都受到自己所作所为的折磨。"每一年,在他们夺走一位年轻女士或一位老人生命的那一天,那件事都会回来折磨他们。"杰里说,"那些人会在牢里,和他一同生活。监狱的墙会向他聚拢,就像他身在坟墓之中一样。这是那些死囚以前告诉我的。他们说:'吉文斯,我就像是被活埋了一样。'"

杰里在一家为州际公路安装护栏的公司找到了新工作,他负责驾驶卡车——这是另一个他视之为拯救生命的职责,不过这一次,其他人也有相同的看法。而且,反正他的匿名身份已经曝光,他开始在公众视野里讲述自己的故事。他现在在全世界做死刑相关的巡回演讲,讲述为何我们并不需要死刑,讲述它会对行刑者造成何种改变。摩根·弗里曼[1]有一部关于上帝的系列纪录片，其中一集讲的是：为了做我们认为正确的事，需要和自己，以及自己的信仰斗争，他把杰里拍进了这一集。这周瑞士有人想要邀请他，上周是另外的人，今天是我——他向下翻动自己的手机，向我展示自己有多为人所欢迎，为人所需要，展示他是如何从坏事中萃取好的一面，因为他自己就曾亲眼见证过。他依然为自己旧日高中的孩子们做指导，想要让这个系统不再吸纳新的罪犯。他甚至写了一本回忆录：《未应许的明天》。这本书被归类为"宗教小说"。

即使如此，杰里说他并不后悔自己恪守职守，杀死了六十二个人。他相信，他们的痛苦已经和本人一同终结。但我怀疑，这是他自身痛苦的开端。我正坐在这里，问他的感觉，而他根本无法以任何有意义的方式来谈论；他环游世界进行演说，却无法真正谈论这件事。他曾扮演死亡代理人这一超乎寻常的角色，而借助上帝，他将责任归处到死刑犯自己过去的行为之上，确实做到了把自己的影响降低到最小；但是，这其中有某种庞然之力，他不允许自己与之接触——他甚至能在行刑日的早晨，如平常一般吃早餐。我觉得，对于他所告诉我的一切，他自己也只是相信了一半。看着他一边吃着鱼虾，一边据理力争，我感觉有些心碎。当他在半夜醒来，发现只有自己时，他又能做些什么？

---

[1] Morgan Freeman（1937— ），美国演员、导演，代表作《肖申克的救赎》等，曾获得奥斯卡金像奖和金球奖。

现在，他特别关切的是行刑队，当他为死刑的终结而奔走时，他们——行刑队的成员，是他所为之奋斗的人。当谈起同事的痛苦和折磨时，杰里的话语清晰了许多，而我坐在那里聆听之时，生出了一种感觉：他所描述的创伤，对他来说也是真实的。"你藏了很多东西，一般人是藏不住的。"他说，"他们中的很多人都会自杀。会去酗酒。会去吸毒。死刑判决下来，他就已经死了：在死囚牢房待了二十年，从心理上来说，你已经死了，已经准备好接受一切，然后应付过去。余下的就只有执行死刑的人。他们会继续他的死亡。他的死亡会寄生在他们身上，直到死去。它会成为他们的一部分，到了最后，他们就会崩溃。"

他们确实崩溃了。道·B.霍弗是一名副警长，他是纽约州最后一名承担行刑者职责的人。他的前任约瑟夫·弗朗塞尔的名字为公众所知，终其职业生涯都受到死亡威胁的骚扰，而霍弗有所不同，他的身份一直保密。他就是那个要先在车库里更换牌照，再开车去辛辛监狱行刑的人。一九九〇年，他在同一个车库里吸毒气自杀。约翰·赫尔伯特曾于一九一三年到一九二六年期间担任纽约州行刑者，后来精神崩溃，最后退休。三年后，他在地窖里用一把点38口径的左轮手枪自杀。唐纳德·霍卡特为密西西比州的毒气室调配化学物质，他的噩梦萦绕不去，梦见自己反复杀死一名死刑犯，还有两名正在排队等候。他在五十五岁时死于心脏衰竭。

"没什么比得上从这种事中解脱，"杰里说，"如果你说它不会影响你，那你就是有点毛病。如果你对此没有任何感觉，那你就是有点毛病。死刑犯已经死了。他不必再汗流浃背了。而你得出汗，得呼吸，得想着自己一直在做的事。"

我们站起身准备离开，杰里递给我一盒打包的菜，坚持要我带走。我们跟着他一瘸一拐的缓慢步子，走到门口，经过龙虾。龙虾看着我们离开。吃晚饭时，克林特基本保持着沉默：他一般不会跟着我参加采访，而且，他不想意外破坏任何对话。但是，就在我推开大门，步入一月的寒冷之时，他问我，一个死刑犯是否可以选择被行刑队枪决。当然可以，杰里说，但他不确定哪里。也许是犹他州。

"但是想想，"杰里说，站在停车场过于明亮的灯光之中，拿着自己的那一份打包大虾，"五个人。一颗实弹。但是这会永远留在这五个人的余生之中。他们都会觉得自己是打出实弹的那个人。"

我戴上手套，我们挥手告别。我想象着行刑队的人都戴上手套，挥手告别，每个人都觉得，自己的手就是行刑者的手。

二〇二〇年四月十三日，杰里因感染新冠肺炎而去世。他在里士满雪松街的浸信会教堂唱诗班唱歌，讣告提到他的死亡与在此处暴发的疫情有关。

弗吉尼亚州于二〇二一年三月二十五日废除死刑，距离杰里去世不满一年。

没有什么会永垂不朽

防腐师

死亡不是一个瞬间，而是一种过程。身体内部某处不再运转，系统关闭，信息开始传播——气流被切断，血液停止流动。与之类似的是，腐烂也不是在某一刻突然发生的。从没有两具尸体会以完全相同的速度腐烂——环境和人为因素都会造成全方位的差异，比如室温、衣物和体脂等因素，都会影响到尸体的腐烂速度。但基本阶段总是相同的：在死亡数分钟后，细胞处于缺氧状态，开始自我毁灭；内部的细胞酶会打开锁住它们的细胞壁。死亡三到四个小时后，体温不断下降，这会让尸僵向身体下部蔓延，肌肉中的蛋白质此刻失去能量来源，就会就地僵死。眼睑开始僵硬，随后是脸部和颈部。十二小时后，整具身体便已僵硬；而二十四小时后，有时候是四十八小时或更长时间后，尸体便会以死亡时的姿势完全僵死。之后，这种僵硬开始以其出现的次序逐渐消失：眼睑、脸部、颈部。身体放松。下一个阶段——腐化，就此开始。

防腐师的工作并不是永远停止这一进程，而是令其放缓。过去的上千年里，这在全世界各地一直都是一桩与死亡相关的惯例，方法和原因各异，包括宗教的和其他的因素。在欧洲，人们给尸体防腐，是为了运输和医学研究，以及奇特的个例——十八世纪的英国庸医马丁·范布切尔的婚姻协议中有一项条款：他必须在妻子处于地面之上时，才能留在她的房产里，虽然这有可能是他自己编造出来的。为了符合此条款，他于一七七五年给妻子注射了防腐剂和染料，给她穿上婚纱，让她躺在一个带玻璃盖的棺材里，放置在他的前厅中。她那双崭新的玻璃眼睛一直瞪着棺材外，直到他的第二任妻子提出反对，这也是完全可以理解的。

就现代美国葬礼而言，防腐在其中的普遍使用始于南北战争。在此之前，就像在欧洲一样，防腐主要用于医学院的遗体保存。但战争不断升级，死亡人数激增，无论是邦联还是联邦，士兵的尸体都填满了医院的埋葬地点。所以，他们被战友用临时记号作墓碑掩埋，或者被滚进他们倒下之处附近的战壕。理论上，他们应该被胜方埋葬，但后来做这件事的是最近处的人：朋友、敌人、当地的平民。比较富裕的家庭会通过军需官寻找尸体，他会安排一队人员定位死者，并将他们运送回家；其他人则会到现场，亲自寻找尸体。在最好的情况下，尸体会被装在密封的金属棺材或者可装冰的棺材中，通过铁路运回；但这些手段都无法满足人们的期望：将尸体的腐烂延缓更长的时间。

一八六一年，弗吉尼亚州，一名年轻的上校埃尔默·埃尔斯沃思在一家旅馆房顶上夺取邦联的旗帜时被枪杀，此前他曾在林肯总统的家乡办公室担任法律文员。他死亡的每一个方面都被媒体一一报道，包括尸体在葬礼上"栩栩如生"的不同寻常的状态。尸体由一位名叫托马斯·霍姆斯的医师进行了防腐，这是他免费提供的服务。战前数年，霍姆斯一直在实验一种新的动脉技术，这是他从一位法国发明家让·尼古拉·加纳尔处习得的。加纳尔写了一本书，详细描写了他为解剖学研究发明的保存尸体的方法，这本书于二十年前被翻译成了英文。关于埃尔斯沃思尸体的消息传开后不久，其他抢占商机的防腐师便在战场旁边开起了店铺。霍姆斯本人"美国防腐之父"的名声开始为人所知，他声称，自己以每人一百美元的价格，为四千名男子进行了防腐。在他位于华盛顿特区的店面里，他展示了一具在战场上发现的、无名男子的尸体，作为他所提供服务的广告。

一八六五年，亚伯拉罕·林肯遇刺身亡，他的遗体也经历了横跨全国的转运：从华盛顿特区到他在伊利诺伊州的家乡，遗体被安放在此处的陵墓。这趟转运耗时三个星期，途经七个州、十三座城市。盛放遗体的棺木打开，以供公众瞻仰，成千上万的人列成纵队致以敬意。他们能看见防腐师做的工作——这是一具尸体，但跟他们以前所知道的尸体截然不同。战时，人们对于防腐师的普遍态度是怀疑和敌意；美国军队收到多起家属的投诉，称他们被防腐师欺骗，还有至少两名防腐师被正式起诉，被控告将他们防腐处理的尸体扣为人质，威胁家属付钱。尽管情况如此，防腐仍然成了一种很令人向往的工作，并滋生了深厚的商业特性。

自此之后，波多黎各的一名防腐师将这项事业做到了极致——他把尸体像雕像般摆在逝者的守灵仪式上：死去的斗士被支在拳击场一角，就好像仍在战斗；被一颗子弹击杀的黑帮分子，手里仍攥着一沓沓百元大钞。不过，防腐最重要的目的，是让一切看起来并未发生过。防腐师的工作，就是让死者看起来仍然活着，只不过陷入了沉睡，就像艺术修复师让油画回归原本的状态一样，模糊生与死之间的界限。但是，如果一个人已经死去，那为什么还要让别人相信他没有死呢？

一九五五年，英国人类学者杰弗里·戈尔在《死亡中的色情》一文中写道，在现代死亡之中，"丑陋的事实被不懈隐藏；防腐的艺术，是一种否认的艺术"。自此之后，这就成了人们在和死亡相关的写作和防腐教科书里争论的话题。在之后的一九六三年，杰西卡·米特福德[①]出版了《美国式死亡》一书，书中对殡葬行业持一种非常有趣但也十分激进的视角，还对行业丑闻进行了无情的揭露。她审视了殡葬行业的每一个部分——任何可以高价卖给顾客的事物，任何冠以让人迷惑的名头的事物，任何蒙上

[①] Jessica Mitford (1917—1996)，英国作家，专注其时代的非虚构写作，著有回忆录和社会评论文集等。

"在法定要求下强制执行"神秘面纱的事物。她猜想,既然防腐并不能将尸体永久保存,而且,许多防腐师声称,没有经过防腐的尸体会对活人的健康产生不利影响,而她没能从防腐师处得到关于这种说法的确凿答复,那么,防腐不过是给了殡葬承办人另一种可以售卖的商品而已。她这本书的要点是,殡葬行业正在对弱势方进行掠夺。

或许她是有些武断(哪怕是跟防腐师随意提起她,房间里的气氛都会为之一变),但对于死亡的高昂价格,她的看法是正确的:哪怕到了现在,人们也会在 GoFundMe[①] 上创立账号,用众筹的钱为最基础的葬礼买单。如果你愿意,可以登记加入每月计划,用中档合约手机的价位预付自己的葬礼费用。只要到伦敦某个维多利亚式公墓走上一趟,你就能看出埋葬一个人有多昂贵,而人们一直以来又是多么情愿为此掏钱。当然,死亡也是一种炫耀财富的方式:在海盖特公墓,尼克·雷诺兹制作的青铜色死亡面具安放在墓碑顶端,一名报业巨头躺在他巨大的陵墓中,从散步道上投来的视线被刻意遮挡。

谈到防腐时,米特福德十分警惕殡葬承办人的说法:他们说防腐会对悲伤者起到治疗作用,而米特福德认为他们"披上精神科医师的外衣,以达到自己的目的"。我在十五年前读了她的书,喜欢她的态度,而且,在还没有亲身体验防腐流程的当时,我也

[①] 美国营利性众筹平台,可以在其上注册项目,为各种活动筹集资金。

有类似的想法。我觉得这符合逻辑。

一位可亲的退休防腐师罗恩坐在他妻子琼身边,隔着一张咖啡桌向我看过来,说看到我在一篇杂志文章里用"暴力"一词描述防腐的物理过程,为此他感到受伤。我们已经就他的生活和职业对谈了好几个小时,因为约翰·特罗耶医生建议我应该见见他。罗恩·特罗耶是他的父亲,对他产生了很大影响,因此,约翰现在才担任巴斯大学死亡与社会中心的主任。他在已逝哲学家的守灵仪式上谈到了自己的父亲,就在波普伊告诉我们"人所目睹的第一具尸体,不该是自己爱的人"之前不久。约翰在一个不避讳死亡的家庭中长大,人很容易对这种在家庭中习以为常,但在外面被人忌讳的事着迷——我是该感同身受。二月,他的父母从威斯康星州来访,在拥挤的布里斯托咖啡馆里,他们是仅有的穿了合适外套以抵挡外面下起的细雪的人。每个英国人挤进来时,看上去都像是被天气人身攻击了一样。我没有掩饰:我的反应也好不到哪里去。

罗恩七十一岁,很高,肩膀宽阔,硕大的额头让我想到了阿诺·施瓦辛格。在我们讨论防腐话题之前,他一直在向我讲述他在从事此行业的三十五年间目睹的变化。他谈到了二十世纪七十年代的临终关怀运动——这项运动起源于二十世纪六十年代的伦敦,发起人西塞莉·桑德斯[①]又把风潮带到了美国。他说这项运

[①] Cicely Saunders (1918—2005),英国医护工作者、社会工作者,开创了临终关怀的医疗实践。

动改变了人们对待死亡的方式，从用尽一切医疗手段变成一种较平缓的接受；他谈到最开始做殡葬承办人时，大多数死亡都发生在医院里，也有少数在公路或者铁轨上，但到他退休的时代，他大多都去病人家中上门拜访，在濒死之人的床边安静陪伴；他谈到这几十年来，宗教的不断衰落怎样改变了殡葬承办人的工作——原本他们只是纯粹的功能性角色，负责处理尸体，教会才负责照顾灵魂和悲伤，而今他们的角色已经转变，发展出居丧咨询等职能；他还说到，在他当初就读、之后任教的明尼苏达大学，女性在殡仪培训班级中的占比，已经从几乎为零增长到了百分之八十五。

"我刚开始教学是在一九七七年。那时候，如果有女性进入相关的项目学习，那她们要么是殡仪馆长的女儿，要么就是嫁给了殡仪馆长的儿子。"他说，依然忽略了侍者多次要求的点单，因为在这三十五年的职业生涯中，可供讲述的实在太多了。"不是说男性殡仪馆长不想雇佣女性殡葬承办人，只不过工作时长太疯狂了，而且这种工作关系非常密切，在这个行业里，男性的配偶会对女性的加入抱有偏见。我们得与之对抗，这非常艰难。而且还有一种意见觉得女性的身体不够强壮，或者无法直接面对这个行业。这都是扯淡，从一开始就是。现在女性殡葬承办人已经非常常见了。情况改变了，彻底革新了。"

"女性带来了很多同理心，这在以前是不存在的。"他身边的琼补充说。她是一位教师，并不属于在殡仪馆工作的妻子之列，不过有两个忙碌的夜晚,她被紧急拉过去接听电话。"男人从小就被教育要坚忍,但女人的话——对别人好一点是可以的,因为你是个女孩。"她微微翻了个白眼,"这话现在听起来很傻。但人们确实更能接受她们这样做。"

不过,有些事情从未改变:罗恩讲起笑话,说在威斯康星州刻骨的寒冬里,你得用波旁酒贿赂掘墓人,才能哄他们出来工作;而且,殡葬承办人自己总是会躺在手头最为昂贵的棺材里下葬:他们按批发价买的,但基本卖不出去。"他们终于摆脱了青铜棺材!"他大笑道。罗恩讲述的许多故事都别有趣味,但也让我流过泪:他讲起曾经在一个小镇上处理艾滋病危机,目睹死者家属阻拦死者的恋人和朋友,拒绝让他们和死者告别。那时,全国上下的殡仪馆都拒绝接收遗体,罗恩会在下班后留下,偷偷让爱着死者的人溜进来。"那时候很危险,"他静静地说,"做那些事,可能会引发社区抵制,或者让我们的生意做不下去。我们必须万分小心。"

罗恩显然不是那种看重钱财超过一切的人。像所有的殡葬承办人一样,他也会在感恩节用免费的火鸡讨好神职人员,但在那时候,正是神职人员会向死者家属做出引荐。"如果神职人员不喜欢你,你就没辙了,孩子。你是没葬礼可去的。"这个男人曾帮助丧子的父母为孩子穿上衣服,此刻在咖啡馆里,他还记得一个容易忽视的微小细节:当父母看到经过尸检的婴儿小小尸体上的切口时,他们总是称之为"伤疤"——它暗示着愈合,这种表达方式本身就是一种心碎。在殡仪馆的工作之外,他还为年轻寡妇和被杀害孩子的父母们所组成的小组提供帮助。他是一个少有的、能与之谈论黑暗的人。当一个十五岁的女孩遭遇车祸去世时,他去找了学校校长,请求校长允许女孩所在班级的同学参加葬礼,解释他们出席和看见的重要性,解释这种在场如何能成为每个学生亲历悲伤的一部分。家属在事后才知晓他的行动。他给我读了一封感谢信,是女孩的母亲写来的。

我在杂志文章中将防腐描述成一种暴力行为,对此罗恩并不认同。他总是提起这篇文章,开玩笑一般地跟我过不去。"我总是认为这是一种同情之举,"他现在说,"我父母的防腐都是我做的。"

"那样会有……疗愈般的感觉吗?"我问道,挪用了米特福德曾经讨论过的一个词。

"嗯,让我想想……"他说着,换上了一种夸张的思索神情。他露出微笑。我已经知道了他的回答。"那并不暴力。"

他说他没法亲自为我演示整个过程,因为他的行业生涯早已结束了。但他敦促我去试着找其他可以这么做的人。他告诉我,如果我只通过书本了解,那就会错过某些东西。

如果有人能够说服我相信防腐不仅仅是一种商业行为,那这个人一定是罗恩。但是我不禁觉得,有些真相太过可怖,人们无法面对,而用技巧来隐藏逝者的尸体正好与这种观点暗中吻合——而且,对于这些可怖的真相,我并不确定死亡是不是其中之一。然后，罗恩讲了一个故事，关于一名参加越南战争的士兵"根本没法看"的尸体。那时他自己也才二十二岁，这是他收到的九具尸体之一。在士兵父亲的坚持下，罗恩撬开了运输棺材用螺栓拧上的金属棺盖，这样这位父亲就能看见姓名牌，和一袋烧焦的骨头和组织——那是他儿子遗体的残余物。"有时候，我们看见的，并不是他们看见的，"罗恩说，"我从工作中学到，人们比我们想象的要坚强得多，做一些事情时，也比我们所认为的有能力得多。"罗恩不仅仅是在告诉我，死者的尸体永远不该以原始的状态被人看到。

我在想，这其中是否还掺杂着其他因素：现代防腐师的工作除了交付账单时很难为人所见，是不是正因如此，他们的作用才会被人忽视，才会被视为唯利是图。我想，如果罗恩在为自己的父母防腐时，既是一位为之买单的家庭成员，又是这项服务的参与者，那么，防腐或许真的有心理上的作用。

菲利普·戈尔博士从办公室门里探出脑袋，对我说他马上就来。这是早上快九点，在英格兰东南部海岸的马盖特镇。这里有一片平坦的砂质海滩，还有一座名叫"梦幻之地"的标志性主题乐园，不过现在时间还有点早，还没到晒黑的游客抱着超大号泰迪熊和冰激凌挤满人行道的时候。自一八三一年起，戈尔博士的家族就在这个地方从事殡葬行业：起初是做殡葬服装，之后服务扩展到为当地人防腐、下葬。他高大瘦削，戴眼镜，看上去很聪明。我来早了：在将丝绸背心的扣子扣好之前，他是不会走出办公室大门，踏入安静的接待区的。要等到他的衣物全部完美无瑕，就像待命的演员一样。马匹、花束、典礼——正是葬礼的戏剧特质吸引当初的他加入了这项家族产业。他说他喜欢这一切精心策划的"浮华与盛大"。他也曾为自己的父亲防腐。

我们在他的办公室坐下。戈尔博士是英国防腐师学院的副院长，也是一名教授防腐学历史的老师，而且，他曾花费数十年的时间思考，防腐为何会以当今的形式存在，以及是什么样的社会因素导致了它的隐形；他攻读博士时研究的就是这个领域，这就是证明。事情并非一贯如此：在他父亲的时代，即二十世纪五十到六十年代，人们更安于自然规律。一部分原因是刚经历过战争，也因为那时候的逝者并不会交由殡仪馆处置。逝者会留在社群中，留在自己的房子里；而棺材放在起居室内，准备接待最后一批客人。老戈尔和他的团队会四处奔走，而不是安坐在办公室里。"如果事情演变得有些……有些敏感的话，他们就会把棺材盖拧上。"戈尔博士说，"因为那是唯一的选择。现在是二十一世纪了。为缓解这种情况，能做的多了很多。"他还记得四十年前，在他职业生涯的早期，那种被称为"残酷现实"的腐烂显现出来的时刻：要么是火葬场的一摊积水，要么是灵车后座上的痕迹。"那可能十分真实，但并不怎么令人舒适。"他拉下脸，表情就像一位挑剔的姨妈品尝着不合格的烘焙。

那时,葬礼会在人死后四到五个工作日内举办,所以防腐并不是特别常见。现在,英国每年一般有百分之五十到百分之五十五的遗体会进行防腐处理(专家估算,美国的数据也近似,虽然殡葬行业并不会公布统计数字),因为安排葬礼所需的时间变长了:其中一部分原因是,现在证明死亡要涉及文书工作;也有部分原因在于困难的排期。在马盖特周边安静的塔内特地区,有十一万人口,十六家殡仪馆(其中六家属于戈尔家族),火葬场只有一家——能在三个星期之内安排一场葬礼都是十分罕有的情况。"想要把时间排好是很困难的,除非你想在上午九点半举行葬礼。"他说,"谁愿意从大老远的地方,赶到这儿来参加九点半的葬礼?而且,就算冷藏是一种绝佳的技术,但你要是离开三个星期,我也不知道你冰箱里的东西会成什么样子。你可能连冰箱门都不敢打开。"他轻轻地咧嘴笑了,双手托腮。我想象亚当在停尸房的样子。他已经死了两个星期以上,但我们在搬动他时,才闻到死亡的气味。

戈尔博士说话时有一种刻意的慎重,这是四十年来磨炼敏感性的产物。他能看出,坐在办公桌另一头的人到底想知道多少。殡葬行业充满了委婉的辞藻——这也是杰西卡·米特福德所憎恨的一点——但他并没有在与我的对谈之中使用,而我对此表达了谢意。"嗯,今天你并不是因为家里人去世才见我的,"他微笑着说,"所以我们现在身处的是一种不同的环境。"他告诉我,如果我也是失去亲人的人之一，他会把防腐的过程描述得类似输血。之后，人们基本上就不再多问。

时至今日，他口中那种死亡的"残酷现实"，对于普通人来说已经非常隐蔽，我们甚至都不会担心在葬礼上与它正面遭遇。在英格兰和澳大利亚，葬礼上的棺材通常都是紧闭的；而在美国则不相同：送葬者可以走过敞开的棺材盖子，一睹死者的面容，就像亚伯拉罕·林肯的例子。在这里，死亡并不是公共事件，而是一个安静的家庭时刻。很少有人能看到死者，也很少有人想看。如果要供人瞻仰遗容，他们会把遗体安放在安息室，即殡仪馆里那些小小的房间之内（只有在有意愿的情况下，这种仪式才会带有宗教性质），在那里接待访客。只有在那里，他们才有可能看到防腐师的工作。在葬礼安排中，防腐过程经常会被称为"卫生处理"；不过，哪怕人们自己同意进行这种处置，也并不会有多少人关注它。最终得到的成果是如此普通，如此正常，而至于创造这种日常形象所需要的惊人的技术能力，人们则根本没有概念。至少戈尔博士是这么告诉我的。我自然对我们正在谈论的一切毫无头绪。我还没有见过防腐处理后的尸体，无法将它与死者的自然状态对比。在现实中，我见过那种经过防腐处理的、肿胀的医用遗体，但那完全是另一回事：他们是出于实用性目的才被保存下来，而不是为了家人和朋友忠实地保持原样。我见过名人逝者经过防腐后的照片：列宁那不朽的遗体躺在玻璃棺中，虽已经逝去近一个世纪，但因持续不断的维护，仍基本保持着原来的状态。沉睡中的阿瑞莎·富兰克林①光彩夺目的黄金棺材边有一个白色枕头,她那闪闪发光的高跟鞋摆在上面。在两岁生日的前一周,罗萨莉娅·隆巴尔多死于西班牙流感,她是西西里巴勒莫嘉布遣墓穴②中最后一具与修士们一起埋葬的遗体。她躺在一个带玻璃盖的小小棺材里,直到最近才开始褪色。但是,看到一具尸体经过处理之后,面目像活人一样,这又能给人带来什么呢?

根据罗恩·特罗耶的观察,葬礼的宗教意义不断削弱,而逝者的身体在哀悼过程中也显得越发重要,因此,防腐师的作用也越发重要。戈尔博士也确信这一点。"在主流的宗教生活中,你是由两部分组成的个体:你有肉体,也有灵魂。如果你不相信灵魂的存在,那你就只剩下物理性的肉体。"他说,"而且,直到葬礼举行,人们还会觉得,虽然他们已经死去,但并没有消逝。在安息室里,对于那些有需要的人来说,某种关系还在延续。"

尽管很多防腐师可能对杰西卡·米特福德说过什么,但实际上,人的身边有尸体,这不危险,也并非不卫生。戈尔博士现在也并没有否认这一点。对一具尸体进行防腐处理,这在法律上并无要求,除非需要把尸体运往国外,而接收国对此有所坚持。但是戈尔博士认为,最后的形象非常重要。"如果你在国外生活——

---

① Aretha Franklin (1942—2018),美国流行音乐歌手,其歌曲风格跨越了灵魂乐与流行音乐,被誉为"灵魂歌后"。
② 位于西西里岛巴勒莫市的地下墓穴,存放从16世纪末起的上千具尸骸,其中包括上百名儿童的。

这也是人们要很久才能相聚一次的原因之一——很久没有见到你的母亲,那么,过来和她待一会儿,真的会有所帮助。"

"而你对她最后的印象不是——"

"不是那种令人绝望的画面。那确实是伪装之后的现实,但讽刺之处就在于,如果你对别人说,'我们不做那种事。这就是她真实的样子',这会对别人有帮助吗?我不确定能得到肯定的回答。"

我思索了一会儿,试图想象我究竟想要看到什么景象,或者,我觉得自己会看到什么景象。当初,在波普伊的停尸房,我看到那些逝者的遗体,他们看上去都已经死去,我并不觉得看到他们时,会涌起痛苦的感受;不过,还是那句话,我和生前的他们并不相识。我想知道,亲眼看着某人随着时间流逝逼近死亡,渐显憔悴,再也不是同一个人——这种接受一个人死去的过程是否会被目睹逝者在棺材里栩栩如生的那一刻抹消,即使非常短暂?

"我觉得,诚实是一种安慰人心的东西。"我说,"只有我一个人这么觉得吗?"

"完全不是。但是问题在于,人们所认为的诚实,和那种有时候令人惊骇的现实,是截然不同的。"他非常耐心地解释,"是我们自己创造了这个陌生的世界,这真是一种讽刺。在电影里,每一个死去的演员都是由活人演员假扮的。他们的样子并不是一个人真正死后通常呈现出的模样。但公众不知道这一点。或者说,他们没能意识到这一点。在这个国家,防腐处理已经存在约一百五十年了。现在说出'咱们别干了，我们得回归自然'，已经太晚了。"

戈尔博士说，他会帮我联系一位防腐师，为我展示操作流程。他本人基本不会再直接接触死者了：他是这艘特种船的船长，现在要把注意力更多放在掌舵上面。我向他道谢，并保证不会把这件事写成某种恐怖故事，这是我为写作本书而接触的所有人都心存疑虑的一点。为了这次访谈，我在天亮前就起了床，开了三小时车抵达这个海边小镇，来面对如检疫般严格的审视目光。我花了五个月时间才得以和防腐师进行一场对话，不过这是可以理解的：自从有记忆以来，记者和编辑总是对死亡产业工作者进行耸人听闻的报道。虽然在多年时间里，我自己也不断试图说服编辑，放弃陈词滥调的修饰，不要再写什么"压低的声音"，或是"像亚当斯一家的管家路奇一样高大沉默的巨人，在一扇吱吱作响的门前恭迎"[①]。不过，英国防腐师协会也乐意呈现真实的流程：虽然确切来说，并不是为了吸引大众，而是为了吸引那些对此怀揣兴趣的人——他们对记者的期许显然很低，但他们愿意提供教育。我很感激，也心怀歉意。

"咱俩直说吧，"他说着，送我到前门口，"我们都在创造某种人造的世界。你在创造文字的图景。而我们则在为葬礼增添仪式感。"

[①] 典出查尔斯·亚当斯的漫画作品《亚当斯一家》，后改编成电影，讲述一个哥特家庭庄园发生的故事，以暗黑、奇幻等特色为人所知。

一个月后,我在伦敦南部另一家殡仪馆的后面等人,站在一座车库敞开的卷帘门边。车库里停满了闪闪发光的黑色灵车和豪华轿车。一个男人身着暗色西装,正坐在折叠椅上划手机,脚旁是一台正在播音的收音机。一名年轻女子头发梳得整整齐齐,穿商务裙装和厚厚的米色紧身裤,她正无视热浪,倚在栏杆上抽着烟,目光涣散地盯着前方。凯文·辛克莱面带微笑,从垃圾桶之间冒出来,没有向前台通报,直接把我领进了后门。他五十岁出头,一件蓝红相间的格子衬衫掖进蓝色牛仔裤里,戴眼镜,头发抹了发胶。他做认证防腐师已经近三十年,还在自己的防腐师学校当了十五年老师。不过,他看起来更像是会跟你在当地酒吧里分享一袋炸虾条的人,而不是那种会为你演示尸体防腐的人。

安息室设置在员工厕所旁边。他暂时离开我,从木制拱门中进了安息室。有一间厕所门上挂着"小便时不要撒到外面"的牌子,还有一只眨着眼的卡通熊。一具巨大的松木棺材被推着从我身边经过,消失在两重门之后,准备被推回冷柜,一直待在那里,直到灵车把它运走。我能听到两名殡仪馆的工作人员在车道上争论,说一个家庭付不起丧葬费,说他们被困在地狱般的遗嘱认证之中。

"他得证明这个家庭能掏得起钱。"

"我操。"

这就是业务端，是你只能在后门休息时听到的不安声音。在办公室里面，那些家属会涉足的区域，你甚至都听不到自己脚踩在地毯上的声响。

凯文招招手，领我进入准备室，并向我介绍他此前的学生索菲，她将在我的观察下工作。他近来大部分学生都是女性。我在场观看，这让索菲有点紧张和害羞。她微笑着挥了下手，在紫色刷手服的袖口和丁腈手套之间，能看到小小的彩色文身闪过。她转回身，面对躺在我们中间的尸体：一具苍白、修长的男性遗体，三周前死于肺癌。他的下腹部长着整齐的深色体毛，在最近几天内，它们正慢慢变成绿色。

索菲花了一整个上午移除这个人身上所有的插管和医院身份识别手环，就像我们在波普伊的停尸房所进行的工序一样。她还为他洗了头发，吹干，现在他的头发看起来蓬松而柔软。不过，在为这个男人穿衣之前，需要做的事还有很多。索菲已经在男人的眼睑下放了一些眼盖，这是一种凸面形的小型塑料盖子，能营造出一种眼睑并未下垂的假象。那时在凯尼恩公司，莫向我解释为什么靠视觉来判定尸体的身份绝不可靠时，他指的正是现在这样的场景：我们会本能地去看别人的眼睛，但死者的眼睛并不是我们记忆里的样子。当我为亚当穿衣，以便把他放进棺材时，他的眼睛就像牡蛎——但现在情况不同。这名死者的眼睛就像沉睡中的活人眼睛一样。当死亡面具雕刻师尼克抵达时，这就是他想要看到的眼睛。如果这种眼部状态无法自然呈现或者借助眼盖实现，他就得把它们创造出来。

现在，索菲用线捆扎他的下颌，这样他的嘴部就不会松垮地垂悬下来。这是一道麻烦的工序，防腐师需要探入内部，还得跟死者面对面。描述起来就更麻烦了。她把男人的嘴掰开到尽可能大，让他的头后仰着，然后将一根带缝合线的、硕大而弯曲的针头插入舌头下方、下牙后部，将针头穿过血肉，直到从下巴下方穿出。然后，她把针头调转方向，从刚才穿出的洞口再次折返，但引领着针头从他的下唇后面穿透，这样，缝合线就会在下颌前部的 U 形骨头上环绕一圈。她把缝合线拉紧，让松弛的下颌被不知在何处锚定的线控制住——这个锚定的点位，过一会儿就会变成上颚。她让针头从下方穿透男人的上唇，然后进入左鼻孔，之后穿过鼻中隔，进入右鼻孔，最终再次插入上唇，从内侧穿出。她把线拉紧，让下颌随之闭合，再把线两端打结，塞进男人的嘴唇之内。除非你知道该往哪里看——那就是他下巴的正下方——否则，在外部看来，一切似乎根本没有发生。

目睹这一切，感觉其实并不可怕，也不恶心，但我一想到自己的嘴被缝合、发不出声音，就感到一种纯粹的恐惧。如果这个男人在此过程中依然活着，这就是酷刑，他只能发出低沉的尖叫。我从索菲的肩膀上方窥视着，情不自禁地移动下巴做出奇怪的动作，就好像是在向自己证明我不是手术台上的那个人。但是，尽管我知道这个人已经死了，他的嘴和声音都已经毫无用处，但当看到他躺在那里，瘫软无力，毫不反抗，我觉得深受触动,又心生难过。你可以对一具尸体做任何事情。而他们在这里所做的,只不过是想让他看起来像他原本的模样。

  凯文和我现在站在房间另一边,避免碍索菲的事。我们倚着一张铁凳,上面堆满了纸张,以及装着更多纸张的塑料桶。这里没有窗户:在这个明亮的白色盒子里,你和外部断绝联系,被密封在自己的世界。冬季是防腐师的忙碌时节,他们从早上四点抵达,直到晚上十点才离开。当他们忙着手头的事情时,与外界唯一的联系就是一部收音机。他们根据送货员的衣着来判断天气。

  我还没看到,但已经闻到了:防腐液,那种既陌生又熟悉的气味,高中生物实验室与指甲油刺鼻味道的结合,随着工序进行,这种气味会越发浓厚。晚些时候我回到家,会发现自己的牛仔裤浸满了这种味道,它极为强烈,甚至占据了整个房间。凯文解释,从防腐液中挥发出来的甲醛气体比空气要重(我点点头。在梅奥诊所,当特里在解剖实验室里向我炫耀地面通风系统的时候,我已经学到了这一点),但未采取健康与安全措施的老式防腐室会将空气过滤设置在墙的高处,因为当时人们认为烟雾都会向上飘,这就意味着,只有在气体从下往上充满整个房间、防腐师的头脑淹没在烟雾中很久之后,空气过滤装置才会开始工作。凯文的声音低沉、嘶哑,有一种震动感,隔着墙壁都能听见。他说,这是几十年的工作中那些化学物质对他声带造成的影响。他处理的尸体已逾四万具。"我其实八十四岁了。我只是把自己保存得很好。"他咧嘴笑着。

"我们做防腐，有三个原因。"他说着，回到我们面前的尸体跟前，举起手指，进入教学模式，"卫生、展示、保存。索菲现在正在重整五官。我们希望能够呈现出一种上佳的面部状态，呈现出我们所认为的、这个人本应有的样子。我们当然不认识这些人，所以，我们得从他们自身的特征中寻找线索。"我问他们能不能参考死者的照片。"有时候可以，"他说，"通常都得靠猜，靠对死者的观察。在进行重建工作时，我们能得到照片，所以我们可以得知大小和皮肤的颜色。"后来他告诉我，他曾像拼拼图一样把一个人的头骨一片一片地拼起来。这名死者在一列火车前与人比试胆量，当着两个年幼儿子的面。他说，他尽量不对人死亡的缘由评头论足，但有时候实在忍不住。

男人的尸体依旧僵硬。冷柜的低温环境减缓了腐烂，暂时延续了尸僵状态；而在太阳下，尸僵会很快出现，又很快消失。索菲抬起他长长的腿，每次抬起一条，在膝盖处用力弯曲。那声音听上去，就像是一只老旧的皮质钱包被一只手紧紧攥住，直到指节发白。"你只需要这么做一次，之后尸僵状态就不会再出现了。"凯文解释道。蛋白质一旦断裂，就不会自行重新连接。

在对一具尸体执行工序之前，防腐师要先对情况做出评估：此人已经死去多长时间；距离他的葬礼还有多少时间；是否涉及任何形式的药物干预，无论是合法使用，还是其他情况——药物可能会影响防腐液中化学物质的效果。还要考虑死者现在和未来身处地的天气：会是炎热、潮湿的吗？那时是二月，还是七月？

死者是不是某种"圣者",需要在各个寺庙之间巡回?防腐师会在头脑中做出计算,然后确定液体浓度:令一具尸体的腐烂过程减缓,无论是送往世界另一端,还是小镇另一头,送到之时,要让尸体处于相同的状态。要是浓度过低,就有腐烂的风险;而浓度过高,尸体又可能脱水。这是一种平衡的艺术。防腐液的效果越强,尸体在时间中的"暂停"状态也就越长。但没有什么会永垂不朽。

防腐液有不同的成分,有些可能会比尸体本身保存得更为长久。那些从南北战争中回来的、经过防腐处置的尸体,还在继续析出一种早就被法律禁止使用的化合物——砷,渗入他们身下的土壤,污染地下水。如今的美国,每年有超过三百万升内含致癌的甲醛的防腐液,被埋葬于土壤之下。二〇一五年,一场大水冲进北爱尔兰的数座墓地,造成化学物质浮出地表,环保界的活动人士称这些墓地为"受污染的空间"。我对防腐有一种直觉性的怀疑,这并不完全是因为它掩盖了死亡的真实面目,而是想知道,这一切究竟是否值得。

为尸体注入化学物质以便保存,这种做法并不由西方殡葬产业垄断。凯特琳·道蒂在《好好告别:世界葬礼观察手记》一书中书写了全世界的死亡风俗,其中一个地方,防腐起到了极其重要的作用:在印度尼西亚的塔纳托拉查县,家属会定期把死者从坟墓中请出,为他们沐浴、更衣、送礼、点烟。在死亡和举行葬礼之间这段时间内,遗体有可能存放在家中,有时候甚至长达数年之久。道蒂自己也是一名训练有素的防腐师和殡葬承办人，她对其中的情感因素和实操过程都颇为关注。她发现，过去的尸体会被制成木乃伊，使用的是类似动物标本制作师处理动物皮毛的技术：用油、茶叶和树皮，让皮毛变得强韧而坚挺。现在，他们大多会使用化学物质来进行防腐，就是我在伦敦南部这间准备室里闻到的那种。不过，印度尼西亚的尸体需要防腐，这是情有可原的：他们得再次与家人见面，在节日时还得被扶起来，让人围着跳舞；而与之相对地，道蒂和米特福德不约而同地提出了一个绝佳的问题：如此频繁地为尸体防腐，有什么意义？

我面前的这具尸体不会躺在巨大的金字塔里保存上几个世纪；也并不会在二十年后，被从棺材里拽出来，参加家人的派对。他只是得出席葬礼，而这场葬礼会在地球的另一端举行。索菲选了一种比较强效的防腐液，来确保这件事顺利办成。

下一步，索菲在他的脖颈根处划开两个小小的切口，来确定左右两边颈动脉的位置：测量脉搏时，你手摸到的就是这些血管。我的手又一次不由自主地移到自己的脖子上，去感受这两处动脉。她把血管从脖子中抽出——它们看上去有点像乌冬面——然后，把一个薄薄的钢制工具滑到下面抵住血管，让血管稍稍露出皮肤表面，动脉像橡皮筋一样被抻直、拉紧。她在每根动脉上都打了绳结，让防腐液只能向着一个方向流动，然后将透明导管朝下插入血管之中——尸体被颈托高高架起的头部，之后将会通过导管转向的方式，单独接受防腐处理。整个过程就是把动脉系统作为一种运输机制，让糖果粉色的防腐液在体内流动，占据血液的位置。在涌入液体所产生的压力的协助下，静脉会将血液推向已经停止跳动的心脏，让它们汇集在心脏腔室之内。

"从没有两个死者的防腐过程是一模一样的。"凯文说，液体箱里的防腐液慢慢减少。"每个人都是独特的个体。大自然母亲为每个人创造的动脉系统都稍有不同。就算你面对的是双胞胎，也可能因为自然规律的偶然性，得对他们使用迥然不同的防腐方法。动脉系统的总体分布可能各不相同，在死亡时，心脏瓣膜可能张开，也可能闭合。"他的语气不容置疑，那是一种把自己的工作重复了四万多次的人会有的口吻。有时候，防腐液一下子就能流遍全身，有时候却不能。时间流逝，血液会产生凝块，阻断通路。像戈尔博士说的一样，葬礼总被文书工作耽误，这意味着大多数防腐工作都在死亡数周——通常是三周之后才得以进行。爱尔兰的情况有所不同，那里的死者接受防腐时，甚至仍是温热的。在美国也是如此：凯文说，他在英国所处理的那些尸体，绝大多数都处于被美国人视作"防腐不了"的状态。不过，人的全身有六处注射点位，分布在脖颈、大腿上部和腋窝；在某处陷入僵局，并不意味着旅程的终结。

防腐机器嗡鸣着，索菲把绵羊油乳液涂抹到男人的皮肤上：这能改善脱水状况，而且按摩操作能促进防腐液在血管中流动，让它们在肌肉中沉淀下来。她揉搓着他的手掌，白色的掌心变成了粉色。她观察皮肤颜色的变化，如果有地方没有变色，那就表明有阻塞。她又往男人脸上和胳膊上涂抹了更多乳液，不断观察着整体情况，就像站在画架前的画家一般。

防腐液在他身体内的导管里流动穿行，大概需要四十分钟时间。目睹这个过程，就像是在玩一个欺骗眼睛的戏法：它发生得如此悄无声息，我得时不时把视线移开一段时间，才能用刷新之后的眼光重新看见。在缓慢的定格动画之中，我目睹一位逝者"起死回生"，实现了"逆生长"：他的皮肤变得丰满，血管中的粉红营造出一种温暖的错觉，绷在嶙峋五官上的脸皮不再干瘪。"该死，他这么年轻。"我震惊地说，然后为我的脏话道歉。也许因为我是新来的，我觉得在死者周围说脏话是一件很不好的事，就像在教堂里说脏话一样。似乎并没有人在意。凯文伸手拿过我们身后的物资箱，从一摞文件的顶端拿下一份死亡证明。我原以为这是一个七十多岁的瘦弱男人，只不过头发不同寻常地漆黑。但他其实才四十多岁。癌症摧毁了他，而脱水则吸干了他脸颊上仅剩的青春。

他看上去和我的男朋友克林特并没有什么不同。现在这种情形，显然让人感觉极为奇异。我提醒自己，这不是我所爱之人死去的身体。几个月之后，我试着搜索那时候在准备室里听到的名字，看是否能在网上找到他的讣告。真的能搜到，旁边还有一张他的照片，是真心爱他的人上传的。他高大健美，面露微笑。我想知道，他的家人最后一次看到他是什么时候，想知道，他们是否亲眼看着他的生命衰弱下去。我无法想象，认识照片里这个人，又亲眼看见他在停尸房里的样子，那是一种怎样的感受。我是在停尸房里才第一次见到他的。那时他就已经成了另一个人——一具尸体，从内到外都被毁灭殆尽。防腐之后，他的样子看上去才好了些，这是无可辩驳的。但是，为了美化遗容，而向一具死尸体内注入化学物质，我不确定自己是否认可这种心理作用：看到他在生命的最后时光所承受的一切的明证，这不仅是他人生故事的一部分，也是你自己达成理解，走过悲伤的一部分，不是吗？

我摆脱思绪，回到准备室。索菲在男人腹部做了一个小小切口，然后拿起一根二十英寸长的金属棒——它的学名是"套管针"，尖锐的末端锋利无比，顶部有多个孔洞，还有一根透明导管，从手柄一路连接到她身后的一台机器上。她置入套管针，凭借肌肉记忆，在看不到的情况下把针引导到他的右心房。一种吸噬的声随着机器内置的塑料罐收集血液与防腐液的混合物，一种吸噬声充斥了房间。"我们能清除的血液越多，防腐效果就越好。"凯文解释说。血液中含有细菌，细菌就意味着腐烂。血液吸引器的噪音越来越大，凯文不得不提高音量喊话，压过机器的噪音：**"不过你吸出来的血没有想象的那么多！因为他已经死了太久——血液开始分离成各种组成部分！"**索菲将套管针从心脏中拔出，重新定位，又刺穿了气管，把男人的头向后扳着，来把气管抻直。有一声类似喘息的声音，但我确信，它来自机器，而不是死者。她用某种棉花似的材料填充气管，用镊子夹着从他的鼻孔里捅进去，形成一种真空状态，这样不会有东西漏出来。我在一旁观看，呼吸屏在喉咙里，想象着棉絮有多么干燥。凯文告诉我，那和婴儿尿布里的填充物是同一种物质。

我依旧感叹于他指端呈现出的粉红色，感叹于他曾经萎缩的双手如今是如此柔软，这时索菲拿起套管针，把注意力转移到尸体的腹腔：她刺穿内脏，这样里面就不会聚集气体，然后继续吸出更多的液体。这部分操作看起来非常暴力，这一点无可否认：看上去就像是刺捅，虽然凯文在向家属解释时，会把这个过程比作抽脂手术。在解剖学校的防腐处理中，他们不会进行这些工序：这会破坏学生们学习用的器官。索菲把血液倒进水槽，血块沾在印有刻度的塑料罐底部。我注意到，总共有四升血液（比我预想的真的要少吗？我也不知道），而且，这景象并没有让我感到丝毫恶心。我完全没问题。我认为，这是大脑耍的一个小把戏：它让我觉得，一个活人身上浅浅伤口流出的新鲜血液，要比无菌室里死人身上提取出的那一罐带着血块的血液更糟糕。显而易见，这是血，但并不是我所熟知的形态。

最后，索菲把绿色的腹腔液注入腹部。这是她目前为止用过的化学物质之中浓度相当高的一种，能让死者的腹部更加坚实，就像凯文做说明时会用指关节敲打的长凳一般紧实。"家属会握住他的双手，触碰他的脸。"凯文说，"这些部位得柔软些。"索菲使用医用强力胶缝合好了切口，有些腼腆地抬起头，工作完成了。这一天，她还要将同样的流程完成六次。

在接下来的二十四小时里，这个男人将会安躺在冷柜里，防腐液的颜色会逐渐在他体内均匀散布。他看起来将不再像刚从过热的淋浴中出来。身体组织会固化，然后塑化。他看上去会像活着一样，只不过在沉睡。而且，虽然他经历了刚才那一切，但比起我刚到达时，现在的他看起来更像是原本的自己。

✑

我们在家属室里相对而坐，这里到处都是舒洁纸巾盒，中间的桌上也放了一盒。凯文向我们解释，在他从业的几十年间，防腐技术经历了怎样的改变：准备室的通风系统，所使用防腐液的安全性能，以及硬件设施的变化。因为这是一个和外科手术相似的过程，所以，随着医疗器械不断升级，防腐设备也在不断更新换代。此外，就美化遗容这一点而言，最近的电视真人秀参赛者都用喷枪来上硅基高清底妆，而尸体防腐也如出一辙：那些用来防止歌手在明亮灯光下脱妆的物质，也能用来恢复死者的皮肤颜色。不过，想想防腐师工作的本质，你就能发现，他们可以在任何地方工作。他们可以在没有电力的雨林小屋中使用带有手泵的移动工具箱进行防腐，而紧急救灾小组的其他成员正把遇难者拖到岸边。在凯尼恩的仓库，莫给我看过他们的工具箱。他们可以在海啸之后，在宾馆房间里，在战区实施防腐，使用的就是眼前架子上高高摞起来的那些桌架。我刚刚在克罗伊登这家殡仪馆所目睹的一切操作,他们都能在地球上发生的最为惨烈的灾难中予以复制。这不是什么大制作。只有他们和一具尸体。

凯文曾在一座遥远小岛的网眼帐篷里,为一架因飞机坠海溺毙的乘客做防腐处理。这些乘客在机舱内为救生衣充气,海水涌入,他们卡在天花板上,结果被困死在机舱内,否则他们是能活下来的。凯文剥下一个男人的衬衫。这个人知道飞机将要坠毁,不过他很有远见,用镇定的笔迹在衣料上为妻子写了一封信。他知道一张纸可能会解体或者丢失,但一件衬衫则有可能和他本人一起被人找到。凯文也曾在阿富汗照顾英国士兵的遗体,将断裂的骨头和烧焦的残片重新排列,重构完整的肢体,给遗体穿上制服,把他们送回各自的母亲身边。

"这是你能为他们做的最后一件事。"凯文说,"给予他们一些尊严。能做这样的事也是一种荣幸。我们所做的事,在外界看来非常冒犯。但承认现实也是悲伤过程中的一部分。我们希望死者能以最好的面目出现在家属面前,这样家属才能继续自己的生活。他们已经历经了难以置信,历经了愤怒,历经了泪水。这会在接下来的过程中对他们有所帮助。"

我问了他和戈尔博士一样的问题:看到逝者的样子死气沉沉,这是否会对人产生伤害?他说,有些时候,这可能是一种毫无助益的冲击。人们不希望想起车祸、自杀或癌症;他们希望想起逝者此前的生活——足球比赛,下午茶。凯文说,他的工作就是引发回忆,让人们专注于失去,而不是死亡的方式。

"我们要做的是对他们的感官施加影响，除了逝者的面容，还有气味；所以要有须后水、香水。"他说，"也许有人身上会用特定的香水，你在看到他之前，就知道他人在附近，因为你能闻到他们。这都是会触发记忆的事物。"的确，气味能让你穿越时空。我曾在街上路过一群人，他们闻起来有松节油的气味，突然间，我像回到了三十年前，在父亲的脚边，看着他用廉价的油画颜料作画，后来他还抱怨这些颜料永远都干不了。

记忆也栖身于衣服的褶痕。凯文曾经为一位圣诞老人防腐和更衣。他也曾轻柔地把一位年迈老人的遗体装回她结婚时穿的那条裙子——她用废弃的德国降落伞中的丝绸亲手缝制，再珍藏起来，等待她的男人从战场上回来。

在美国，美化遗容是防腐过程中的主要操作之一。我在凯尼恩公司翻阅一本杂志时，在背面看到一则广告，介绍一种"能在视觉上消除眼眶凹陷"的眼影盘，有那么一瞬还想买下来，后来才意识到我在看的是什么。不过，在英国传统中，这种操作不那么多见。如果有人提出要做，凯文会让他们带来死者自己的化妆品，然后他会在准备室里扮演侦探。"我们不会问什么问题，但我们会打开那些东西，看看里面。可能有四到五根口红，其中有一根只剩下一点点。那就是你最喜欢的那一根。会有一支差不多这么长的眉笔——"他的手指捏在一起，眯起眼睛，就像在捏死一只蚂蚁——"那就是你的最爱。眼影有好几种颜色，但有一种会用到铁皮露出来。就是那一块。"

他停顿了一下。我情不自禁，觉得自己必须说出来。"你给女人画眉毛，我觉得你是个勇敢的人。"

他摇摇头，为画眉毛的荒唐笑出声来。"太难了！人为什么要把眉毛拔掉，然后再画上？我真不理解。"我向他保证，我们中的一些人，早在二十一世纪初期就学到了这一课。

我回想起罗恩·特罗耶和菲尔·戈尔，他们为自己的父母做了防腐，这两个明知防腐具有粉饰性质的人依旧为自己的死者做了这种处理。两人都没说，为父母防腐的过程和为其他人的有任何不同。但我现在想知道，如果你为熟人进行防腐，你如此熟悉他们生前的面容，那么从技术上讲，这样会更加困难吗？

"如果你认识对方的话，确实会更难一些。"凯文说，"不是因为过程，而是因为你能想象出他们原来的样子，但他们再也不会是那个模样了。我替一家合作的公司为很多名人做过防腐，我对自己的工作非常严格，因为我有这些人在舞台上的照片。他们看起来不一样了，肌肉线条消失，气场也不一样。为了实现我脑海里的那种画面，我得花更长时间工作。但我总是没法满意。"

我问他是否想过自己的死亡，他给了我一个玩笑般的回答，有关他的葬礼计划：一副棺材，两边各放一张多角度的真人尺寸照片，上面的他除了三角裤以外一丝不挂。"我就是想要人们笑一笑。我见过太多悲哀了。"他说。我又试了一次，问他是否想过死亡。他说没怎么想过，不过如果他认识的人说诊断出了癌症，那他就会据此推测最坏的情况，因为这就是他看到的所有。

在准备室里,你可遇不到从癌症中存活的例子。你只能看到凯文所谓的"无可避免的终点"。

凯文的一生都与死者为伴。他的父母经营着一家殡仪馆,一家人就住在楼上的公寓里。他记得有一个星期天,因为要清扫房间,他被叫去楼下的橱柜里拿吸尘器。他必须走过那些死者,他们都躺在安息室内的棺材里。他不记得自己有没有对尸体产生过害怕的感觉,但他本能地知道,不要在家外面和别人说起这些事情。"孩子们不懂我父母的工作,所以,跟他们说了也只会被嘲笑。"他说。即使是现在,他也不谈论自己的工作——他和我谈论,是因为我请他这么做,或者说是戈尔博士请他这么做的。而且,有人问起来的话,他会说自己是一名教师,而不是防腐师。"英国有一种抗拒死亡的氛围,"他说,"他们不想跟我们有交集,除非有什么事发生,随后的两周里,我们就是他们最好的伙伴。在那之后,我们就又不复存在了。"

他并没有立即跟随父母的脚步进入殡葬行业,但也从没有真正远离这种事业。当他长到能抬起棺材那么高时,他靠当自由抬棺人挣了十五英镑,然后全花在了 HMV[①] 的唱片上。离开学校后,他成了一名石匠,在墓碑上雕刻天使,让他们矗立在墓园之中,比我们任何人都更长久地留存。他制作的纪念碑会让你驻足,让你回味,当你的死者躺在地下长眠时,你会对着这些石碑

---

① 跨国连锁唱片行,全称为 His Master's Voice。

念出悼词。而现在，他的作品你只能看到一分钟，之后它就会烟消云散。

"你是一个有艺术感的人，但你最好的作品会被埋葬或烧掉，这会让你难过吗？"

"不会。"他突兀地说，"因为我已经……"

他停下，多想了一会儿。

"有一件发生在几年前的事。"他说。一个男人遭遇了工业事故：他去清理一个卡住的东西，结果，他的头颅和躯干被机器碾碎。人们把他从机器中拉出来后，他的妻子不得不去辨认他的身份。"那简直是……一团糟。她对我说：'你能做点什么吗？'我告诉她，我会尽我所能。"

后来，他收到一封信。

"谢谢你。那并不完美。但是你把他还给了我。"

爱与惧

解剖病理学技师

埃及人制作木乃伊时，会摘除人体所有的器官，放进罐子；但心脏除外。他们认为，心脏是一个人自我和整体存在的中心，也是他的智慧和灵魂所在。心脏被留存原处，等待神的审判。到了阴间，心脏的重量会与一根羽毛对比，以此判断这颗心的主人度过的人生是善是恶。如果心的重量不足以使天平倾斜，此人便拥有转世的资格。如果心比羽毛更重，阿米特女神[①]——上半身是狮子，下半身是河马，头颅和牙齿和鳄鱼一样的生物——就会把这颗心脏吞下。

泰晤士河南岸，圣托马斯医院最底层的停尸房里，一颗心脏正被置放于秤盘之上，称量的结果被大声喊出，以便房间另一

[①] 在古埃及语中，意为"死者吞噬者"，是天谴的一种拟人化体现，代表了真理、公平和秩序，在古埃及宗教中的葬礼仪式"死者审判"部分中扮演着重要角色。

头的人能用不太显色的笔记录在白板上。称重的结果会被评判为"健康"或"不健康"——在这里,你只根据用裸眼或显微镜能观察、能知晓的评判事物。这里的人不评价你的生,而是断定你最有可能因何而死。

在这里,一具尸体会讲述自己的故事,无论是谋杀、自杀,还是心脏病。莫还在做警探的时候,正是在这样的地方听到从沉默的肉体传达出对他工作有用的东西,对其加以处理,让它们变成能帮助破案的证据。就我此前对话过的死亡产业工作者而言,死者的死因大多数时候都是一个谜;不过在这里,寻找死因,正是他们的工作。

如果你在上面某一层去世,搬运工会在尸体上盖上不起眼的单布,用推车推到下层的冷柜里。如果你在医院附近特定的片区去世,就会被救护车从地板、床上或者路上拉走,然后送至此处。如果验尸官提出要求,那么尸体就会在这个房间进行尸检(autopsy)或死后检查(post-mortem examination)(两者意思一致,只不过一个来自希腊语,而另一个来自拉丁语),以正式判定你的死因。如果你在去世之前刚刚见过医生,而且医生能确定你的死因,那么不必把你开膛破肚,就能开具死亡证明。有些尸体没有动过解剖刀,正等待殡仪馆来接。有些尸体仍身份不明,等待着自己的名字。

后面传来声音,更多数字被一一列出。这是一个女人一生之中成长、萎缩、存在的最终结果。肝脏。肾脏。大脑。病理学家在白色聚光灯下切取器官样本,并在写字板上做着记录。一个大块头男人疑似因中风死亡,而我正在窥视他空空如也的腹腔。他的内脏装在一只橙色的生物危害处理袋中,放置在他的双脚之间,等着病理学家进一步称量和检查。

心脏停止跳动之后,血液便不再以人活着时的速度在体内循环,但仍在流动。地心引力会把血液引至最下端——如果一个人仰躺着死去,血液便会集中在背部,将皮肤缓慢染黑,就像瘀伤。当器官被移除、空隙产生后,血液就会从手臂和腿部那些被切断的血管中渗出来,把这些空隙填满。这个男人的脊柱旁边,也就是肺和肾脏原先的位置,现在形成了一个凹,血液在其中聚成浓浓一汪。拉拉-罗丝·艾尔代尔轻轻挤按他的股动脉,让血液流动起来,以便采集样本,送去化验。她按摩着他的大腿,就像足球场边线外的随队理疗师一样。

我知道,拉拉就是那个能为我展示这里工作的人。我认识她很多年了。一开始,她是全英国死亡相关访谈的常客,她那张眉形完美的脸很眼熟。如果病理博物馆有什么动静,你想去逛一逛的话,她就是你能指望的那种人,哪怕只是免费酒会。我曾为死亡产业的颁奖典礼撰写报道,正是在那个时候,我对她的工作产生了好奇。在颁奖典礼上,拉拉获得了年度解剖病理学技师的提名。她的朋友露西坐在我身边,向我提起,拉拉有多么习惯保持低调。她告诉我,拉拉曾经解剖过二〇一七年伦敦桥袭击事件中的受害者。在那起事件中,一辆运货车蓄意冲进人群,随后三名行凶者冲进博罗市场周边,将十二英寸长的厨房刀刺向食客、路人和警察。但拉拉从没提起过这项工作。其他人可能会在网上谈论自己的工作,在社交媒体上传播自己身着刷手服,摆弄不锈钢工具的照片。拉拉的照片墙上都是她参加夜晚活动的自拍,倒挂在空中吊环上的照片,有时还能看到她那难得一见的、灿烂而亲和的大大笑容,这是我已经熟知的她的笑容。她在两条大腿上各文了一幅塔罗牌——"**死亡**"和"**审判**"。快到万圣节的时候,她还会用眼线液,在颧骨上面画一只小蝙蝠。她很少提起自己的工作,尽管她显然对它十分热爱。在她妆容完美的脸旁边有一段简介,她在其中称自己的工作为"尸体仆人"。我想知道,这种描述具体指的是什么。

解剖病理学技师负责拆解尸体的体力工作,以协助病理医师的调查。他们摘除死者的内脏,再重构人体,最后清洁遗体,以及所有用于拆解过程的设备。如果你前去停尸房认尸,这就是你会与之打交道的人:他们在家属和殡仪馆之间斡旋,还要处理每一例死亡、每一具尸体点对点转移之后那堆积如山的文件。每个人都反复告诉我,在英国,死亡就意味着繁重的文书工作。拉拉说她经常做噩梦,梦中死者从铁制尸体托盘上坐起,试图离开停尸房。她总是在冷汗中惊醒,不是因为死者复生带来的恐惧,而是因为一旦尸体失踪,要承担的文书工作将繁重如山。

她于二〇一四年起于此接受培训,跟随一名现役解剖病理学技师,在死者身旁忙碌,边工作边学习,于三年之后获得资质。

实习生的名额极少，而且很难获得，对拉拉来说，这意味着持续数年的等待和期盼。现在，除每日日常的行政工作和尸检之外，拉拉也做导师，指导新来的实习生，领着他们学习人体解剖学，认识人的躯体是如何组织在一起的，出错时是什么样子，以及这种错误状况可能意味着什么。站在她身后观摩过程的不仅有实习解剖病理学技师，还有实习医生。梅奥诊所的特里曾解释过，医用遗体的作用是为学生提供一个运转正常的人体。在这里，他们能看到身体异常时会呈现的样子，拉拉也可以向他们展示诊断结果对应的现实：告诉别人他得了癌症，这实际上意味着什么？肝硬化是什么样子？肥胖会对你的器官造成何种挤压？以及一个令人震惊的直观事实：无论人的身形多么庞大，肋骨的大小总是保持不变。今天她就要给我展示这个。

我在这里有一会儿了。上午早些时候，我看着拉拉操纵液压升降机：她从冷柜中取出三具尸体，放在水槽旁边，而水槽设置在房间中央，排成一列。向上或向下移动托盘的工作由机械升降机完成，不过，把托盘从冷柜中拉出，再用足够的力气让它们滑到外面，这种操作仍须用一定体力。她说，做这种工作时，你的背部首当其冲：你不仅得拉拽，还得俯下身来拉拽，而且你往外拉拽的是形状不完全可测、重量也并不均匀的东西。停尸房的工作人员有自成一套的健康和安全培训，医院里其他人都不用像她们一样移动。这里的工作人员——至少所有的解剖病理学技师——都是女性。而且，除了在这里工作了三十年的代班医生蒂娜之外，她们每个人从脖子开始往下都有大片文身，头发剪成圆寸，扎有耳洞，头发五颜六色。她们都很年轻，都有同一场德国战车①演出的门票。

尸体全部就位之后，三名解剖病理学技师开始对分配给自己的尸体进行视觉评估，这是尸检的一个固定流程：她们会在每一步停下，来寻找是否有出错的迹象。病理医师绕着一个男人转了一周，不时停下脚步，在写字板上做着笔记。拉拉在他身上寻找伤疤，寻找此前接受手术或受伤的痕迹，这是可能与他的死亡有关的因素。哪怕是手指上的尼古丁污渍也可能揭示某个人的死因。她将男人翻了身，进行例行检查，以便确认他的背部没有插着刀具（"到目前为止，我们还没有见过这种情形，不过世事难料"），然后在他的双眼里插入一根针头，采集他的眼内液样本，准备之后连同血样和尿样一起送去化验。然后，她把男人的尸体沿"Y"形切开，从锁骨下方约两英寸的地方开始，一直切到肚脐下面的位置，但避开了肚脐本身。她说，因为切到肚脐只会给之后的缝合带来麻烦。她把皮肤剥离，用手指捏住，谨慎地切开腹部肌肉，避免损伤肌肉之下的重要器官。她使用的工具是肋骨剪——这是一种形似剪刀的器械，和我在梅奥诊所看到的一样——用它夹紧胸骨和肋骨之间的分隔软骨，然后，就像揭开一块盾牌似的把软骨夹起，露出闪光的粉色双肺。

---

① Rammstein，著名德国乐队，于1994年成立，其音乐风格包含了重金属、工业金属等元素和流派。

我那时还不知道，不过，从这一天开始，我就不再吃肋排了。拉拉的经理可不一样：我看见这人正坐在走廊对面的员工室里，开心地吃着烤脊肉。让我难受的不仅是目之所见，更是听到的声音——你要是看过一部《洛奇》系列的电影，就肯定听过剪子剪裂肋骨前部，剪断软骨组织的声音：就像胸部遭受重击后发出的咔嚓一声脆响。一周之后，我去观看了《奎迪：英雄再起》，那重拳击中多尼·奎迪腹部的慢动作镜头里的声音，和我在验尸室里听到的声响几乎别无二致。那电影接下来的二十分钟里我都在想，他们是不是把收音的麦克风藏进了停尸房。

接下来，拉拉在十二指肠——小肠的开端处——系上一条绳子，在绳结下方将人体切开，把肠子从腹部拎出来，双手交替着拉出二十英尺长的小肠，就像水手拉缆绳时的动作。她把拉出来的东西全扔进一个橙色的生物危害处理袋里。"穿过那儿，就是心脏。"她说着，戴着手套的手指指了一下，然后俯向男人的胸腔，动手把颈部的结构分离出来。

一次标准尸检用时大约一小时。如果对象是长期身处重症监护室的人，会花费更长时间，因为他们身上插满了管线，需要检查它们的位置。解剖瘦人会比胖人更快，因为前者的器官更容易被定位。但有些部位无论在何种体形的人身上都难以找到，对它们的定位既需要技巧，也需要练习。拉拉绑住食道底部，用一把钝器切断器官周围的连接组织，之后一路往上，把颈部的皮肤和肌肉分离开。她把钝器放到旁边，把手伸到皮肤下，想在舌头后面找到一处细小的凹陷。我能看见她每一个指节。"用什么工具，都没办法让这种操作更容易一点。"她对我笃定地说。她的手抵在男人脖子中间，就像在操纵木偶一样。她的视线落在房间的某个角落，在这一片黏稠的黑暗里，她要独自凭借感觉来定位。"它在这儿。"她把凹陷当作抓手，往外拉拽舌头。舌头、食道连同声带一起出来了。它们看起来就像一条长长的剔骨猪肉。她指了指喉咙里一块马蹄状的软骨结构。尸检中有一道流程，就是检查这个结构是否断裂；如果断裂，那就意味着死者可能是被勒毙的。我戴着手套的手伸向了自己的喉咙，想看看是否能感觉出它弯曲时的状态。

接着，她把横膈膜切开，把心脏和肺部整个连着从脊柱上方抬出来。然后是胃部——连食道和舌头一起——和另外一大团器官：肝脏、胆囊、脾脏和胰腺。它们和之前已经取出的器官团聚，在主人脚下的袋子里挤作一团。最后，肾脏、肾上腺、膀胱和前列腺，全都连在一起，也进了那个袋子。

你要是遇上首次向外大敞的新鲜腹腔气味，那你过后好几天都很难忘怀：那是一种冷藏肉类、人类粪便和血液刺鼻的铁锈味混杂在一起的味道。再加上没清洁过的皮肤和阴部，以及一张干枯的嘴巴——里面的牙齿没刷，已经开始腐烂，你就能得到一具最基本的人类身体。亲眼看见所有器官就这样被取出，真的很难相信一个人就是靠着这些东西活着的，而且还能存活这么多年，不出任何致命差错。我盯着空荡荡的房间，我们旁边桌上的女人的器官正在被称量，被记录在白板上。我们的死者将是下一个被称重的。

"我经常看着这一堆器官想，它们怎么不会从我身体里滚出来呢？"拉拉说。她暂时停下了手中按摩大腿的活儿，指着那一袋子器官。她将手伸到腹腔内，从直肠周围舀出散落的粪块，放在人体腿边一张桌子上，留待之后处置。有一块粪便从桌边掉了下来，在接下来的三小时内一直危险地挨着我的靴子，直到它和其他东西一起，被喷射软管冲洗干净。有一刻，拉拉一边说话，一边比画，于是一块薄薄的内脏脂肪从她手套上落下来，掉在了地板上。这显然不是一份光鲜亮丽的工作，虽然她是在电视上首次看到这份职业的。她想成为《X档案》中的达娜·斯库利，特别是《坏血》那一集里的：斯库利在其中扮演一名法医病理学家，为一起比萨投毒谋杀案的受害者进行尸检。"这一集很有意思。"拉拉说。和我一样，她也看着二十世纪九十年代的电视深夜档长大，而且，在得知成为法医病理学家之前需要做一名医生之后，她放弃了这个心愿。而且，哪怕随后接受的是全日制培训，也需要五年半才能取得资格。她想直接进停尸房，跳过活人。

这个男人有癫痫病史，所以拉拉觉得他可能是一个"神经方面的病例"。她说，如果能找到什么东西的话，估计就是在他的头部。"在英国，你要么死于脑子，要么死于心脏。"她说着，在男人的两耳之间的头发间利落地梳出一条水平分割线，为手术刀扫清道路。她切开皮肤，将脸部折向下颌，但这一操作看起来比她预想的要困难：比起往常的情况，现在皮肤和骨头分离时要更加费力。然后，她拿了一把圆形骨锯，发现这个男人的头骨也比一般人更加厚实。病理医师走过来，指着男人折叠起来的脸部和他那草莓形状的深色胎记。她说，这种胎记在胎儿开始发育的时候就形成了，那时候脸部和大脑几乎没有分隔：外部发生的变化，从内部也能看见；而在此案例中，所有部位都微微粘在一起，而胎记就像一根硬石棒，穿透了层层血肉和骨头。拉拉取下头骨顶部，剥开大脑厚重的保护膜（它被称为"硬膜[①]"，字面意思是"坚强的母体"），胎记曾经接触到的地方有一块深色的印记。她拍了一张照片，给病理医师留档用，然后把大脑从头骨里取出。她问我是否想捧着它试试。

我把手掌并在一起，感受它的重量。就是这一物体决定了这个人的本质，也很可能，是这一物体内部的血栓让他送了命。它的颜色是肉色和白色，透着像虫子一般红黑相间的纹路。不是卡通片里粉红色的大脑，不是高中生物书上的灰色物质，甚至也不是病理博物馆的罐子里，那种漂白、凝结之后变得僵硬的脑子。颞叶在我手中展平、放松，占据的空间比头骨的颅顶所能容纳的更多。之后，拉拉会用药棉填充他的颅腔，因为大脑永远无法再恢复它曾经保持的整洁：颅腔曾像是一个紧实的盒子，保护着大

---

① 原文为拉丁语 dura mater。

脑的安全,让它形态紧凑。我手中的重量冰冷而沉重,稠密而脆弱。它像果冻一样摇晃着。我连轻轻按压它都不敢,害怕对它造成损害。但是,我曾观看一整场拳击比赛,看着头部受到钝击的拳击手倒在地上,失去意识。我想起美式橄榄球运动员的妻子,她们的丈夫数十年如一日地用头撞向其他球员;她们坚持说,后来丈夫就变了一个人,变得暴力而糊涂,然而除了女人们,没人会注意到这一点。用手捧起一个大脑,你就会意识到,为了场上的分数,人们把运动员置于多么危险的境地,而其他人只是在一旁吃着热狗观看比赛。我想象一颗子弹会造成怎样的场面。我还记得犯罪现场清洁工尼尔·史密瑟,想起他是怎样清洗祖父母的房子侧面沾上的大脑,那些组织之后会硬化得像水泥一样,无法洗掉。

我把大脑从戴着手套的双手之中解放出来,放进拉拉的蓝色塑料碗里。基底动脉凸起的部分形成一个浅浅的环状结构,她在其下方穿上一条多股线,把整个器官倒扣着放进一只桶里,然后把麻线的两端系在桶把手上,让大脑悬于福尔马林中。接下来的两周内,大脑会逐渐变得坚实,能够让病理学家切开(就是特里口中的"切面包"),以探求死因。在红白色桶的侧面已经写上了"RTB[①]"(归还至躯体)字样。拉拉把桶摆上了架子,它消失在更多盛放着大脑的桶之中。你进入这个地方时携带的一切,离开时

---

① "return to body" 的缩写。

也会全部带走。病理学家为器官称重，检查其中是否有肿瘤或其他功能故障之后，就会把它们放回橙色生物危害处理袋里。就像从锅中盛汤一样，腹腔里的液体被尽数舀出。曾经满盛着器官的地方空了出来，现在放满了处理袋，周围的窄隙用药棉填满。胸廓的前端被塞回原位，皮肤被缝合起来。几周之后，等病理医师处理完大脑，一位解剖病理学技师会拆开缝线，把死者的大脑和他身体的其他组织都放进橙色处理袋里。然后，他的遗体就可以被殡仪馆接收。

之前几个月，冬季的一天，我坐在野餐桌边，听神经学家阿尼尔·塞思向我解释"意识"是什么。他告诉我，大脑安坐在自己的暗室里，没有窗户，全然盲目，只能依靠其他工具——眼睛，耳朵，手指，来为它提供信息。而所谓现实，不过是大脑对于其所在暗室之外的事物做出的最佳猜测。你所有的感官都是大脑的间谍。它从提供给它的微量信息中拼拼凑凑，用记忆、经验等模糊处理，然后称之为生活。现在，所有魔力，所有这些大脑在黑暗之中做出的最佳猜测，都无从获取了。它们成了桶中纯粹的有机物质，逐渐变得坚实，这样别人就能把它切开，以寻找这整个机体停止的原因——正是那被切开的、数十亿由大脑锻造的联结创造了现实，创造了智慧，创造了某个人的整个宇宙。

房间的另一侧，有一个小小的器官被镊子夹起，高高举在空中。一名病理医师和两名女警正在称量一个婴儿心脏的重量。

我来观看拉拉工作的前一天,她给我发了邮件:对前来观看尸检流程的每一个人,她都会发送标准流程文件。里面是一则警告,还附有建议:吃一顿好的早餐,穿上适合雨靴的厚袜子。她说,她知道我以前目睹过死亡,但还是应该告知我,她所在的既是专门的儿科解剖部门,也是直属于医院的停尸房。婴儿和孩童从各地被运送至此,他们的尸检和成人的在同一个房间开展。虽然她现在还不知道具体的时间安排,但我有可能会碰上死去的孩子。我说没关系,我已经看见过死者了。截至此时,我已经看过上百名死者,无论是整个躯体,还是遗体残片。

事后想来,我那时有点自以为是了。

拉拉为男人缝合伤口,有条有理,干脆利落。然后,她为男人抹上洗发水,"阿尔贝托香脂"牌,甜草莓香味的。在我的印象里,每一家停尸房都会选择这个牌子。洗发水的味道和腹腔的气味与装大脑的桶里的福尔马林气味相互混合,有一种超现实的感觉。拉拉给男人喷上抗菌液,然后用水管把他冲洗干净。她用海绵擦拭着,抬起他的胳膊和双腿,力图把他的身体尽可能清洗干净。她解释说,这个步骤并不是所有停尸房都有的,不过在这里,他们觉得这是一件正确的事,一件该做的好事。"你的内脏刚被放在了外皮上。"她用一种宣告事实的语气说着,然后补充说,腐烂毕竟是一个细菌繁殖的过程,所以他们觉得,对于殡仪馆和家属来说，任何有助于延缓这一进程的操作都是好事（并不是每个人都会像拉拉这样，贴心地考虑死亡产业链条上的各个工种——像凯文和索菲这样的防腐师，经常得掩饰马虎的尸检或存储留下的痕迹）。喷淋抗菌液时，有些液体从男人的躯体上弹回，水珠在钢板上砸出声响。我有点碍事了，所以退回到桌子旁边，又退得有点远，发现自己旁边有一个婴儿。他才两周大。

刚才，我一直试图专注于拉拉的动作，看她在死者脖颈里寻找凹陷，看她用线缝合器官，给大脑拍照，但在这两个小时里，我一直在用余光瞄着这个婴儿。我们身处的房间很宽敞，但并非巨大无垠。拉拉和我隔着也许只有十英尺。我全程都能看到那个婴儿。我看见，婴儿的头骨并不用像成年人一般被人锯开——他们的器官还没有发育牢固，因此，病理学家用剪刀剪断了轻薄的连接纤维，并把头骨的五个平面一一剥开，就像剥离一朵花的花瓣。病理学家仅用一根拇指，就把平面从囟门上揭起——那是婴儿头上柔软的禁区。我还记得，四岁的我接过刚出生的妹妹时，曾保证不会去碰她那个部位。我听到一位警官说，孩子的母亲有精神错乱的病史，我意识到，他们正在寻找这个孩子被母亲所杀的证据。我看着病理学家把肋骨架撑开，就像展开一片棕榈叶，然后分开每一根骨头，沿着骨头的流线滑动手指，检查每一根细小的骨头上是否有折断的痕迹。我看着这个婴儿被完全剖开：他的背部垫着一块木块，这样，他那敞开的胸腔就会被顶起来，而敞开的头骨向后仰。他们在婴儿的头顶上讨论结果。警官们礼貌地坐在凳子上，有时记笔记，时常出入房间。我看不到他们的表情。

现在我站在婴儿旁边。一位绿色头发的年轻解剖病理学技师正在竭力把婴儿拼合起来。她已经缝合了婴儿的身体，但在脸部遇到了麻烦。在尸检调查过程中，婴儿的颈部下端被切开，而这种切割改变了他的脸部覆盖在头骨之上的方式：下唇从下巴脱落，松散地悬垂着；一只眼睛因为下垂的重力被持续拉拽着，一直是睁开的。解剖病理学技师必须把婴儿恢复正常状态：她知道，婴儿父母会注意到一切异常状况，因为悲恸的父母在最后一次见到孩子时，在孩子被送走之前，会努力把他的一点一滴都牢记于脑海。解剖病理学技师不断尝试着闭上孩子的眼睛，推回那幼小的粉红下唇，叹着气，想把表情摆对——那种熟睡婴儿纯然的平静。但他的唇部不断从骨头上滑落下来。拉拉中止了清理工作，过来沉稳而耐心地指导，再加上一管假牙黏合剂，年轻的解剖病理学技师成功了。那婴儿漂亮得非比寻常，虽然这不是关键。我完全被他粘好后的脸庞惊呆了。

和成人一样，婴儿也需要清洗。不过不是用水管，而是在水池里一个小小的蓝色塑料盆里，就像我母亲在厨房里给我刚出生的、粉嫩的弟弟妹妹洗澡一样自然。他被放在角落，身体架起，泡沫几乎埋到了肩膀。解剖病理学技师暂时离开了婴儿，去架子上拿什么东西，我留在那里，看着他的身体开始慢慢下沉，脸滑到了泡沫底下。我的责任是观察，而不是触碰——尤其是拉拉不在场的情形下，没人邀请我来，也没人预计我会来。我呆立在房间一隅，不知道该做什么。我试图压抑内心想要阻止他被淹没的冲动，我告诉自己，这个婴儿已经死了，意识到这个婴儿已经死了，我做什么都没有用，不会改变他已经死去这个结果。他滑落到水面之下，而我僵硬、无用地站着，感到崩溃。

解剖病理学技师回来，把他从泡沫中抱出来，给他擦干。她把婴儿放在一条毛巾上，然后拿取下一步所需要的物品：尿布、婴儿袜、婴儿连体衣。她给婴儿穿好衣服，在他胖嘟嘟的手臂上套了三个医院用的塑料臂环，拉着他小小的手指，以便把臂环继续往上推。她的动作轻柔，就像对待一个活生生的婴儿，用手支撑着他，将他摆出这么小的婴儿做不到的姿势，甚至更加温柔：病理医师已经切断了这孩子颈部的椎骨。

对于婴儿，医师们一般会把他们的大脑放回头骨，因为婴儿的头骨还没有硬化、闭合，比起成人会有更多的容纳空间。不过主要原因是，对婴儿头部重量的感知是人的一种生物性本能：如果婴儿的头部重量过轻，父母在观察室里抱起孩子时就一定会注意到。不过，就这个婴儿而言，因为进行的是法医流程，他的大脑需要留下，做进一步检验。拉拉像处理成人大脑一样，把婴儿的大脑悬置在一个桶里。小小的失落之物，幽深宇宙之中的一颗行星。角落里有一个巨大的透明特百惠箱子，盛满婴儿的帽子：柠檬黄色，粉色，蓝色，有几百个那么多。我们从中挑出了一顶针织小帽，覆上他的头，来遮住贯穿于两耳之间的切口。我帮着解剖病理学技师稳定住婴儿小小的身体，他松弛的脖颈。

他的头颅已经空了，我以为会重量全失——从我几小时前所站的位置看，在荧光灯的照射下，他头颅的骨骼是如此轻薄，看上去几乎是透明的。但事实并非如此。他的脸部还有柔软的血肉，脸颊圆润饱满。一个婴儿的头颅，没有脑子的重量时，轻盈得令人不适，又难以言说地沉重。

℮

我最终也没能搞清楚，那位母亲是否杀了她的孩子，或者是有什么精神健康方面的问题导致她摇晃他。我只知道，在这世界上他唯一的财产就是她的母乳，只有半只小小的奶瓶。这奶瓶塞在他的纸板棺材旁，然后，在我离开前不久，他被送回了指定的婴儿用冷柜，柜门上还写着他的名字。我脱下手套、防水围裙、刷手服和胶鞋，递回护目镜，拉拉恭喜我，说刚刚我一刻都没有从房间里逃离。我能够承受。我承受住了。我没有告诉她，我现在能闻到的全是冷冻肉和腹腔里粪便的味道，我现在想的全都是那个婴儿。

我沿当天早晨的路线返回，走过绿色的林荫长廊，经过一张贴着字条的废弃轮床，上楼，进入大门，穿过一众推着婴儿车、吃着预包装三明治的家属，他们正在医院接待处等待。我走进室外的阳光，感觉自己置身水下。从医院门口看去，隔着秋天浓重的雾霭，能看见大本钟。它矗立在泰晤士河的另一侧，被脚手架包裹着，沉默地等待着往后数年的修复工程。此刻，这口特殊的大钟不为任何人而鸣，但逝者的人数依旧一日一日增加。其中一些就在这里。

现在回想，这一点显而易见，但那时候我没想过，这其中有那么多是婴儿。我不知道，英国的婴儿死亡率虽然在下降，但仍高于其他可相比的国家。我不知道，有一位英国肥皂剧明星曾经发起过运动，让那些在一定胎龄之前死亡的胎儿拥有出生证明和死亡证明——证明他们曾经来过，如果父母想要的话。我不知道，如果婴儿的死因是SIDS（婴儿猝死综合征），那是因为尸检排除了其他所有可能性，最终才会归结到这种病症。我从没真正想过死去的婴儿，或者是反复遭遇孩子夭折的母亲；当我读到流产报道时，我只会想到血和血块，而不是有四肢、眼睛和指甲，可辨识的肌体，被送进停尸房里一个指定的冷柜。拉拉告诉我，她看到有些母亲的名字反复出现：又一次尝试，又一次死亡，又一次母亲心中的风暴，但她会保持沉默，因为人们不会谈论这些话题，因为我们不知道如何去谈论，因为大多数人，就像我一样，对真实一无所知。我不知道小小的胎儿可以被解剖，用来寻找婴儿体内能有助于母亲未来的怀孕、防止同类结果出现的因素。人们希望问题是出在基因上，也许可以预防，也许可以诊断出确定的原因。这一切当然会发生。当然。

我坐火车回家，盯着对面的空座位，避免去看门口婴儿车里的孩子，以及推着车的、怀孕的母亲。有意识地怀孕，感觉是人能对自己内心所做的最怀抱希望、最鲁莽的事情。在我看来，为人父母一定是爱与惧交织的混乱。光是想到它就令我眩晕。

我叫来了克林特，因为我得提醒自己，人的躯体是有温度的。我告诉他那个婴儿的事，还有其他婴儿的——排成一排的白色小纸板箱，上面放着文件，准备好下午接受尸检。我告诉他，有个胎儿那么小，躺在一块厨房用海绵上，双腿从边缘垂落下来。紫色的他呈半透明状态，湿漉漉的，就像一张成形了一半的外星人脸庞。我去超市买我根本不会吃的晚饭，在看到一管假牙黏合剂时，眼泪夺眶而出。那天夜里，我梦见裹在被子里的婴儿尸体，他们成排成排地躺在我卧室窗外的碎石地上。早上，克林特告诉我，我对着枕头含糊地嘟囔："我要记住，他们不是真的。"我潜意识里的某些东西开启了自我保护模式，从理性上驳斥了我的噩梦，但我醒来后记得某些噩梦是真的。我看到了他们。

我在床上躺了约三周，只有在不得不工作时才爬起来。我试着想清楚，为什么我会对明显是生命循环一部分的、与我无关的事情做出如此反应。我没有孩子，而且在看到那个蓝色浴缸里的婴儿之前，我对此也没有任何渴望。我从没有过任何母性冲动，直到我看着一个死去的婴儿在水中渐渐滑落。那天，当我站在那里，看着他沉入水底时，各种想法和可能性在我的脑中和心中汹涌起伏。我感觉像晕船一样。

我得弄清楚，为什么目睹一个婴儿在浴缸里遭遇的一切而不是他被解剖的过程，会让我的情感受到如此大的影响？我委婉地把这种经历告诉了朋友，因为我不想把情绪像病毒一样传染给他们。他们说："你当然会难受，你看到了一个死去的婴儿。"但我感到难过，并不是因为他被病理医师解剖了——这是一个客观来看更为恐怖的场景。我见过没有头的人，见过没有躯干的头颅，没有手臂的手。我刚刚捧起过一个大脑。我为一个即将入棺的男人穿衣时所产生的情感反应，对我而言是完全合理的，而且，那时我的荣耀感有助于我对许多思考做出结论。这是一种证明，证明你为所爱之人做的这件事是完全正确的，也是一种很好的自我教育，告诉自己，一具死去的尸体并不是可怖之物。为什么泡泡浴中的婴儿会把我击溃？太荒谬了。我不再试图去解释了，觉得自己只是在让别人不快。

一九八〇年，保加利亚裔法国哲学家朱莉娅·克里斯蒂娃出版了《恐怖的力量：论卑贱》，里面提出，当秩序有崩塌的危险时，主体与客体、自我与他者之间会失去区分。有些事物会偏离本应处的位置，我们身体性存在的条件会发生变化；我们因此恐惧万分。她写道："人们在没有上帝和科学的情形下看到尸体，这就是最极端的卑贱。这是死亡对生命的感染。"当那个婴儿被剖开时，我看到的是纯粹的生物学，纯粹的科学，病理医师不过是完成自己的工作，而在那个房间的环境之中，一切都是合乎秩序的。但是在浴缸里时，他只是一个婴儿——那是一个生命场景，被死亡所感染。我站在那里时，我的现实板块发生了位移。

克里斯蒂娃也有相似的经历，那时候她参观了一座曾是奥斯维辛集中营的博物馆。我们都曾被教导那里发生过什么；我们也都曾被告知，遭遇死亡和不公的人数冲破天际，但这种巨大的事件难以把握，直到你碰上某些微小、熟稔之物，比如一堆孩子的鞋子。

停尸房里不应有生命现身。每个人都有自己的界限。有些解剖病理学技师不会去读验尸官报告中的自杀遗书，但所有的解剖病理学技师都不喜欢温热的尸体，因为病人从楼上的医院病床转移到楼下的停尸房，在冷柜里待的时间不够长，他们的器官还没有完全冷却。对他们来说，在冰冷的尸体上工作，身体并不舒适——他们每个人都会在水槽里放一碗热水，来定期为双手除冰，但从情感上来说，他们更喜欢这种情形。"如果他们体内不这么冰冷，是不是会好一些，容易一些？"我问过这个问题，那时拉拉正在那里站着，浸泡她那冻僵的手指。她看起来对这个想法十分抗拒。"不会。死去的人体是冷的。活人的身体才是热的。"在亚当所在的停尸间，阿龙也曾经跟我说过一样的话。他们所感受到的不适里，有一种舒适——正是这种不适感巩固了生者和死者之间的界限。

对我来说，最有感染力的恐怖，并不是浑身是血的疯子拎着链锯，而是平静的家庭生活出了差错，是钢琴奏出的不和谐音：是在自家房子里的自杀，露台下方的尸体，在浴缸中淹死的婴儿。他不再是生物标本，让我能在医学环境下身穿防水围裙和护目镜,做好思想准备后客观地观察。他不仅仅是熟悉的生活出了差错后的样子,更带有一种深沉的、永无止境的悲哀。

∽

十二月的傍晚,我们坐在一张露天桌台边,旁边是闪烁着红光的暖炉,以及头戴圣诞帽、醉醺醺的办公室员工。在我们四周,沿河边搭起的临时圣诞小镇灯火闪烁,闪闪发光。我们喝着热苹果酒,拉拉躲进黑色兜帽里,时不时从一瓶止咳糖浆里抿上一口,来预防冬季感冒。我们已经坐了一会儿,谈论彼此相仿的、在天主教家庭的成长历程,谈到对于天主教徒来说,死亡是一件所有生命为之奔波的盛事;也谈到了这种以死亡为中心、把断手当作圣物的宗教造就我们这样的人,这有多么怪异。我们谈到我们都不相信上帝,谈到死亡之外可能只是一片空无,谈到人的大脑理解"不存在"有多么艰难。我们还谈到了那个婴儿。过去的一个月,我都在为那个婴儿的事和她互发邮件。我对她的工作仍有疑问,但最主要的是,我只是想和同样身在那里、与我目睹同一场面的人说说话。我想知道,她是怎么忍受这一切的;怎么才能天天回到那个地方而从来不崩溃;以及,为什么她仍然愿意回去。她安慰我,说我的反应并不罕见——你永远不知道一个人会对那些事做出什么反应,无论他们此前是否有过和逝者相关的经验,直到他们真的置身其中。"这是个循环,"她说,"如果你承受不住，你就没办法去做这种工作；但与此同时，你也不知道自己能否真的承受，直到你做了这份工作。"实际执行这份工作一开始要克服很多精神上的障碍，对大多数人是如此，即使对她也是。

"你得移动、摆布人体，如果这么对待活人的话，会弄伤他们。"她说。她指的并不仅是肋骨剪和骨锯：她说的是把尸体腿上的尸僵移除；把尸体高举过头顶，就像索菲在防腐室里做的，强迫性地把他们弯折，让人体弯曲。"我知道他们已经死了，感受不到这些，但做的时候还是感觉这样不对。"她说，"面对婴儿也会产生这种感受。"

她记得很早前有一个不得不缝合起来的婴儿。她说，如果你想要更好的头顶缝针角度，那就得从后面来，但这意味着要把婴儿脸朝下放着。她说有一个更好的方法，就是把婴儿放在一块海绵上，这样能打造出一种微型的按摩桌，但即使如此，头几次这么做的时候，她依旧心怀负罪感。"你不会想让父母看见你对孩子做的这一切。而且，你在清洗他们时，也并不是有意把孩子的头按进水里的，但是……"

现在，拉拉的语速快了起来，她试图判定这份既需要同情，又需要无情的工作内在的矛盾。在尸检室里，看到那个婴儿之前，我曾看着她站在一个六十余岁吸毒者的尸体面前。虽然尸僵正在咔嚓声中被清除，但他仍像胎儿一样，保持着蜷缩的姿势，亮绿色的腹部保持着脊柱弯曲的弧度，胳膊呈保护状覆在上面。他死在一张床垫上,身形太瘦,骨头陷进了床垫,上面还有褥疮。房间里堆满了烟斗和吸食海洛因的用具。他的手指上戴着戒指,手腕上绑着磨损的编织带子,只戴了一只耳环,留一头杂乱的灰色长发。当解剖病理学技师从侧面打开他的尸体时,发现他的肺部黑得像焦油一样,紧紧贴附在肋骨之上。他的脖子被放置在支架上,空空如也的头骨向后仰着,嘴巴张开,露出棕色的牙齿。拉拉在他身边停顿一下,说,这样的病例会让她想知道,做这个人是一种什么样的感觉?居住在他的身体里是一种什么样的感觉?他是怎样呼吸的?那是什么样的感受?他的双脚和双手都被灰尘染得漆黑,整个人就是多年来疏于照顾、营养不良的结果。他最后一次洗头是什么时候?那天,他的头发被清洗干净,梳理整齐。尽管死后解剖相对来说是一个残忍的过程,但在这些女人手里,他所受到的照顾比他自己所能给予的还要多。

"……面对婴儿的时候,"她继续说,"你把他放在浴缸里,你给他洗澡,然后去拿毛巾,留他在盛满水的水槽里,或者任他的头淹没在水面之下。你会觉得这非常怪异。这并非不重要,但必须这么做。你必须清洗这个孩子,因为你能做对生者无法做的事,你这么做是因为它很容易。你完成工作的方式和其他一切事情截然不同。这和你曾经被教导过的待人法则相悖。"

有一段时间,拉拉确实曾经考虑在活人身边工作,直到她亲近的人去世。她在大学里学的是法医心理学,以为自己想和少年犯打交道,这时,她的朋友被谋杀了——一个夜里,他被一群少年打到半死,然后因为慢性脑出血而失去生命。自此之后,她觉得自己不再有足够的心力去帮助年龄相仿的少年犯,能耐心地解开让某人实施暴力的症结。但拉拉是一个总是想在工作中帮助别人的人,现在她却感觉自己总是在伤害他人,那么,究竟是什么让她选择从事这份工作?

她提起了另一个案例,这触及了她热爱自己事业的根本原因。那是个四十多岁的女人,是个瘾君子,最近复吸了。家属说她已经很久没碰毒品了。"但人们会撒谎,家属会撒谎,你永远不会知道真相。"每个人都觉得她是因吸毒过量而死,尸检不过是走个形式。但是,拉拉把她切开后,发现所有器官都已经被癌症所侵蚀。"没人知道,"拉拉说,"完全没人知道。也许她感到了疼痛,这也许是她又开始吸毒的原因。"拉拉追踪肿瘤的源头,发现根源在子宫附近。"妇科癌症可能会有很强的遗传因素,这位妇女育有孩子。所以我们需要做一系列检测,并且建议她的家属向遗传方面的专业人士进行咨询。"我想起梅奥诊所的特里,他在冷柜里为实验室做准备,以便学生针对难缠的脊柱肿瘤进行练习。无论是他还是拉拉都无法解释,为什么这种场景不会令他们不寒而栗,为什么他们能够每一天都与之打交道——拉拉甚至不介意在已经腐烂的尸体上工作:她痴迷于人能产生的变化程度,痴迷于死后仍继续存在的生命——但他们两人都把目光转向了能为活人带来的益处。"有人去接受了癌症筛查,"她说,"是因为我。"这是她第一次显露出自豪。

在与拉拉长谈几个小时，并亲眼见证她的工作之后，我明白了拉拉能够胜任这份工作的原因，也明白了为什么她放弃社会工作的心愿之后，会选择这样的道路：她依然在为失声者发声，她的目光依然在关注无助的人。就像我因那个婴儿而崩溃，熬夜阅读有关婴儿死亡率的书籍一样，拉拉开始在停尸房的培训生涯也有一个契机：她注意到那里死亡产妇的庞大数量。她之前根本没意识到，会有这么多死去的产妇。孩子出生以后，母亲的身体会有什么变化，这方面的公众讨论几乎没有。产妇从一个备受保护的容器，变成某种乳汁的配件，身体变化如此剧烈，以至于连对产妇的解剖都成了一门专门学科。社会因素，比如种族和经济地位，能对一位产妇的生与死起到巨大的影响，这让拉拉震惊不已。《英国医学杂志》曾援引英国公共卫生学院院长玛吉·蕾的话，称这些复杂的社会因素会增加风险，因此早在孕期前就需要卫生部门以外的更多相关方合作，才能产生效果。在我们谈话的几天之后，拉拉给我寄来成堆的资料，都是她这些年来收集的有关产妇死亡的材料。她自己并不想成为母亲，她对生孩子没有兴趣；她告诉我，这样做纯粹是出于一种女性主义的愤怒。

此外，解剖病理学技师的作用总是被人忽视，这也是让她感觉沮丧的一点。这种职业基本不会出现在电视上。也许你会看到，在台子上死去的漂亮女孩身后，有某个穿着刷手服的人，但电视剧会把这种角色统称为病理医师。拉拉此前也不知道这种职业的存在，直到她在某个深夜，偶然从谷歌搜索的结果中点进了某个解剖病理学技师的博客。大部分死亡都不为公众所知，电视剧也会为节省时间和花销略去很多东西——这是预料之中的、可以接受的事，但医院内部也遗忘了他们的作用，这才是最伤害拉拉的地方。伦敦桥袭击事件发生后，医院内部举办了一次活动，来表达对在危机中工作的员工的感激和谢意。拉拉回忆起一场献给那些"看不见的"员工的演讲。"显然，医生、护士是在危机一线的处理人员，之后还有通讯团队接打无数电话，有在医院四周奔忙的搬运工，有家政人员，有后勤人员，有其他身处重要岗位，但你看不到的人。"她说着，按职业分类列出所有被感谢的人。但是，在讲台上被表扬的，只有那些照顾生者的人。

"没人提我们的名字，"她说，顿了一下，形状完美的眉毛停在发际线附近。显然，现在她仍深受伤害，"没人想要被表彰，没人是为了荣誉才做事的。但是你确实会想要别人认可你做的事是有意义的。这对家属来说是有意义的。"

演讲发表的几天后，拉拉说她收到了内部邮件，称所有伦敦桥事件中的伤者都已经离开了医院（就像梅奥诊所的特里一样，拉拉也称呼自己所有的死者为"病人"，虽然他们从未以活着的状态在这座建筑里被医生诊治，而是由她照管），还附上了更多的感谢话语，向所有人所做出的努力致谢。她惊愕地盯着屏幕，因为还有八个人在由她照管，等待着被接走。她痛恨自己被人遗忘，也痛恨她的死者被人遗忘。

"早在古埃及时，和死者打交道是一种非常、非常特殊的职业，而现在，你会被人辱骂。你不想说什么'我爱我的工作'，因为这听起来就像是在说'你爱的人死了，我真开心啊！'。"拉拉的笑容通常是温暖的，这时却显得讽刺而又骇人。"但你对死者会产生一种保护欲。这有点像是，我会照顾好你，因为别人不会。如果你的工作本质上来自他人的痛苦，那你又怎么能乐在其中呢？"

这份工作产生的情绪重负不在于解剖人体，而在于对所发生的一切的洞察——它有多严重、有多现实，它造成的悲悼有多沉重。解剖病理学技师知道冷柜里婴儿的数量，而且，因为他们目睹了全部，此地的解剖病理学技师正在声援一个正式请愿：请求政府拓宽验尸官的职责权限，让验尸范围包括死胎，来查明死胎如此多的原因（目前验尸官只对在母体以外呼吸的人拥有管辖权）。在大规模灾难中，解剖病理学技师是第一批识别遇难者身份的人，也是最后一批直视寻人启事海报上失踪者的眼睛的人。拉拉说起，伦敦桥袭击发生的几天后，她从伦敦桥地铁站出来，步行上班，看到报纸头条上登载的照片，知道这些人现在就身处她的停尸房里。"我觉得我不应该是第一个知道这些的人，"拉拉说，"不是说他们具体是怎么去世的，而是说知道他们已经去世。大家都知道这些人失踪了，也知道他们有可能死了，但家属总是心怀最后一丝希望。"她谈到一些身份不明的自杀者，会在冷柜里躺上数天，在那里度过圣诞节，而他们的家人对此一无所知，因为没人知道他们的名字。"我们比家属更早知道他们的死讯，这会有一种侵犯他人隐私的感觉。"

在医院停尸房冷峻的灯光之下，死亡的现实不容否认。但人们一直努力减弱这种气氛。观看室有一道玻璃，把家属与死者隔开，如果需要的话——这通常是因为遗体已经高度腐烂，或者是因为警方仍在调查。但是，仍有人坚持绕过玻璃去亲吻死者；还有人会给死者写永远也无法被读到的信，并在医院外守夜，只为靠近一些。但是，拉拉没有那一道把她和尸体隔开的玻璃，她无法逃避真相，并且心中明白——就像她皮肤上文着的塔罗牌一样——结局和开始本质上总是相互交织。这份工作坚定了她对自己死亡的态度，也坚定了她对自己活法的态度。她的工作就是去留意事物：留意伤疤、肿瘤，又一个流产胎儿背后再一次出现的母亲名字。她留意到有多少死亡是孤独的，最重要的是，她不想在被遗忘之中死去。"我不想成为那种在公寓里死了好几个月才被发现的人。我想被人怀念，"她说，"我希望有人会注意到。"

坚韧的母亲

死婴助产士

六个月过去了。我仍忍不住去想那个浴缸中的婴儿。我和拉拉谈论在验尸室里看到的一切，这对我有帮助，但仍有某些东西挥之不去。我仍跟她保持邮件联络，阅读她给我寄送的一切资料，包括产妇死亡、死胎和流产。互联网算法开始认为，这是我实际经历的事件——毕竟，我确实是一个三十多岁的女人——并开始给我推荐和丧子之痛相关的书籍，引导我跳转慈善活动和支持团体的页面。但这依旧不是我想要的答案。我并不哀恸；我也不知道自己是什么状态。是受到创伤了吗？也许，但并不完全准确。我正在经历的，似乎要比自己的内在反应要更为庞大。我需要和感同身受的人谈谈：和那些并未经历丧子之痛和支持团体带来的余波，只苦于"看见"本身带来的创伤的人。

我还记得罗恩·特罗耶，威斯康星州那个退休的殡葬承办人，一年多前他在咖啡馆里告诉我,他是如何帮助父母给死去的孩子更衣、化妆。我聆听的时候,那不过是此人漫长职业生涯里又一个富有况味的故事,但现在它萦绕在我脑海之中——父母总是把尸检切痕叫作"伤疤",而罗恩陪这些父母坐着,他们怀里抱着冰冷的孩子。罗恩那时跟我强调,重要的是要亲眼看见死去的孩子,并花时间跟他们在一起,无论他们是活过几个月的时间,还是在生下来时就已经死去。我当时点了点头,因为我刚为一位逝者更衣,觉得这确实是一件重要的事。现在我却觉得,婴儿完全是另一回事,而有一种死亡产业工作者,直到现在我才第一次想要了解:助产士。

助产士在成为需要医学培训的受监管职业之前,更像是一种邻里互助的角色,正如在大多数文化中一样:孕期和分娩时,她们是主动请缨的照顾者。在殡葬产业商业化之前,她们也是负责为死者入殓的人。人们认为,生命的始与末是女性的领地。不过,虽然助产士的角色发生了改变,有时候生命的起止却恰好在同一节点——婴儿还未呼吸,就已经夭折。助产士存在于人类力量与脆弱的核心:她们是生命工作者,也是死亡工作者。

我给桑兹发邮件。这是英国一家专注于死胎和新生儿死亡的慈善机构,是我熬夜上网时搜索到的。我问他们,是否能够帮我与某位助产士取得联系。我解释了自己的动机。我说我在写一本与死亡产业工作者有关的书,觉得助产士是这个群体中被人忽视的一部分。对方在几个小时之内便答复了,为我引荐了一位女士,她的职业我此前甚至都不曾听说:她是一名死婴助产士,只接生死胎或者出生后马上就会死去的婴儿。

为什么一个人会接受专门传递喜悦——至少在外人看来是这样——的工作培训,只为了投身于生命最暗淡的时刻?她是否曾有过和我一样的感受?

～

在伯明翰中心医院,我在去往丧亲病房的途中迷了路。从产科大门进入大楼之后,我向接待处的一位女士询问方向。"哦,亲爱的,"她说,"祝福你。"她温柔地为我指路,仿佛吟唱摇篮曲一般抚慰我,一只手放在我的背上,把我和那些肚子上顶着过期杂志的女人们隔开。我没有生过孩子,只不过是个走错了门的人,但是,面对一个急匆匆询问死婴助产士长的女人,你大概能猜出她怀揣着什么问题。

我找到了克莱尔·比斯利。她穿着绣有"**助产士**"字样的蓝色护士外套和黑色紧身裤,小巧的脚上套着锃亮的黑色皮鞋。她那一头金发高高地梳成利落的发髻,有着和善的大眼睛,用柔和的伯明翰口音问我想不想喝杯茶。她几乎完全就是一个满怀爱心的护士。我迟到了,有点焦躁,但她一出现,我立刻冷静了下来。我觉得自己能告诉她任何事情,甚至可能下意识地叫她"妈妈"。我才认识她二十秒。

我们所在的病房，色调是米色和紫色。这座建筑隶属于英国国家医疗服务体系，他们已经尽了最大努力，给病房刷上最令人安心的颜色，又精心挑选了色泽最令人放松的家具，虽然我能想象，这种淡淡的薰衣草色调，会在你的意识中和死亡永远联系在一起。他们管这个病房叫"伊甸园"，这里三个房间的每一扇门上都挂着秋季花饰。克莱尔轻轻走到第二扇门前，我跟上她。她告诉我，第三间屋里坐满了一家人，但我看不见他们，也根本听不到他们的声音。

病房里十分安静。没有恐慌，也没有杂乱，和我此前在医院的经历完全不同，也与我在电视上看过的任何产房都完全不同。克莱尔告诉我，他们非常幸运：在其他医院，怀着死婴的妇女进入病房必须经过普通产科，经过那些随着新生而来的喧嚣与希望。在这家医院，他们能通过侧门进来，避开那些孕期一如计划般顺利的母亲。在这里，婴儿出生时，会有一种刺耳的寂静。

我们坐在一张大床旁边的紫色椅子上。那是一张双人床，配有标准医院病床所需的所有插座和氧气通道。角落里是一个水槽。一块挂钟，一扇窗户。我们面前有一张咖啡桌，上面放着一袋旅行装洗漱用品，几双叠好的袜子，一条宝路薄荷糖。一张打印出来的字条上写着，这是桑兹（就是那个给我们牵线的机构）给失去孩子的父母的赠品。在令人无所适从的糟糕时刻，这些简单的心意能起到很大作用。还有一碗包装好的曲奇和蛋糕。这里给人的感觉介于健康诊所和医院病房之间，就像是套着健康诊所壳子的病房。这里的专门设备应有尽有——毕竟，这还是一个医疗场所，无论婴儿生死，分娩对于产妇的身体终归有影响——但是，他们会尽量减轻人们进入这个房间必定要接受的打击：生下那已经死去或将要死去的孩子，无论它有多小。

为什么有人自愿选择这里？

当克莱尔还是一位年轻的助产士时，和许多年轻的助产士一样，她对死亡并不熟悉，也不知道如何应对它。那时候她的祖父母还在世。在她的生命里，除了一只宠物，并没有谁死去。当她在分娩室的公告板上看到告示，说有一家人失去了自己的孩子时，她会很害怕被送去那家人身边。"我吓坏了，因为我知道我根本帮不了他们。"她说，"对于我这种刚刚取得执业资格的人来说，这种情形太吓人了。"（即使是二十年后的现在，也只有百分之十二的新生儿病房有强制性的丧亲培训。）

克莱尔成为助产士大约一年后，一名妇女前来生产，婴儿太小了，他们都知道这孩子活不下来。他的胎龄才二十周，胎儿生长表给出的大小就像一个香蕉——比金橘大，比茄子小。家属早有准备，过来的时候也完全知道将要发生什么：不会有抢救措施，二十周的时间实在不够胎儿存活。那些著名的案例表明，胎儿想要存活，最小的发育周期是近二十二周。母亲在明知孩子活不下来的前提下进行了分娩,而且,虽然胎儿太小,根本没有任何医疗手段可以挽救,但在出生的时候,胎儿还在呼吸。

"她看到孩子还在动弹、喘气,这对她来说太痛苦了。"克莱尔说,"我只记得当时她嘶吼着我的名字。克莱尔,你得做点什么。求求你帮我。我们就不能做什么吗?我永远不会忘记那个场景。"那孩子只活了几分钟。

值班结束之后,克莱尔上了自己的车,关上车门,开始啜泣。"直到现在,我还能体会到当时的感受:眼睁睁看着别人不加掩饰的伤痛,但心里明白,你什么都做不了,帮不上他们的忙。我刚开始工作时,大家都以为这份工作能带来幸福,而不是极端的绝望和痛苦……"她的声音低了下去。现在,在安静的病房内,她的样子看上去就像这次经历刚刚发生。她大大的眼睛闪烁着。"但这是你身为助产士工作的一部分,"她说,收敛起了情绪,"这是我们的职责。"汤米(Tommy's)是英国境内最大的流产和早产调查机构,根据此机构的数据估计,每四例怀孕中,就有一例流产或在生产过程中遭遇胎儿死亡。每二百五十例怀孕中,就有一例产下死胎;全英国每天有八个胎儿在出生时就已经死去。

几年后,另一位助产士组织了一个丧亲小组,她问克莱尔愿不愿意加入。克莱尔加入了培训课程,她意识到,她对情况了解得越多,就越有能力真正做一些事。她不能让婴儿起死回生,但可以照顾家属。她不能避免这种情形发生,但可以用自己的方式冲淡一些悲伤。"我从没想过，我现在会领头做这件事，"她说，"我做助产士，是想做一份跟幸福有关的工作，但最终在职业生涯的大部分时间里，我都在做死婴助产士。但是，这会让我看到自己对父母和他们与孩子相处的时光有所帮助，想到这会影响他们一生，这真是助产士事业中特别重要的一部分。你不能控制生命中的事件——生命并不在我们的掌控之中——但是你可以掌控如何照顾一个正处于生命中最悲痛时刻的家庭。"

过去十五年里，克莱尔一直在帮助陌生人，帮助他们面对生命中的这个时刻。妇女们来到这里，产下只有成人手掌大小、无法存活的胎儿。她们来到这里，产下足月的胎儿，但他们的心跳已经停止，或者无法在子宫之外存活太久。她看到秘不告人的怀孕，看到受期盼已久却功亏一篑的怀孕，看到身怀绝症的男人，对成为父亲孤注一掷的尝试。她看到一开始就不想要孩子的妇女如释重负，看到父母为是否忽略严重的基因缺陷、继续妊娠而撕心裂肺，彼此攻击——因为就算选择继续，也只不过推迟胎儿夭折的时间。她看到母亲和孩子死于同一时刻。每次值班结束，她回到车里，不开收音机，不听任何音乐，花上四十五分钟的通勤时间默默消化，直到回到家，去面对自己的四个孩子。

克莱尔给我看了壁橱里的针织帽子和婴儿服装：大多数都

是白色的，各种型号，有手工制作的小小衣服，也有适合妊娠期满那么大体形的服装。这些针织小帽的作用并不是保暖，而是为了美观，就像拉拉在停尸房里做的一样：分娩时，婴儿的头骨会重叠在一起，以便能顺利通过产道，但是，如果婴儿的体内因其死亡而产生过量的液体——头骨就可能会陷进大脑，使头部变形。克莱尔说，她会给孩子戴上一顶帽子，这样就没人能看出来了。婴儿小帽旁边是一个带黄铜铰链的木质首饰盒（或者说在我看来是这样的），打开一看，里面空空的，只有一条白色蕾丝垫巾。"这是给小宝宝准备的棺材。"她说，举起盒子，让我能看到里面。

此前我根本不知道丧亲病房的存在，更别说这些跟我车钥匙一般大小的婴儿棺材。在我脑海中，我能看见圣托马斯医院，拉拉的停尸房里，推车上放着各种型号的纸箱，许多箱子还不及放在它们上面的A4纸大。病理学家把这些纸分放在箱子顶部，用来平衡重量。克莱尔说，来这里的有些妇女，在怀孕五周时失去了孩子，但她们对这种损失的反应，比一些在怀孕足月后失去孩子的妇女还要剧烈。她说，孩子在子宫内孕育的时间长短，与人们情感的深浅没有固定的关系可言。如果这孩子是你所期盼的，那就是丧失了一种可能性——失去另一种人生，对你和孩子来说都是如此；失去一个平行宇宙，在那里你没有流产，而是迎接新生活；失去一个你为其购置物品、描绘未来的生命：准备衣服，鞋子，婴儿车。这和你孩子的大小并没有任何关系。

"对于发生的事件,我们都有自己的解读。你不能这么说:一个在胎龄十周时流产的胎儿,没有一个足月的死婴,或是一个只活了两天的婴儿那么重要。"她说着,把木盒子放回橱柜,摆在其他盒子旁边。"人们对流产的误解太多了,都觉得可以再次尝试,这让那些小生命显得不那么重要了。"我想到"十二周法则"——怀孕的妇女不该把怀孕的事说出来,因为害怕搞砸,害怕不得不对别人说她们已经终止妊娠了——我想到,她们是如何在孤立无援中经历或等着经历这种失去,想到很多时候这一切甚至都没有象征性的事物,没有棺材,想到流产的妇女中,有超过一半都不知道流产的原因。你曾是一个生态系统,是有至少一个居民居住的完整世界。然后你不再是了。

我们现在身处静默室。家属围着泡茶、煮咖啡的设备徘徊,在这里等待消息。这里的饼干放在盘子里纹丝未动,在隔壁房间里,婴儿悄无声息地降生。角落里有一棵塑料树木,挂着纸叠的蝴蝶,上面贴着在这里降生的婴儿的名字,还有他们父母写下的留言,以及婴儿年幼的哥哥姐姐尝试用涂鸦进行的交流。

她打开另一个橱柜,向我展示那里面白色、粉色和蓝色的记忆盒子。里面有一本空白的相片簿,还给手印和脚印留了位置。每个家庭都可以得到一个用这些印记制成的银饰。还有一个给祖父母的盒子,也许是为了纪念他们曾身为祖父母的那一刻。克莱尔说,他们正在制作一批能送给哥哥姐姐的盒子,帮助他们理解发生了什么,让这个孩子在他们的生活中占据一个有意义的位置。

记忆盒子会为那些想要保存一些东西的人记录下婴儿的种种，也会为那些犹豫不决的人织起一张安全网：有些家属太过心烦意乱，不敢去看自己的孩子，因为他们会想象自己即将目睹的场面，想象这些画面可能会永远留存在他们的脑海里。助产士可以接手他们的孩子，为婴儿拍照，取下手指和脚趾的指纹，然后把这些记录放在一个盒子里。不一定要打开这个盒子，可以将它藏在壁橱之后，直到多年后的某一天，父母终于做好面对的准备。一张证明发生过什么的照片。一个足印，证明这曾是个真实存在的孩子。你曾是某人的母亲。

二〇一三年，阿里尔·利维[①]在《纽约时报》上发表了一篇文章，讲述她怀孕五个月时在蒙古一家宾馆盥洗室地板上流产的经历。她抱着孩子，看着他呼吸：那是一个活生生的人，短暂地存活于世。她打电话给救护车，对方告诉她，孩子活不了了。"在我放下手机之前，我给儿子拍了一张照片。"她写道，"我担心如果不这么做，我就永远无法相信他曾经真实存在过……诊所里有明亮的灯光、无尽的针头和静脉注射。我放开了孩子，这是我最后一次见到他。"她不停地翻看照片，后来每天都看，直到几个月后，才降低到每周看一次的频率。她试着把照片拿给别人看，举着手机，证明他还在这里。对她来说，向她自己和别人证明这孩子的存在至关重要，只有这样，她才能继续活着。

[①] Ariel Levy（1974— ），美国撰稿人，作品见于《纽约客》《纽约时报》《华盛顿邮报》等媒体。

人性冲动在任何年代都是一样的。维多利亚时代的人也需要这些照片,只不过他们会花更长的时间拍摄。利维产生的这种记录的冲动,对那个时代站在婴儿棺材旁的父母来说也是必需的,他们等待着,等摄影师发出结束的信号。

像记忆盒子,以及利维拍的这类照片,虽然出自好意,但也可能成为家庭裂隙的焦点。在这样的压力之下,人际关系之中的裂缝可能会扩大到完全破裂:在这个病房里,人们正处于最为脆弱、最为愤怒的状态,有时,会出现一种互相拉扯的紧绷气氛,而这个空白的盒子会变成争执的中心。每个人都会以自己的方式哀悼,但家庭成员可能会评判彼此的哀悼方式,会担心某个人的做法是否正确。如果他们认为别人的哀悼方式是错误的,就可能出手干涉,试图掌控一切。记忆盒子所衍生的问题取决于一个事实:在与遗体相处的时间是长还是短,是否应该记录下它,是否应该目睹它等问题上,有时候人们的看法并不一致。关键在于这样一种想法:如果你尝试着去忘记或者真的埋葬它,就像西班牙的《遗忘条约》,那么悲伤就会减轻。但是,历史的黑洞并不能让人高枕无忧地埋葬任何东西。如果没有以亲眼所见作结,你还身陷难以置信之中,那你怎么能进入哀悼的阶段呢?

罗恩·特罗耶曾谈到过帮助父母为死去的孩子更衣,他告诉我,过去的时候,当母亲产后在医院恢复时,父亲会迅速安排下葬或火化,这种情形并不少见。父亲会让尸体消失,这样母亲就不必看到死去的孩子,也就不会因其存在而更加悲伤。这话让我十分气愤：如果这种事发生在我身上，我会觉得我的孩子被偷走了两次，第二次的始作俑者是我可以责怪的对象。我想知道，能有多少婚姻在这类事情之后存活下来，又撑了多长时间？这些女人把无法言说的悲伤放在了哪里，她们中又有多少人被这种悲伤完全淹没？

克莱尔说，有些人本意是做好事，但无意之中造成了伤害，这种态度到现在依旧不算罕见。她总是对双方都抱有同情。"你的自然本能是去保护他们，不是吗？他们不愿意看到自己所爱之人身陷痛苦之中，认为只要把发生的事情处理掉，就会抹除痛苦。但事实不是这样。"

克莱尔举了一些例子，而我怎么也想不明白当事人做出这些事的理由。她回忆起一个家庭，父亲十分专横，他坚决表示不想要一个记忆盒子，但温顺的母亲悄悄告诉助产士，说她非常想要一个。助产士偷偷给她做了一个记忆盒子，用照片和足印记录下了她孩子的躯体，在她离开医院时悄悄塞进了她的包里。三个月之后，她哭着给病房打来电话：他发现了记忆盒子，把盒子毁掉了。

"也许，没办法承受看到盒子的人是他，"克莱尔说，"也许，他觉得难过是因为妻子看到这些东西时很难过。但我们没有储存照片，因为法律不准许。我们没有任何能够还给她的东西。一切都永远消失了。"

我问她，在分娩的时刻，是否也会出现这种不愿与婴儿的身体接触的情况？人们总是会希望看到自己的孩子吗？还是说，有的人会在中间设置屏障，心理上将这孩子视为一种生理性缺陷，需要将其移除和遗忘？

我仍能听到殡葬承办人波普伊说的那句话："人所看到的第一具尸体，不该是自己爱的人。"我想象着，第一次看到尸体和自己孩子的夭折这两件事在同一时刻发生。我感到恶心。我想知道，对未知的恐惧，以及对绝望的自救举动，在多大程度上剥夺了父母见到孩子的唯一机会。

"大多数情况下，人们还是会想亲眼看看孩子的。"她说，"最开始并不总是这样，但把孩子生下来之后，他们确实会想看看。这取决于心理准备。看见一个胎龄二十周的婴儿和一个足月出生的婴儿，感觉是非常不同的。足月出生的婴儿很有光泽。无论是从皮肤颜色还是透明程度来说，这两种婴儿都确实看起来并不一样。我想，每个人在咨询医生之后，都会上网搜索一番，是吧？他们忍不住的。"

导致婴儿死亡的原因很多，其中一些非常明显：在这里，他们接生过严重畸形的胎儿，有重度先天性脊柱裂，孩子的脊髓没有包裹在皮肤内；也有无脑畸形，这是一种大脑和颅骨缺失的病症，孩子的头顶完全不存在。还有一些婴儿的心脏已经停止跳动，但引产过程漫长（因为母亲的身体对给药没有反应，或者其他原因），婴儿在原位置停留了数天甚至数周。无论是在子宫内还是子宫外，尸体都会发生变化：颜色改变，皮肤脱落。克莱尔说,皮肤可能看上去像水疱,底下是鲜艳的红色。"这会让家属很难过,因为他们的第一反应是,会很疼吗?"父母没法确定这种现象是否发生在婴儿还活着的时候。"并不疼。只是因为体液不再在体内循环,所以渗透到了皮下。这让皮肤变得十分脆弱。"

我就父母的反应提出了很多问题,而克莱尔总是回答,每个人的反应都各不相同,对死去的孩子并没有,也不可能规定一个正确的反应程式。作为社会成员,我们对尸体感到恐惧;我们习惯了和尸体保持距离。我们在想象中建构尸体,把它们堆砌成我们头脑所能想象的最恐怖的样子。让一具尸体从你的体内诞生,还要亲手抱着它,这完全是另一种体验。克莱尔尽力为每个家庭提供最好的选择。如果有家庭犹豫不定,她会分阶段带他们接触婴儿,让他们慢慢适应这种情况。她会把婴儿抱走,和他相处一段时间,然后回到家属那里,告诉他们婴儿的样子。她也可能会建议先看看孩子的照片。她可能会把他们的孩子全身都裹进毯子里,或者只把小脚丫露出来,让家属抱抱孩子。大多数家庭在接受温柔的照顾、花了足够的时间适应之后,最终改变了想法。

"我觉得,从某种程度上来说,人们几乎如释重负,看到婴儿并不是他们想象出的那个样子。差不多就像是这种反应:'哦,天哪,她看起来像个宝宝。'她当然看起来像个宝宝。她是你的孩子。有一件事我越发坚信了,那就是你必须要善良——永远善良——但要诚实,"她说,"你说什么、怎么说,这是很敏感的。

如果父母没有被他们看到的景象所震惊，那是因为你已经尽到了自己的职责。你帮他们做好了准备。对于父母而言，说出'其实，我很害怕看到我的孩子'是十分困难的。要让他们知道，在这种情形下产生某些感受是正常的。整件事似乎都不正常，而对于外部世界来说，这一切本就不正常。"

身处丧亲病房的好处在于，没有人会对你隐瞒死亡，所以你能知道你被允许做的事情到底有多少——实质上，就是你觉得自己需要做的任何事情。并不是所有地方都这样：密歇根大学在二〇一六年发表了一项研究，研究者和三百七十七名经历过胎儿死产或者出生不久后夭折的妇女进行了谈话，他们发现，其中有十七人被医护人员告知，她们根本不能去看自己的孩子；有三十四人要求抱抱孩子，遭到了拒绝。这项研究的目的是调查丧子后产妇的创伤后应激障碍和抑郁的水平，结果发现抑郁的概率是原来的四倍，创伤后应激障碍的概率高达原来的七倍，但他们无法断言，如果产妇能抱抱自己的孩子，负面情绪就会缓解——因为许多人报告说，她们没有这样做的机会。但他们确实发现，克莱尔说的是真的：无论你的孩子生下来就是死胎，还是活了几天时间，其实都不重要。失去孩子所带来的精神和情感打击与孩子的年龄无关。

在丧亲病房里，看见就是悲伤进程的一部分。那些专注于克服这一过程中的身体困难的母亲们会知道，如果她们想要抱抱自己的孩子，她们可以这么做。如果她们知道，自己的孩子不会接受医疗抢救,那么她们可以在那小小的心跳声渐趋微弱的时候把孩子贴在胸前。无论她们想做什么,克莱尔都会在那里,为她们提供帮助,创造条件。

"如果从没人跟你讨论过这些选项,你就不会知道它们的存在。"克莱尔说,"你都没办法想象看到自己死去的孩子,更别说去思考:'我想要孩子的手印和脚印吗?我想要孩子的照片吗?我想在孩子死去的时候抱着他吗?'你怎么能去想象这种事情?对于家属来说,最难的事就是回头看时发现心存遗憾。在之后的漫长岁月里反复想着,当时我有机会抱抱我的孩子,但我没有。"

在我去丧亲病房迟到之前的那个夏天,新闻铺天盖地地报道一头虎鲸:她一直带着死去的幼鲸,哪怕幼鲸已经死去十天。虎鲸在不列颠哥伦比亚附近海域游动,用头顶着幼鲸。历经十七个月的孕期,她只当了三十分钟的母亲。最后,这头虎鲸终于放手了,这也成了新闻。在冰冷的海水里,她顶着自己悲痛的重量,最终疲惫不堪。

我们把鲸鱼看作人类情感的化身。我们情不自禁地这样想:鲸鱼是如此未知,如此神秘,如此宏大,我们可以随心所欲地把任何事物投射在上面,就好像它们是一栋建筑的侧墙,一种情感上的罗夏墨迹测验①。这头虎鲸上了新闻，因为她拒绝放开自己死去的孩子；我们都为她感到心碎，虽然有人认为，她本可以离开，忘记一切，却选择推着尸体穿越大海，这实在是有些奇怪。她就这样从大海深处浮出，从我们的潜意识里拖拽出一些事物，在新闻上向我们展示，告诉我们"假装一切没有发生"和哀悼全然不同。虽然当各种年龄段的人死去，人的哀痛是无法被衡量或预测的——毕竟，人们对我们的意义是我们独一无二的感受——但失去婴儿却有本质上的区别。你失去的是一个你认为本该拥有的人，是一个其他人还没能遇见的人，所以你的损失除了和少数亲历者之外，是无法和其他人分享的。无论是鲸鱼还是人类，我们之中的有些就是没办法放下逝者的身体，因为这是他们所拥有的全部。

伊甸园病房拥有独属的停尸房：不会有包裹起来的婴儿尸体躺在托盘上，放在成人尸体下面；医院地下室那一整排冷柜组成的墙上，也不会有指定的婴儿冷柜。在这里他们只有一个房间，漆成天蓝色，一块墙壁上画满了粉色和淡紫色的花朵。与其他医院的停尸房相比，这里远离炫目的荧光灯，你可以坐下来，度过一些时间。有些父母在葬礼之前，每天都会来这里给孩子读故事。有些父母在夜半时分仍无法入睡，他们会给病房打电话，请人去看看他们的孩子。还有的人会把婴儿放进一张带有冷却装置

---

① 一种人格测验，由瑞士精神医生赫尔曼·罗夏于1921年最先开创。测验使用有墨渍的卡片，受试者会被要求根据卡片上墨渍的形状回答问题。

的小床上，在葬礼前带回家，试图在大地或火葬场接过他们孩子那小小的身体之前，把一生的时间都浓缩进两个星期里：他们一起去野餐，孩子就放在旁边的篮子里，而孩子的哥哥姐姐在一旁玩耍。有的人会推着崭新的婴儿车，让孩子躺进去，来这座建筑后面的花园里散步。花园里也有一棵树——一棵真正的树——上面装饰着许多随风飘动的名字，那是从这里经过的孩子的名字。

婴儿死亡是一件我们不知道该如何去谈论的事：流产悄无声息，产下死胎的消息也只会引发一片错愕的缄默。没有人想要说错话，所以没有人说话。新手父母失去了自己的孩子，自动被归入某个他们从未想加入的群体，在人群中被无形地流放。很多人的生活再也回不去从前的样子。这就是为什么克莱尔身处的高级职位走行政路线很容易，但她仍坚持在临床一线。她在那个房间里，想成为亲眼见到孩子的少数人中的一员，如果数年之后，这些家庭仍迷失在情绪中，或者他们又怀孕了，想和一个理解他们身心脆弱的人、一个真正懂得他们对再次出错的恐惧的人倾诉并寻求帮助，克莱尔想做那个人。克莱尔见过这种恐惧，她也经历过这种恐惧：在她自己的第四个也是最后一个孕期，出现了问题：她的宝宝停止了生长，而她非常了解接下来可能会发生什么。据她所说，她的丈夫完全不是一个情绪化的男人，但他看到了她的恐惧，她隐秘的担忧。在紧急剖宫产结束，孩子平安降生之后，他哭了。她承认，身为一个母亲，她总会过度保护；而她对死亡的恐惧，不过是因为担心孩子们会失去她。她在病房里一次又一次地看着这些事情发生。

　　我离开时，不知为何感觉有些茫然。克莱尔给我指了小花园的方向。我沿鹅卵石小径四处走着，从这片精心打造的绿洲里回头，望着这座平凡的砖砌建筑。小花园在医院的水泥大楼之间被凿出，由志愿者照顾。我读着塑料蝴蝶上写着的名字，它们在阳光中闪闪发亮。我想知道，浴缸里的那个婴儿叫什么名字，以及如果我知道了他的名字，把那名字写在这里，是否会有任何帮助。"你得做点什么。"多年以前，那个女人抱着她那小小的、还在喘气的婴儿，如此恳求克莱尔。"你得做点什么。"我想着克莱尔在自己的车里哭泣的样子，想着浴缸里的那个婴儿，想着我是如何站在那里，看着他沉入水中，想着我没办法让他起死回生，没办法让事情好转，想着我有多么渴望——比我对生命中任何事情都要强烈地渴望——去做点什么。放在花坛里的纸风车在风中旋转。如果你抬头，就能看到几扇窗户，正是在那些房间里，婴儿降生，来到克莱尔等待已久的怀抱。

尘归尘
掘墓人

早春时节。大多数树木还是光秃的，云层厚重暗淡。杂乱的坟墓之间，有小簇小簇的黄色迎春花露出头来。阿诺谷是一八三七年于布里斯托尔兴建的一处墓地，如今，青藤已经爬满了这里的墓碑，粗壮的根部将石头高高拱起，让它侧翻在相邻的墓碑之上。我喜欢维多利亚旧式墓地这一点：它们不像洛杉矶的墓地公园一样，视线所及之处几乎一尘不染，草坪经过修剪，呈现高尔夫场地那种完美的绿色，大理石墓碑洁白得闪闪发光。那是一场与自然侵蚀持续不断的战斗，而这里的墓地，则是被生命的无情力量与苔藓接管的死亡之地。坟墓被藤蔓和树叶吞没，就像被所有者拥入怀抱。死亡是生命的一部分，他们说。死亡是一切事物的一部分。

我经过一只泰迪熊。它的头被扯掉了，后背斜倚在一个和底座分离的十字架上。我不禁后退了两步，继续向陡峭的山上行进。我希望，这场谈话会比与尸检官或死婴助产士的更容易一点。我的感受仍未平复。在室外待着，而不是在医院病房或者地下停尸房，对此有所助益。

在这片墓地的最高处，牺牲十字架旁的士兵角内长眠着四十位水兵，他们在第二次世界大战中献出了生命，而此时，鸟鸣是我唯一所能听到的声音。一辆我平生所见覆有最多泥泞的面包车驶来，透过车窗，迈克和鲍勃正向外张望。鲍勃六十岁，牙齿稀疏，一头散乱的黑发垂下来，就好像从他头上某个中心点抽芽长出似的。他的脸逐渐隐没在肩膀和连帽衫中，就像鸡蛋杯里的鸡蛋。迈克七十二岁，是两人中开口说话的那个，他跳下面包车，挥手示意我去坡顶，用他那浓烈的布里斯托尔口音喊着，说我真是疯了，应该开车上来。他的白发整齐利落，鬓角剃得干净，而我离得越近，他牛仔裤和海军蓝色摇粒绒外套上的灰渍就越发明显。"那么，你想看看我们刚刚都干了什么吗？"他微笑着，立刻显得十分友好。鲍勃在车里温和地挥挥手，比画着说，他想待在暖和的地方。迈克带我走过凹凸不平的地面，来到一块还未盖拢的坟墓。

坟墓边缘长满青草，旁边铺着厚重的绿色布料。穴洞两侧铺着两块长长的木板，抬棺人站在这里时，需要借此保持稳定。木板上堆着更多的绿色布料，垂进洞里，就像洞壁的里衬。洞壁非常松软，切面底部和泥土对齐，就像被切割机切过一样。两片薄些的木板交叉成"V"字形，放在墓穴上，等待着承载棺材。牧师会在这一过程中宣读悼文，棺材的把手用编织帆布带子环绕一圈，降入坑洞，埋进泥土中。挖洞时掘出的泥土堆在穴洞旁边，顶上覆盖着更多的绿色布料。除了穴洞底部之外，没有肉眼可见的散土。这是一个缓冲区域，把已长眠于此的丈夫和妻子隔开——此刻，她的葬礼仍在这条路前方一点的场所举行。迈克说，在一片家族墓地中，当你接近时，就能看出来哪里已经埋着棺材：那里的土壤往往会更加潮湿，或者，如果在一个极为古老的墓地，那棺材的盖子可能已经塌陷了下去。

我向下望去。越过紧贴着我膝盖的大衣，越过我离穴洞边缘只有一英寸的靴子，再往下，那里是一片虚空。我以前也曾站在此处。那是在澳大利亚，一片没有任何树木的荒凉墓地里，我站在一块捆着吊起来的篷布之下，拉着祖父的手，看着祖母的棺材被封入地面上的水泥墓穴。她以前总是说，她特别害怕在六英尺之下腐烂——比起被遗忘，那里的虫子更让她心惊肉跳（她是天主教徒）。站在那里，我曾经想过，她被封在水泥墓穴里，会不会在夏日酷暑中被烤焦。

事实证明，站在一个陌生人敞开的坟墓前，让我生出一种奇怪的脱节之感。我并没有拉着某个人的手，努力消化死亡的讯息。我的思绪并没有因失去生命中的某个人而混沌。我脑海中的放映机也并没有开始运转，播放那些再也不会发生的、有关此人的记忆，我也无从想象此人现在或六个月之后的模样，因为我从未见过这个人的脸庞。我望着坟墓，满脑子想着自己：如果是我躺在那里向上看，看见自己正从坟墓的边缘处向下俯视，会是什么感觉？

我主要是觉得，那下面看起来很冷。我还记得罗恩·特罗耶给我讲过的另一件事：如果你在美国中西部的冬天去世，那么，你的遗体直到春天才能下葬，要等到大地解冻到可以挖掘之后。在此之前，你的遗体会被暂时安放在陵墓里，和临时分配的邻居做伴。但他说，有时候农民会坚持在冬天下葬：他们在磨坊里工作，都清楚地知道，地面上的建筑能有多冷，而地面六英尺之下又有多温暖。罗恩会拿出波旁酒，而在这种诱惑之下，掘墓人会拽出自己的烧炭暖炉——一种和坟墓一样长的金属圆顶状炉子——把暖炉留在原处二十四小时，给冰冻的地面解冻，以免损坏他们的机械挖掘工具。在中西部的冬天里掘墓，感觉就像是在开掘水泥。

我脚下的这片土壤大部分都是黏土，迈克说，这是上好的挖掘地：黏土有一种天然的结构完整性（比较单薄的土壤则没有），所以不会在挖掘时突然塌陷。他和鲍勃负责这个地区大部分的墓地，他们自从离开学校后就一直在做这件事。他说当地人叫他俩"伯克和黑尔"[①]。

在挖掘出的土堆后面，有一个棕色的小罐，形状像瓮，盖着软木塞，放在绿色布料的一角。罐子上满是磨损和岁月的痕迹，表面沾满了被随意抹开的泥指纹。迈克取下塞子，把罐子举起来

[①] 指前文"馈赠"一章提到过的爱尔兰臭名昭著的谋杀和盗尸犯。

给我看，他解释说，这是供牧师使用的：牧师会在遗体入土时，一边撒落泥土，一边念诵"尘归尘，土归土"的祷文。我注意到，这种泥土和坟墓或土堆里的土壤品质并不相同：前者更加干燥，但质地更好。比起从墓坑中掘出来的黏土，我手中的土更接近沙子的手感。我问他，这种土是出自这片土壤还是从别处带来的。"鼹鼠挖出来的。"迈克说，把软木塞塞回去。他在自己的花园里收集土壤，舀进小罐，带给牧师：鼹鼠用脚踢起的泥土落在棺材盖上时，比这里的黏土更加轻柔。"鼹鼠挖出来的小土堆都是好土。"他说，把罐子放回墓碑后面。

全世界最著名的建筑和人们喜爱的名胜之中，有很多都是坟墓。埃及的金字塔。印度的泰姬陵。荫庇死者而建的纪念碑。我觉得，当谈论"基本"和"奢侈"这两种标准的差异时，对待逝者遗体的态度最能体现出这两者之间巨大的鸿沟。有什么能比在地上的一个洞更为基本？又有什么能比泰姬陵更为宏大？

在已看不出本身白色的面包车里，我们吃着酒胶糖。迈克把它们放在仪表盘上一个冷冻袋里，准备给抬棺人。他一边打开酒胶糖，一边让我猜猜他有多大。我猜了一个比他实际年龄小十二岁的数字，这让他十分高兴，不断提起这个数字，甚至对鲍勃也是，鲍勃在我们聊天的时候一直在场。此后我们没再移动过。他坐在驾驶座，我坐在副驾驶座，鲍勃挤在我们中间，三个人肩挨着肩组成一个多头的怪兽，一条正吃着酒胶糖的九头蛇。驾驶座下搁脚的底板沾满了厚厚的泥巴，我确信，夏天时这个问题应该不存在。我们盯着外面，嚼着酒胶糖，等待送葬队伍。迈克和鲍勃在每一场葬礼上都会这么做：直到填上土，坟墓才算完工，而他们想要确保所有事情都顺利进行。他们不会张扬，但会在周围逗留，以防有人需要他们；如果一个过于热情的抬棺人放低棺材时动作太快，就像潜水艇入水一样，那他们可能会比平时提早出现；迈克会短暂介入流程，帮助调整角度。

我们等待的时候，迈克告诉我如何掘出一处坟墓。鲍勃补充了一阵阵基本听不清楚的咯咯笑声，迈克再复述一遍。他笑起来时，我们才感觉出，我们三人在这个驾驶室里有多拥挤。迈克说，在掘土之前，你得知道死者的身体尺寸。但出于礼貌，人们通常会把尺寸往小了报，所以，他们养成了习惯，把墓穴挖得比建议尺寸再宽一些，这样就不会有人被楔住，或者卡住——过去发生过类似的事：棺材的抓手比预想中更凸出，所以，得再挖出更多土，而家属不得不穿着不适合泥地的鞋子，在周围走动。六个人的家族墓地需要挖十英尺深，而三个人或以下的小型墓地只需要六英尺深，摞在最上面的棺材由一块铺路石盖住，来防止动物进入。如果所在区域没有过多的杂草或墓碑，他们会使用一种小型机械挖掘机完成大部分工作，那是一种配有长臂的移动踏板车，装配在面包车的小拖车上。鲍勃操作挖掘机，迈克指挥，跑到机器前面，像铺铁轨一样铺好木板，来保护下面的草地。但是，如果有些区域挖掘机无法进入，他们就得纯靠双手完成工作：只有人、铁锹和体力劳作。靠双手挖掘一块墓地可能要花上一整天时间。在那些古老的教堂的墓地里，他们偶尔会发现骸骨，点位没有标记，遗体旁边却不见棺材的踪影。他们把骸骨装进袋子，把它们重新埋入地下。没有人离开他们的下葬之地。

挖掘坟墓时，到了某个深度之后，你就得下到穴洞里面继续挖。为此，掘墓人专门编制了一份轮班名单，上面都是年轻的男性学生：他们找到新工作或结束暑假后，就把这份工作交接给下一个人。之前我就注意到，墓穴的洞壁极为平整，墙根专门修整过，现在我知道了，这是因为有个年轻人下到里面，把他周围的洞壁修补平直。他有时能感觉到脚下的棺材盖松动下陷。

迈克和鲍勃埋葬过朋友，埋葬过婴儿，也埋葬过谋杀案的受害者，后来他又被掘了出来；而且，他们都埋葬过自己的母亲——他们帮助对方掘出了墓穴，就像对待其他墓穴一样。等他们自己去世的时候，那些墓穴会被重新开启，他们的棺材会被放置在母亲的棺材盖顶上数英寸的地方。他们都已经掘好了自己的墓穴，并曾经钻在里面。我问这是种什么样的感觉，他们对视了一眼。二人不会对这种事情有过多的想法。迈克说，死亡就像墓穴一样，是一种实际的事物：你俯视它的时候，甚至钻在其中的时候，也不过是置身事外。而且，既然他们就是当地的掘墓人，那为什么要去找其他人来做这件事呢？他们做这份工作，是为了所有人,无论是为了母亲还是陌生人。鲍勃说,他只是期待再次与母亲团聚,因为他一生都与母亲一同生活,直到两年前她去世。不过,鲍勃害怕夜里的墓地。"她会保佑我的。"他低声说,羞涩地笑着。

酒胶糖又被分发了一轮。我们听见了马的声音,听见它们的蹄子嗒嗒作响。然后,透过肮脏的挡风玻璃,我们远远地看到了马群佩戴的羽饰。

◎

马车夫戴着高礼帽,把华美的黑色马车停到路边。那位妻子的棺材被后部的许多花圈遮蔽了一半。迈克跳下车,给抬棺人指路。他是唯一没有穿西装的人,但总能让自己在人群之中几乎遁形。他站在坟墓之间,低下头等待着,双手紧扣在满是泥土的摇粒绒外套前。他说,有时候前来送葬的人会注意到他,问他问题。棺材能存放多长时间?我父亲会被蠕虫吃掉吗?他告诉他们,蠕虫不会钻得那么深:理论上来说,它们有这个能力,但它们通常会待在离地面更近的地方——六英尺之下对它们来说太深了,不值得费那个工夫。送葬者想知道的事几乎都和蠕虫有关。我想到我祖母那个修建在地面上的棺椁,相信了他的话。

我在牧师那辆亮红的沃克斯豪尔汽车后面流连,远离送葬的家属。鲍勃留在面包车里。四名抬棺人把棺材抬上墓穴旁搭好的木头架,用一点时间调整队伍,然后把棺材抬到搭在洞口的木板上面。现在，迈克跟在牧师身后，隔了几座坟墓的距离，他又扣紧了双手，低下了头。他那一小罐松软、干燥的泥土，现在就在牧师的脚边。从这场仪式开始至结束，他都站在那里，时刻准备好应对需要他介入或者帮忙的情况，而且，最终他真的帮上了忙：他站在一群穿西装的人中，抓住一根编织带，慢慢把棺材降入墓穴中，然后又退回了远处。

现在是下午三点四十五分。孩子们正放学回家，经过这片墓地。牧师宣读着最后的致辞，他那单调的声音，被孩子们朝彼此惊呼"有人死了"的叫声盖过。马车夫仍握着几匹马的缰绳，露出有些尴尬的神色。

送葬者纷纷离去，挽着彼此的胳膊，在古老的坟墓之间寻找落脚的路径。掘墓人开始干活儿。鲍勃从车上跳下来，而今天的年轻帮工伊万，也从他一直身处的某个地方出来了。他们收起木板，折好布料，堆放进一辆独轮手推车里。鲍勃从拖车上卸下那台小型挖掘机，而迈克把木板重新铺在草地里有压痕的位置上。伊万用铁锹铲了一层泥土倒进去，这样一来，在沉重、垮塌的黏土和棺材木质盖子之间就会有一层缓冲层，方便挖掘机进入。鲍勃把他那大小看起来有些滑稽的机器开进来，把泥土堆推回到坑内，其他两人则把边缘整修干净，在墓穴上摆好花圈。冬青，粉玫瑰，水仙花。几把铁锹被搁置一旁，插在土壤中，互相倚靠着以获得支撑。他们正在做其他的活儿。

几位掘墓人后退一步，打量着自己的工作成果。没有什么能放回坟墓顶部充当标志。没法以此收尾,他们感到失望。迈克猜想,家属也许是想等到家族下一个人去世后,再为这块坟墓树立标志。这个男人已经在没刻上姓名的坟墓中躺了很多年,等待着他的妻子。

土壤会随季节和降雨变化而沉降、改换质地,所以多余的泥土都会被收集起来,用来填充这块区域内表面不平整的坟墓。附近一位水手的墓碑上滚落下几块黏土。迈克把土块收集起来,搜寻着需要填平表面的坟墓,用近在手边的东西填补空洞部分。在半小时之内,所有工具和器械都被清扫干净,收拾完毕。掘墓人们回到面包车里。车开动了,他们向车窗外面挥手致意。鲍勃再次蜷缩进连帽衫里。

埋葬这一行为饱含着信任。你把自己交给一块你无力控制的土地。下葬之后的事完全取决于他人:草地是否会被修剪整齐,你头上的地面是否会塌陷,墓碑是否会因此坍塌,都由他人决定;一整片土地可能会被出售,被改造,你的骸骨可能会被转移,为铁路隧道腾出位置。被人埋葬是一种盲信。你根本无从得知会发生什么。你只是被留在那里,在一个棺材盒里,无人守望。但在这里,有人会在经过时帮忙留意你的情况,填平塌陷的地方,询问你的墓碑在何处。当牧师把小土堆的泥土从小罐中抛撒出时,它们确实如羽毛一般轻盈。

恶魔的车夫

殡仪员

托尼·布赖恩特为我保留了一具棺材。我的火车班次被取消了,所以迟到了四十五分钟,不得不一路小跑,正好看到他站在前方,等待着我,四四方方的砖砌火葬场在他身后隐隐耸立。他五十五岁左右,穿紧身黑色 T 恤,下端掖进黑色牛仔裤,系一条嵌满铆钉的皮带。已经褪色的文身从袖口底部露出。他用浓重的西部乡村口音喊着:"我们协调好了服装!"我的衣服都被汗水打湿了。我拼命地爬着坡,而布里斯托尔人在远方向我招手——这好像成了我现在的工作流程。

我们穿过大楼背面的一扇门。楼梯铺着灰与绿的油毡布,边缘处贴有黄黑相间的危险警示胶带。我们沿楼梯下去,进入地下室。四台焚化炉,各装配一扇金属门,炉子前端的白色钢制升降机上放着一口木质棺材。一张打印出的照片,上面是两个年幼的金发孩子，它被夹在刻字的金属名牌之下，旁边是绿色园艺土，曾在楼上的教堂里用来盛放花圈。

我曾见过许多棺材：有空的，在停尸房里摆成一排；有安放了逝者的，在殡仪馆里，但这并不重要。一口棺材所蕴含的象征性和现实性意义仍然令我心神不安。我曾在一个十字路口等交通信号灯，却因为一辆灵车错过了绿灯，直到他人的鸣笛和喇叭声把我从思绪中惊醒。我在脑海中想象这样的场景：肩膀紧挨着倾斜的两角，鼻子离棺材盖子那么近，双手在黑暗之中交握在一起。一口棺材没有鲜花和宗教仪式的衬托，完全暴露于操作环境之中，和灵车及轿车在你家门口停下，把你和家人送去教堂，这两种景象是完全不同的震撼；但是，这个盒子蕴含的力量始终存在。

托尼在棺材周围走动，打手势让我跟上，钻入机器之中的间隙，来到触摸控制屏所在的地方；就某种用火焰和砖块制成的器械而言，它有一种出人意料的高科技感觉，不过，从设计美学方面来看，仍与 Windows 95 系统风格类似。（在触摸屏前面，他装配了一个带按钮的手动控制面板。他形容这是"神秘博士的塔迪斯[①]"。）旁边靠砖墙的两排架子上，摆满了盛放骨灰的盒子。托尼告诉我，这些骨灰盒属于还在决定是否要亲眼见证骨灰播撒的家属——最上面的骨灰盒是给那些已经决定不前来的家属准备

[①] 英国科幻电视剧《神秘博士》及其相关作品中一台虚构的时间机器和航天器。

的，不过他给了他们两周时间，以防他们改变想法。有些人确实会改变想法。他把那些等待领取的骨灰存放在火化室外一间小办公室里。有时候，不会有人来领取它们。

焚化砖炉里面的温度需要达到八百六十二摄氏度，这样才能焚化，而不是烹煮尸体。我们站到屏幕前，看着数字飞快地变化：854，855。屏幕中央的柱状图显示了各种物质的数值水平，托尼提高嗓音，在巨大的轰鸣声中解释着这些数字。我听懂了一些，是有关冷却、加温和过滤空气的指标，这样就不会有肉眼可见的烟雾排放到楼外。他正指着我们头上复杂交错的钢管，以及我们脚下的隔间。他给我介绍紫外线传感器、空气流量和火花塞。他打开主炉的舱门，那里是这台机器的心脏，为焚化炉供热的火。火焰怒吼着，吞噬源源不断涌进的助燃新鲜氧气。一只黑色甲虫在地面上急速爬过，它那长长的、铰链一般的躯体后部蜷起，像一只蝎子。我指着它。"那玩意儿叫'恶魔的车夫'[①]！"托尼在噪音中嚷着，露出笑容，他知道我不会相信的。之后我上网搜索。这是真的。

数字还在不断变换：861，862。托尼从过道急匆匆回到门边，棺材在那里等待入炉。他叫我往后一些，站在角落里，这样不会挡着路，然后按下一个蓝色按钮。一扇门升起，露出一台发着光的橙色炉子，里面铺满砖块，水泥做的底部坑坑洼洼，一如月球

[①] 指魔鬼隐翅虫，分布于欧洲和北非，是一种常见的昆虫，中世纪以来被欧洲人视为魔鬼的象征，因而得名。

表面。我挤进角落，仍能感觉十英尺之外炉子的热气吹到脸上。

"这真是非常粗鲁。"他说，手按在棺材的尾部。

只有站在敞开的焚化炉前面，你才会发现一个明显的事实：棺材底部是没有轮子的。没有滑轮或者杠杆来把这沉重的物件从升降机移动到它终会消失于其中的炎热处所——至少这家火葬场没有类似的设备。所以就是这样：托尼纯粹依靠动能和准头的粗鲁动作。他把棺材滑回光滑的金属升降机上，然后用一只手臂猛地一推，依靠全身的重量，把棺材推进炉口。棺材在凹凸不平的水泥面上缓缓移动，轰然作响，我情不自禁倒吸一口气的声音被轰鸣声淹没。火花飞溅，在橙色炉子的映衬下闪烁出白光。那张孩子们的照片缓缓飘到角落里，被火点燃。炉门降下时，棺材已经开始燃烧。我上前去，透过窥孔看着照片被火焰吞噬。有一股淡淡的蒸蛤蜊的气味。

托尼向我展示自己的胳膊：其中一只的肌肉比另一只更大，就像单臂发达的大力水手。"我该时不时换换边，是吧？"他笑着说。为什么要改变三十余年的习惯呢？

布里斯托尔的克兰福德火葬场平均每天火化大约八具遗体，每年大约共一千七百具。每天早晨七点钟，托尼从他在墓园内部的小屋（是这个岗位配备的）里出来，打开机器，在第一具遗体进入焚化炉之前，先给炉子预热几个小时。今天上午已经进行了三场火化，还有三场安排在下午。我正处于安静的间歇中。托尼不断看表。

环绕这个火葬场的墓园已有约百年历史，火葬场则建成约五十年了。在火葬场刚建成的年代，英国的火葬率占葬礼总数的约百分之三十五，而今上升到百分之七十八（美国在这一数据上落后，为百分之五十五）。人的体形也发生了变化：如果你身高超过六英尺十英寸，或是体重超过一百五十公斤，那么你的棺材就有可能没办法通过老教堂地板上的洞，让人们把你的遗体运送到地下。本地殡仪馆了解这一情况，会把身形较大的客户转送到别处。

在得到这份地下室的工作之前，托尼在外面工作：他是十二名园丁之一，负责照料三十个玫瑰花坛及其中约两千株玫瑰，修剪树篱和灌木，照管温室——其中生长的新鲜花朵曾点缀教堂的花瓶，而现在，这些都换成了塑料假花。不过，火化机器让他很感兴趣，而且薪水也（略微）多一些。另外，他说："你也不能总是又冷又湿地待在外面吧。"地下室里总是暖和的。

我们现在在厨房内。这是那种典型的政府后勤室，既简陋又极为昏暗，唯一调节气氛的只有调侃你该甩掉工作的搞笑标语，以及圣诞老人秘密礼物交换和复活节彩蛋活动留下的马克杯。有个杯子上印着霍默·辛普森[①]，他正把蜘蛛猪举向房顶，托尼正在

[①] 美国电视动画《辛普森一家》中的角色，辛普森一家五口中的父亲。后文"蜘蛛猪"也出自本动画。

用这个杯子喝速溶黑咖啡。他的同事戴夫在吃火腿煎蛋吐司。戴夫的黑西装外套挂在门后的挂钩上，配套的黑领带掖进衬衫里，这样他就不会在葬礼仪式前不小心把煎蛋沾上去。他比托尼年轻一些，和我差不多大，一头深色头发，留山羊胡子。我见到他时，他正在读一本书《德古拉》，是他在别人房子外墙上捡到的。富美家牌的桌子上摆着一个塑料托盘，里面是从超市买来的巧克力豆松饼。我们吃着松饼，尸体在楼下的焚化炉里燃烧。

我来参观火葬场，是想目睹死亡在工业意义上的终结：生者的仪式和礼数过尽之后，只余躯体被火焰吞噬。我已经见过了组织葬礼的人，仔细铭刻死者面庞的人，以及为了家属一丝不苟整理死者遗容的人。这里，地下室，是超越此前一切的场所：与生者的互动已经全部终结，留给我们的只有把棺材推入火炉的男人和处理骨头的搅拌机器。或者，至少我是这么想的。我很快就意识到，事实并不完全如此。

我和他们已经谈了一个小时，让我感触最深的，是上面发生的一切和下面发生的一切之间的脱节：无论是普遍的无知，还是殡葬承办人的"不要跟人们直说"，都会造成我们对死亡过程缺乏认知，而这会导致地下室的工作出现问题，或者说，不那么顺利。托尼说，要是他早知道这种工作需要他触摸死人的尸体，他是一定不会接的——"尸体挺可怕的，不是吗？"他说着，往后缩了一下——不过大部分情况下，他不需要跟尸体接触。如果每一个人都对这个体系如何运转有所了解，那么，死尸不过只是密封盒子里理论上存在的物质而已。家属们争执好几个月，吵嚷谁该为推迟已久的葬礼掏钱，但是，对于最终把遗体送达火葬场后会由什么人接手，他们并没有概念。他们并不会想象托尼背靠着地下室最远角落的墙等待，聆听着送葬者陆续离开时管风琴的收尾音符，已经能嗅到他的液压升降机散发的气味。他们不会想象尸体渗漏尸液，污染灵车和教堂，最终漏进地下室，让托尼被腐臭带来的恐怖笼罩好几天——那种腐臭实在是太过恶心，殡葬承办人甚至满怀歉意地送了托尼一份空气清新剂；而托尼说，这闻起来比死尸还要糟糕。"来试试这个。"他说，脸上一副不敢相信的神情，手里拿一个从办公室取来的小棕瓶，盖子已经打开。闻起来像是甘草酸。我同意，把这东西放入扩香器里，确实是一场嗅觉灾难。"死尸是有时间限制的，"他说，把盖子牢牢旋紧，"有时候我觉得殡葬承办人在回避这一点。"他把瓶子放回架子，再不会使用它。

有的殡葬承办人还会推销用柳条或硬纸板制成的棺材，告诉那些考虑环保的家属，这是更绿色的替代之选。当这种材质刚进入市场时，没人会考虑到"猛推"棺材的动作，以及这一动作的完成有多依赖硬质木头来滑过水泥平面。早期这类棺材的设计会在进入焚化炉之前就燃烧、解体，火葬场的员工只能手动把尸体推进去。现在，经过无数讨论和试验之后，他们发明了一种新的硬质板材基底。但是，传统的棺木本身也是助燃料，现在没了这种材料，托尼只能打开燃气喷嘴，这就把棺材变成了某种不那么环保的东西，跟它们售卖时的初衷并不相同。尸体不能燃烧的话，只能勉强算是被烘烤。从窥孔看去，就像人躺在潜水服里。燃气喷嘴会把尸体炸开。

我问托尼，做了三十年这种工作，是否会让他想到自己的死亡，或者自己的遗体被火化的场景，而他的反应是掏出照片，自豪地向我展示他的狗布鲁诺：一条救助来的白色带棕色斑点的斯塔福郡斗牛梗，硕大的舌头从强健的脸颊上耷拉下来。托尼灿烂地笑着，就像恋爱了。"我躲过了！我逃过了自己的死亡！"他说着，丝毫不打算解释为什么我正看着一只狗的照片。当然我并不介意。"我从时速六十英里的摩托车上摔了下来，四年之前。老布鲁诺在侧车里。"托尼的头撞到了地上，而布鲁诺在川崎流浪者的侧车里沿路滑行了一小段之后停了下来安然无恙。托尼被送进了医院，而布鲁诺耐心地坐在自己的指定位置上，等待被人接走。

在这家火葬场，托尼会定期带新来的牧师或殡葬承办人参观，和我今天的活动类似，让他们有一个概念——地上的活动，究竟对地下的人意味着什么。不过，有一件事越发清晰：这份工作并不仅仅局限于地下室，甚至不仅仅局限于死者。有时候，参观者是濒死的人，他们正在计划自己的葬礼，想确切知道会发生什么。托尼会带他们看教堂里的灵柩台：那是一种装饰性的底座，上面可以摆放棺材。灵柩台里有一个黄铜按钮，它控制着隐藏的机械升降机，因仪式主持者长年累月的按压，已经磨损褪色。托尼会告诉参观者，他们可以决定，是否在仪式终结时，让自己的遗体当场降下。(大多数人不愿意，部分是因为，人们错误地认为棺材会直接下降到火焰里。其他人则想要在自己选择的时候跟棺材告别。如果让牧师按动按钮，那意味着你想拥有的时间只能遵从他人的安排。"有一次，牧师昏倒了，不小心按了按钮，我们不得不又把棺材送上来。"戴夫笑着说，"我们还得去找另一个牧师来完成仪式。显然，他食物中毒了。精疲力竭地昏过去了。")托尼会为他们展示有宗教意义的选择，以及较少涉及宗教因素的选择，比如可以降下窗帘，把十字架遮挡在后面。有时，会有市议会出钱的火化仪式，通常是为了穷困的或被人遗忘的死者，不会有送葬者前来。这个时候，托尼就会坐到楼上，充当长椅上的观众。这种葬礼总是在上午九点三十分举行。这是很少有人预订的时段。托尼和戴夫总是确保每个人的葬礼都会有人参加，哪怕只有他们两人。

过去差不多五年里，戴夫当过这座楼内每个岗位的替补：托尼离开时，他去负责地下室的焚化炉；有时候他要当教堂接待人员；他偶尔做掘墓工作，如果某个抬棺人腿脚不便的话，他还要顶上，帮着抬棺材。他甚至会在墓园里播撒骨灰，为很多家庭主持小型的、非公开的仪式。他说，当他站在教堂门前，从背后看着送葬者的头，简直不可能不去想象，自己的葬礼举行那天，都有谁会前来坐满座位。不过，最让他困扰的，还是每天有八小时都被送葬的人团团围住；时刻看到悲痛欲绝的人，却深知自己无法帮助，或者说只能提供有限的帮助，这让他产生了一种同情倦息。牧师接受培训时会被教导，在一场葬礼结束之后休息一下，补充精力——但托尼和戴夫只会继续进行下一项工作，然后是再下一项。他们坐在长椅上，又或者站在门边，或者在地下室内等待棺材。而且，葬礼约一小时就会结束，但墓园永远不会停摆。

"因为我在这里工作，人们总问我信不信鬼神。"戴夫说，"我明确地说，我不信鬼神。但你确实每天都能在这儿看到鬼。那就是前来吊唁的人。一天接着一天，他们活着，活蹦乱跳，但是他们太过悲痛，能做出的就只剩下来到这个地方，去墓碑前面，然后站在那里。"

在墓园里打理地面的时候，戴夫试着跟这些"鬼"交朋友。有个人带着躺椅和报纸。一对母子，每天都会在墓园里转一圈，然后在花园尽头读《古兰经》。不过，让他犹豫不前的是那些鳏夫：那些老人坐公交车，在风中或雨中独自站立。他说，他会情不自禁地编造关于他们的故事，想象那个男人心怀挥之不去的内疚——他为死去的妻子购买昂贵的鲜花，一周三次，戴夫不得不在几天之后把那些花都扔进垃圾桶。这些事噬咬着他。突然之间，他好像只是因为说到这件事就精疲力竭了。"最终你只能躲开他们，因为你知道，他们会吸噬你的生命，哪怕只是打声招呼。"

厨房里安静下来。托尼用那只肌肉更发达的胳膊把松饼推到我这边的桌子。他问，无论我的理由是什么，总是在这类地方晃悠，会不会让我心里难受——我曾通过一长串让我得以到访的推荐人向他粗略解释过这么做的理由，不过，想要在机器的轰鸣声中细说这一切，还是太困难了。我告诉他，我不会用"沮丧"来形容我的心情。我告诉他，某些事情会让我感到困扰，另一些不会，但我蓦地打住，没有提起那个婴儿。我告诉他，我觉得区别在于，我只是这个世界的访客，可以随时抽身离开，所以对我来说，挥之不去的不是那种悲伤——就像戴夫所说，这种感觉会累积——而是那些在无人在意的角落，一直做着好事、做着正确的事的人的故事。从在梅奥诊所里把死者的面庞换回来的特里，到美国小镇艾滋病危机中，让逝者那不受家属欢迎的朋友们悄悄溜进停尸房告别的殡葬承办人，再到掘墓人和他手中如羽毛一样轻盈的小土堆的泥土。这里有一种温柔的关怀，如果你去找寻的话。所以，这些工作中的许多，像托尼和戴夫的并不仅靠广告中的宣传语就能概括。

"这是一个完美的火化范例。"托尼说，他站在机器前，手指搭在按钮上。

他打开金属门，我往里窥视。我们现在站在这台机器的另一端，把棺材推进去时所站位置的对面。如果那具遗体现在还在的话，我们相当于正站在他的头部附近，看向他的脚，不过，只需几个小时，一具棺材和人体就会化成一堆冒着烟的骨灰和木炭。棺材现在已经烧完了。头骨的背面因为自重已经垮塌——所有骨头都会变得脆弱，就像三维版本的骨灰一样。仍然可见的结构是完好无损的眼窝、鼻子和额头，被燃烧着的木炭留下的闪光余烬包围。在头骨之外，还有脆弱的肋骨、骨盆，只有一根完整的股骨，其他小骨头散布在机器中，从曾经在身体里所处的位置，被空气和火焰冲到了其他地方。如果是年轻、健壮的人留下来的骨架会更强壮、坚硬，不过，这是一位衰老的妇人——在火焰之前，关节炎就已经弱化了骨头。托尼用一把长长的金属耙子触碰骨架，它们一碰即散。头骨碎裂，面庞消失，就像被海浪吞噬。

"好了，你想不想来把这个人耙干净？"他说。

托尼把耙子递给我，教我怎样使用。就像在拥挤的酒吧里打台球一样，耙子和我们身后的墙之间有大约六英寸的空间。托尼已经习惯了这个距离，但我总是打到砖墙上。从右到左，从左到右。金属在水泥地面上擦出巨大声响，加剧了火化炉的轰鸣。他给我指明了炉子前段金属滚轴的位置，我可以把耙柄靠在那上面，背部顿时感觉一阵轻松。自棺材进入炉内之后，温度已经降低了很多，但因为我距炉子很近，皮肤还是感觉热得像要烧起来。焚化炉底座有隆起和缝隙，我很难耙到所有骨片。这凹凸是岁月和磨损的产物，那些最新安装的焚化炉的底座相对来说平整许多。托尼拿起一把更小巧的耙子，接替了我的工作，确保每一片骨片和每一堆骨灰都扫进了火化炉前部的开口，落入下方的金属容器中冷却，那是某种封闭的灰尘清扫器。他尽力把全部骨灰都从火化炉中清扫出来，不过，总有一小部分无可避免地滞留在砖结构的缝隙之中。金属容器之内，有木炭散落在碎骨之中，在火光中燃尽，直到只余骨头。冷却之后，骨头会进入骨灰研磨机——某种装配金属球的搅拌器，能把骨头砸碎成粉末——然后再进入一个塑料材质的瓮，它的颜色就像盛番茄酱的罐子。有的是绿色的。

这个流程每进一步，都有一张印有逝者名字的小卡片随之移动，从焚化炉到金属容器，到骨灰研磨机，最终到小瓮。

并不是所有东西都能烧掉。有些体内植入物会在逝者入棺之前就被取出，否则它们会在火化时爆炸。伦敦南部，波普伊的殡仪馆里，我们为亚当更衣之后，我旁观了另一个场面：一位男性死者的胸腔被割开一道没有血迹的短短切口，心脏起搏器和电线从他的心脏处被掏出，而我无意识地握住死者的手，以带给他安慰。直到殡仪馆工作人员前来把死者推走，我才意识到，我正紧捏着他。这个男人有一头乱蓬蓬的白发，他就像一位站在风口的浮夸的演奏家。他是个慷慨的人，把自己的遗体捐给了科学，但出于某种我们不得而知的原因，这份捐赠被拒绝了。所以，他的遗体在与这里类似的建筑中接受了火化，比他自己料想之中早了一些。

遗体到了托尼手上时，体内剩下的植入物无论是什么，都可以一起进炉焚烧。他会在事后耙铲骨灰时，把那些植入物耙出来，放进专门收集破旧的金属关节和钉子的桶里。以前他们会把这些植入物都随遗体下葬，但现在得回收回来。其他的非生物部分——比如牙齿里的汞，会在火中汽化，逸出到空气中。或者，殡葬承办人有时候会忘记取出乳房假体，它们就会像口香糖一样，粘在焚化炉底部。

肿瘤是最后烧掉的东西。托尼不太清楚其中的原理，他觉得这可能是因为肿瘤缺乏脂肪细胞，也可能是因为密度——但是，当身体其他部分都烧尽之后，有时候肿瘤仍然存在，一团静止不动的黑色，留在骨头之间。托尼会打开燃气喷嘴，直接对着它喷射火焰。它的表面会发出金光。"就像黑珊瑚一样。"托尼说。

这天早些时候，他打开了一座焚化炉的炉门，用"骇人"来形容这场火化。通常，他看见的肿瘤都是一个肿块，而这个肿瘤在人体内部蔓延，从颈部到骨盆。这是一具年轻女人的遗体，她的照片别在棺材花圈上面，写有"**女儿**"和"**母亲**"的字样。这个花圈会在外面的葡萄藤下保留一周，直到戴夫把它放进垃圾桶。

"这儿总会有些时候让你心里难受，"托尼说，看上去被这例火化噎住了，"这也就是我对那些笃信宗教的人感到困惑的原因。他们怎么就能够相信上帝？她这样的人早早离世，而邪恶的浑蛋们却能活到九十岁。我不确定到底有没有上帝在上面看着，但如果有的话，他可真是个奇怪的家伙。"

他不断摇头，想象她曾经遭受的痛苦。在操作这些机械的三十年里，他从未见过类似的事例。（其他人也没有见过。我咨询了一位病理学家，一位解剖病理学技师，一位肿瘤学家，还有一位美国火葬场工作人员。但除了托尼，没人见过这样的例子。

这也许是英国焚化炉特有的奇遇:它们的温度比美国的同类低一些。那位肿瘤学家说,这种现象可能是因为软组织的钙化。不过大家基本上都很迷惑。)

我记得我采访过的那位防腐师说,当他的朋友说被诊断出了癌症时,他就会推想到最糟糕的情况——死亡。我想知道,对于现在的我来说,得知某人被诊断出癌症,是否会让我想起火葬场里的"黑珊瑚"。从托尼脸上的神色判断,那景象极为难忘。那感觉就像我们把某人和杀死他的凶器埋葬在一起,而我们本应该尽力清除那种东西。克里斯托弗·希钦斯[①]在形容他的食道肿瘤(这病后来杀死了他)时,说它是一个"盲目而无情的外来之物"。后来,他在身后出版的《人之将死》一书中写道,把有生命的特质附加于无生命的现象之上,是一种错误。但是我觉得,没有更好的词语能用来形容这样一团不肯烧尽的血肉,至少在客观物质层面,它存活得比宿主还要长久,虽然只是一瞬间。盲目的,无情的,外来之物。

现在,楼上又有一场葬礼正要结束。托尼打开对讲机,这样我们就能在下面听到上面的动静:葬礼主持人平静的声音,和机器升温的轰鸣混合着,850,852。对讲机响了一声。贝蒂·格雷躺在带有可熔化塑料把手的中密度纤维板棺材里面,随升降机降下。

[①] Christopher Hitchens (1949— 2011),作家、记者,拥有英美双国籍,曾撰写多本关于信仰、文化、政治和文学的著作,因其对政治和社会议题的多种尖刻观点而受到一定争议。

死者的希冀

冷冻学机构

　　破损的废弃轮胎被人随意丢弃在灌木丛里。它们中间还有一台微波炉，一台爆炸了的电视。一根破旧天线从杂草丛中伸出，靠着坍塌的铁丝护网。正值一月，天寒地冻，我们的注意力从周围的废墟上被分走了——新安装的发光二极管路灯照亮了其他事物，还产生了副作用：在它们创造的过度明亮的背景之下，树木就像黑色的骨头。驶离一条聚集着餐馆和人群的明亮街道之后，就是一片全然的漆黑，就好像在游戏的世界里走到了创作者还未开发的边缘。车缓缓停下，我们正望着另一座废弃的房子。窗户落着，像一双疲惫的眼睛。雪开始落下，落在通往二层的栏杆上。屋顶向被电光照亮的天空大大敞开。

　　底特律是——或者说曾经是，取决于你对它未来的看法有多乐观——一座承载美国梦的城市。一九五〇年，这座城市正值巅峰期时,曾是全美国人口第四多的城市,底特律蒸蒸日上的汽车工业和与之相伴的美好前景吸引了庞大的人群。自此之后,这座城市就不断衰落,成了美国腐朽心灵的缩影:根深蒂固的种族主义,腐败,美国历史上有档案可循的最大规模的市政府破产,富裕的白人和其他人之间的鸿沟——整座底特律城都成了资本主义制度之后果鲜明的例证。仅一九六七年发生的暴动(绝对不是第一次)就造成四十三人死亡,七千二百三十一人被捕,四百一十二座建筑遭到毁坏。富有的中产阶级逃离了底特律,税款无人缴纳,废墟无人重建,而时间只让情势更加糟糕:每年万圣节前夜都会发生纵火袭击,许多房屋因此烧毁。人们还在不断外逃。市长尽力想让留下来的人搬到城里住:居民居住得非常分散,在大片空置街区最后几座孤零零的房子里。

我和克林特开着另一辆租来的破车,在黑暗中行驶,盯着窗外约翰·卡彭特[①]式的街景,寻找能吃晚饭的地方。一辆肮脏的黑色道奇挑战者从我们身旁轰隆驶过。这座城市曾是声名大噪的汽车制造城,而这种车正是其光辉岁月的典型例证。它驶过路面上的裂痕,就好像发生过一场仅仅影响了这个邮区的地震。我们下了决心:下一次说服他载我横穿美国去采访某个人时,我一定得租一辆更酷的车。

智利摄影师卡米洛·何塞·贝尔加拉曾年复一年为相同的建

[①] John Carpenter (1948—),美国导演、制片人、编剧、演员、作曲家。参与创作的作品多为 20 世纪 70 年代至 80 年代的恐怖片和科幻片。

筑拍摄照片，以记录下它们缓慢的凋零。一九九五年，他提出了一个建议：应该任由底特律市中心的十二个街区崩溃、瓦解，让它们成为一座纪念碑，纪念我们任由事物衰败、腐烂，任由其他生命取而代之后所发生的事情，作为献给这座城市的颂歌。这个想法并未受到仍生活其中的居民的欢迎：这是一座活生生的、需要援助的城市，而不是一座祭奠死亡的纪念碑。此时此刻，汽车城赌场宾馆正高耸于黑暗之中，在临街的一面墙上，用五彩的霓虹灯投射着绿、红、紫、黄的相间的条纹；而一个街区之外，流浪者正在垃圾桶里烧火取暖。昔日宏伟的摩天大楼变成宏伟的废墟，之后又被拆除干净，给停车场或空地让路。旧日办公楼残存骨架里的鸟儿和树木被清理干净，改造成了宾馆。在某些地方，你会感觉这座城市默默屈服于凋敝的命运，但它深藏着备受瞩目，却也令人心碎的希冀。

二十世纪六十年代初期，这里曾有过另一种完全不同的希冀。摩城公司所发行的唱片占据"公告牌"排行榜的大部分，这家唱片公司还没有完全抛弃此地。放眼全美国，那时尼尔·阿姆斯特朗还没有实现月球行走，但已处于近在咫尺的节点。在底特律，一位名叫罗伯特·埃廷格的物理老师，那时正值四十多岁的年纪。和所有这个岁数的人一样，他也越发感知到死亡离自己越来越近，于是，写了一本教人如何长生不死的书。这本书名叫《长生前景》，出版后，他声名鹊起。他和莎莎·嘉宝[①]一起参加

[①] Zsa Zsa Gabor（1917—2016），美国电影、电视剧演员。

了约翰尼·卡森①的《今夜秀》。

这本书不是一个承诺,也不是一个凭证,而正是封面上所说的:一种前景。这是一本阐释概念的书,这个概念就是:死亡不过是一种疾病,一种不一定致命的疾病。最初,这不过是他自费出版的薄薄一册,他相信,只要能把这本书送到恰当的人手中,也许就可以引发一场运动。他提出了一个建议:人刚刚去世时,就把他冷冻起来,避免人体损坏、腐烂,直到科学发展到一定程度,解决他的死因,这样就可以逆转伤害,重置生命。这本书的重点在于阐述冷冻的科学原理,对逆转死亡的具体过程一笔带过,但它传达了希冀:在比我们所处的现在技术发达得多的未来,总会有更为伟大的头脑来解决这个问题。科学发现的速度非常迅猛——在埃廷格自己的一生之中,人类完成了从蒸汽火车到太空旅行的跨越——所以他没有任何理由怀疑将来的科学不会以同样的速度继续前进。死亡并不像看上去一般永恒不变——他甚至不是第一个提出这种观点的人。各种宗教已经如此宣扬了上千年,就连本杰明·富兰克林都在一七七三年提出,他希望能有一种给尸体防腐的方法,也许是将尸体装在一桶马德拉葡萄酒里,以便一百年之后唤醒此人,让他看一看那时候美国的境况。但是埃廷格是第一个把此理念当真的人,而且,他跳出了虚构,将实用科学应用其中。他在虚构故事里第一次接触到这个概念,当年

---

① Johnny Carson(1925—2005),美国节目主持人,曾主持美国国家广播公司深夜时段知名脱口秀节目《今夜秀》。

他十二岁，读到了尼尔·R. 琼斯[①]于一九三一年发表的短篇小说《詹姆森卫星》。故事里有一位教授请求人们在他死后，把他的遗体发射到轨道里，这样遗体就会在太空冰冷的真空环境中永久保存，直到百万年之后，被机械人种族再度唤醒。

"只有那种一只脚已经迈入死亡的人，才会拥抱死亡。"几十年后，埃廷格在那本让他成名的书中写道，"投降的人，就是已经失败的人。"

埃廷格就是我前来底特律的原因。极地涡旋将北极的寒意吹到了密歇根，我们住的宾馆房屋没有供暖，几乎把人冻僵。从宾馆往北开二十分钟，就能到达一幢米黄色的建筑。埃廷格冷冻的躯体像蝙蝠一样倒挂在这栋建筑里的低温恒温箱内。埃廷格旁边的恒温箱里，还挂着他第一任妻子、第二任妻子和人体冷冻研究所的第一位受试者：他的母亲雷亚。

                            *

丹尼斯·科瓦尔斯基是人体冷冻研究所的主席。他正艰难地鼓捣着自己的 Skype（即时通信应用软件），想让软件正常工作。"反正你也不需要看我这张丑脸。"他笑着说。从他们的网站上我得知，他大约五十岁，深色头发，留着浓密的黑色胡子。

[①] Neil R. Jones (1909—1988)，美国科幻小说作家，在作品中提出"宇航员""半机械人"等概念，并因启发现代冷冻学思想而受到赞誉。

"你们把所有希望都放在能让尸体起死回生的科技上,但连视频通话的网都连不上。这还挺滑稽的。"我说着,坐了回去,放弃了对"设置"界面的折腾。

"好吧,我毕竟是个乐观主义者。"一个声音传来,屏幕上还是只有我自己。

我采访丹尼斯是想看看,拒绝相信死亡是永恒结局的人是什么样子,另外还想知道,为什么有人会仅仅为了获得另一次生命奉献此生——在我看来,这是对原本生命的浪费。媒体上,这些"冷冻人"总是会得到负面的苛评:他们被描画成疯子、妄想者和滑稽喜剧的工具。动画《飞出个未来》中的弗莱和奥斯汀·鲍尔斯从舱内醒来时,都发现自己身处无法理解的未来;而《傻瓜大闹科学城》中伍迪·艾伦扮演的角色惊愕地发现,他的朋友们其实已经死去二百年了,尽管他们吃的是有机大米。(也正是因为类似的流行文化片段,人们会把"低温学"和"冷冻学"混淆——前者是物理学的一个分支,研究超低温现象的原因和影响,后者才研究尸体冷冻、以便日后复活。这种混淆让双方都十分不快。)阅读埃廷格的书时,能发现里面有一些癫狂的东西:主要是有关女人,以及怎样处理你那还没冷冻起来的好几位妻子——到了结尾处,埃廷格已经完完全全说服了自己,他认为冷冻是可行的,确信"只有少数怪胎才会坚持让自己腐烂的权利"。不过,总体来看,这本书非常乐观,而且更重要的是提出了某种问题。我想,现实中到底什么人才会报名,自愿让自己的遗体冷冻起来？我打电话过去，而接线另一头的人，听起来就像个彬彬有礼的书呆子。

人体冷冻研究所于一九七六年开始运营。到了丹尼斯捣鼓Skype失败的当口，这个机构已经有了约两千名成员，其中一百七十三人已经接受了冷冻。他说，注册成员并不存在什么固定的"类型"，也没有特定的宗教或政治倾向。不过，如果让他说出其中绝大多数人共同的特质，他会说主要都是男人，主要都持不可知论，主要都是自由主义者。大多数人相对富裕，不过由于这里的价格是两万八千美元，可用人寿保险支付（相对于其他冷冻公司来说，这个价格便宜很多，比如亚利桑那州的阿尔科公司，报价为二十万美元），他们也有比较穷困的客户。埃廷格把这一点看得很重要：他在书里写过，他不想让自己对未来的设想要价过于昂贵，不想让这一切变成"优生学的筛子"。我给丹尼斯讲了我的理论：冷冻学常被人误归于超人类主义者运动[①]的范畴，而这种运动的参与者似乎基本都是男人，这是因为女人会看到自己的身体在更早的时期，以可预测的规律衰退；而且，女人和血液、生殖的关系更为紧密，因此她们会更容易接受死亡，也更少感到惧怕——这也许也能够解释，为何当今在死亡产业工作者中，女人的数量更多一些。他对此并不确定，但觉得也许是这样。他说，这其实跟恐惧死亡没有一点关系。

---

① 一种国际性运动，支持使用科学技术来增强人类的精神、体力、能力和资质，并用来克服人类不需要或不必要的状态，比如残疾、疾病、痛苦、老化和偶然死亡。

以我的经验来看，年轻的科幻迷一开始时总是会相信乌托邦式的未来，只有到后来，现实世界悄然逼近，反乌托邦的想法才会在他们的脑海中生根。手里拿着玩具火箭时，他们会相信一切都会变得更加美好，因为没有理由不去相信。正是在这种乌托邦泡沫时期前后，二十世纪七十年代中期，七八岁的丹尼斯偶然看了一场《菲尔·多纳休秀》。鲍勃·尼尔森曾是一名电视维修人员，他上了那集节目，谈到了冷冻学背后的科学，还讲述了自己是如何在一九六七年时首次冷冻了一个人。尼尔森是埃廷格那本书的书迷，也是全美国范围内出现的少量冷冻机构之一的领导人。这些狂热分子吸收了埃廷格的理论，并试图将其变成现实。

《菲尔·多纳休秀》的一场采访尚不足以让丹尼斯全盘接受冷冻学，而且，这场运动的发言人尼尔森也并没有提起，冷冻过程其实出了大错——他那被冷冻起来的客户，现在都存放在一家殡仪馆后院的车库里，而随着钱越来越少，他开的支票无法兑现，舱内的冷冻剂补充次数不断减少，冷冻舱效果越来越差，最终尸体被完全抛弃了。但这种下了一颗种子。

"然后，在我十六七岁时，我读到了《奥秘》杂志。这杂志将许多深奥的科幻哲学用普通人的视角进行解释。"丹尼斯说，"他们刊登了一篇文章，有关分子纳米技术和生命逆向工程。这就是一切的蓝图。"

丹尼斯已经在人体冷冻研究所注册了二十年，这是一个民主化运营的非营利机构，他在过去六年一直担任机构主席。这不是他的全职工作；在此之外，他是密尔沃基市一名紧急救护人员。"我会开玩笑说，白天工作时，我坐着救护车拯救生命；而在夜里工作时，我坐着救护车开往未来，如果未来医院还存在的话。"他说，"乘上这两种救护车，本质其实是一样的：没人能保证你进去就能得救。"

采访丹尼斯之前，我曾认为，他肯定会对自己所代言的这个理念深信不疑。但他其实一直在说，没人知道这能不能行，但最重要的是，也没人知道这一定不行。"任何说冷冻学一定会成功的人绝对不是科学工作者；任何说冷冻学一定不会成功的人也不是科学工作者。"他说，"唯一能揭示真相的方法就是通过科学手段，也就是进行实验。基本上，我们做的是一种集体性的人体冷冻实验。自己出资，没有联邦拨款，没有外部资助。谁要是准备将来被埋葬或者火化，那他就在对照组里。我不想在对照组，我想在实验组。"

不过，他确实说，有逸事证据证明，冷冻学并不像看上去那么疯狂，它有望在未来某日成功。他举了低温疗法的例子，说它的逻辑和冷冻学是相似的：降低人体温度（在这个例子中，指的是心脏骤停之后）以减缓病程发展，在短时间内减少大脑对营养和氧气的需求，因为如果机体无法满足这些需求，意识就可能永远无法恢复。大卫·华莱士-韦尔斯写过一本书《不宜居的地球：未来的故事》，他在书中列举了近年来"复活"的生物体：二〇〇五年，一个三万两千岁的细菌；二〇〇七年，一只八百万岁的虫子；二〇一八年，一只在永冻层中冰冻了四万两千年的蠕虫。《纽约时报》曾报道：二〇一九年，研究者从三十二只已死的猪身上提取了大脑，并成功恢复了其中一些大脑的细胞活动。"不断有新的故事涌现，缓慢但坚定地证实着冷冻学的逻辑，"丹尼斯说，"而且，就算冷冻学没有成功，我们也证实了什么是行不通的，这也是在促进科学发展。我们也在帮助其他领域的进步：我们正在往器官超低温保存的研究中投钱，这不但对器官接受者是一种利好，也能让我们距全躯体超低温保存更进一步。"

丹尼斯说，他不想把冷冻学包装成某种预言来推销，就像宗教一样，因为这会让别人反感。他说，最难的部分是让人明白"起死回生"的核心概念。不过，我们现在已经能做到了，这不过取决于你对死亡的定义。

"在一百年前，你的心跳停止时，你就完了。"他说，"你就死了。但到了今天，我们已经形成了一套流程，来帮助别人'起死回生'。我们用除颤器对他们进行电击。我们做心肺复苏。我们给心脏注入药物。有时候这些人能从医院中走出来，很多时候他们不能。电击听上去像《弗兰肯斯坦》的情节，但现在它已经成了医疗急救的重要部分。如果我们一直沉湎于'人死不能复生'的叙事里，那我们又怎么能有现今的发展呢？"

我总是觉得，科幻小说中，反乌托邦的未来前景更可信一些。也许这一切归根结底还是始于那个时刻：我质疑牧师口中关于上帝的故事，还有那个灯泡；也许我对"某个实体栖身在机械之中"这种设定本身抱有疑虑,而这又进一步发展,成了一种对机器人(及神父)笼统的不信任。对我来说更接近未来可能的现实,是科马克·麦卡锡①《道路》中那残酷的荒原,或是乌托邦闪闪发光的假面之下的腐烂,就像《逃离地下天堂》②中,人们在三十岁的黄金年龄就会失去生命(同名小说中情况更糟——你二十一岁就会报废)。还有菲利普·K. 迪克③的任意一部作品。看新闻时不对其中预期死亡人数的图表和燃烧行星的毁灭感到绝望,这种想法不错,但对我来说很陌生。但是,丹尼斯从不相信反乌托邦:他仍目光炯炯,心怀希望,相信可能的乌托邦,相信存在某种能吸引人们回头的东西——不仅仅是可能的永生,而且是一种可取的选择。

"可能会有人觉得我是那种不肯直面死亡的人,想了某些方法,试图逃离死亡,"没有脸庞的声音从扬声器中传出,"但是,身为紧急救护人员,我看到过有人下了'不要抢救'的指令,而他们的家属在一旁朝着我们尖叫,让我们做点什么,把他们带回这充满痛苦的生活之中,而他们本人根本就不想回来。这才是最极端的抗拒死亡。你需要理解死亡。"

---

① Cormac McCarthy(1933—2023),美国小说家,代表作《老无所依》等。
② 上映于 1976 年的美国科幻动作片,片中的未来社会为了平衡人口和资源消耗,不惜杀掉所有年满 30 岁的人。
③ Philip Kindred Dick(1928—1982),美国科幻作家,其作品探讨各类心理学与社会学议题,代表作《仿生人会梦见电子羊吗?》等。

罗伯特·埃廷格那孵化出尸体复活计划的大脑现在还留在他的头骨里，靠近保温箱的底部。尸体都倒挂着，因为一旦发生液氮泄漏，他们希望身上最重要的部位能够留到最后再解冻。到了未来，他们可能能让你长出一只新的脚趾，但估计长不出新的脑子，定义不了你是谁。

在这幢建筑之外，埃廷格的邻居包括一家门禁系统商店，一家照明公司的总部，一家汽修店，一家感应加热器公司。这些商店周围都是精心修剪的草坪，偶尔还有几棵凄惨的冬树。停车场里，一辆卡车孤零零停着，车身上写着承诺："**好时光派对租赁：我们有派对所需要的一切**"。想要抵达人体冷冻研究所，你得把车开进这个小巷，驶过这辆派对卡车，然后跟随标志，一直开进死路。

一个下着大雪的清晨，我于十点抵达，克林特开车穿过底特律的街头井盖冒出的蒸汽，把我送到了这幢全城最不符合太空时代美学的建筑。我们驶入停车场，一个穿着中西部常见的巨大羽绒服的男人，正隔着玻璃门向我们挥舞手套。

之前，人体冷冻研究所坐落在离市区更近的地方，直到他们的地方不够用了，才搬到这里。他们并没有继续搬迁的计划：已经在这里的人都会继续留在这里，人数继续增长的话，他们就直接买下周边的建筑。冷冻的死者缓缓吞并了照明公司，吞并了门禁系统公司的总办公室，把派对卡车挤到了停车场的边缘。这幢建筑已经几乎满员了，不过，往前走两扇门，那儿有一幢建筑他们也已经买下，正等待布置，来安放将来的冷冻人。

希拉里二十七岁，她穿紫色连帽衫，牛仔裤，脚蹬雪地靴。她将会带领我参观整个设施。这儿寒冷，但没到冻僵人的程度。感觉他们并不很在乎供暖。丹尼斯基本是远程工作，不过他说，会有人悉心照应我：这儿有三名工作人员负责处理储存死者的实际操作。除了希拉里之外，还有迈克，就是那位挥舞手套的男子。他是希拉里的爸爸——她为他找到了这份工作，让他负责一切与维修相关的事情。此外还有安迪：他剃了头，戴眼镜，穿一件绿色运动衫，简单地和我握了下手，就回到了建筑前端的办公室里继续工作。那间办公室有扇窗户，可以看到外面修剪齐整的草坪。这里大部分日常性质的工作，比如受试者登记和会员数据录入，都由希拉里和安迪交替完成。在希拉里来之前，这里的工作人员只有安迪一人。

希拉里有一头长度及肩的棕色头发，面容精致，她身形娇小，但在过去三年里，她是接收和存储尸体的绝对主力。我把包放在办公室里，她带我进入一个房间，这和我在伦敦见过的防腐室看起来并没什么不同，只不过更加空旷，更加整洁。希拉里自己也是一名训练有素的防腐师，她在这个房间里进行"灌注"，然后把尸体吊起来，悬垂在保温箱里。（"灌注"并不是一个冷冻学术语：它泛指的是血液——或血液替代品——穿过器官或组织内的血管或其他自然通道的过程。化疗药物能通过灌注进入到肌体内部。防腐也是一种灌注。不过在这里,他们不会把这种过程称为"防腐",因为注射的是与防腐液完全不同的东西。)房间中央有一张白瓷桌子,边缘凸起,以防止溶液坠落到地板上。周围的空间用来放置尸体和轮床,补给品填满了无数橱柜,摆放得整整齐齐。一个角落里有个用防水布盖着的浴缸,希拉里走过去,把手放在上面。浴缸放在一张轮床上,里面躺有心肺复苏用的半身假人。她解释说,把刚死之人的状态稳定下来,然后转送到这幢设施里,就是利用这种方法:把死者浸泡在可移动的冰浴缸里,通过心肺复苏机人工维持血液循环和呼吸。尸体浸泡在冰水里时,机器会保障血液循环,利用人体自身的机制——人体的泵,其自身的输送体系,让尸体更快地冷却下来。他们叫它"泵跳机",像在叫一只兔子。它看上去就像一个悬于人体胸部之上的厕所搋子。"我们还备有面罩,能给死者提供氧气,以保证血液能够得到氧。"她指着假人的脸说,"我们尽量保存活着的细胞,越多越好。"

如果你在美国死亡,那么,想要接受灌注,你就必须在七十二小时之内赶到人体冷冻研究所:一旦超时,你获得"优质"灌注的概率就会降低。此外,他们有一个网站,向公众公布每个受试者的情况,根据网站记录,许多受试者根本就没有接受任何灌注。为了最大限度地增加准点到达的机会,一家名为"悬停生机"的公司将会前来,等在你的病榻前(费用为六万美元至十万二千美元不等,具体数额取决于你在选项菜单中选择的服务):在死亡和冰冻之间浪费的任何一点时间,都会影响整个流程中下一部分的顺利程度,因为身体功能只要有一点退化,都会削弱血管系统的能力,影响它们对溶液的输送。你一被宣布死亡,他们就会把你放进这种浴缸内,打开泵,把你送来这里。如果你付不了一万美元,就只能省去这一步,靠你所在地的殡葬承办人,把你的尸体运送到希拉里这里。

在英国去世的人的尸体会由经人体冷冻研究所培训的防腐师进行灌注,之后运送到美国保存。(伦敦那间防腐室里的凯文·辛克莱就是其中一员。他说,几百年之后,这些人还能重新站起来,四处走动,这想法真是太棒了。我问他是否相信这种事情的真实性,他挑起一边的眉毛,说:"无可奉告。")如果你有意愿,人体冷冻研究所也会提供宠物冷冻服务——狗,猫,鸟,鬣蜥,无论任何物种,只要你想把它们带到未来。宠物灌注一般质量更好,因为这条街拐角就有一家兽医诊所:它们能在接受安乐死后直接来到这里,尸体还温热着,血液还没机会凝固或结块。希拉里和丹尼斯都认为,针对人的安乐死应该合法化,也是因为这个原因。但人体冷冻研究所避开这方面的公开讨论,另外,截至目前他们不接收任何自杀者的尸体,无论使用何种方法——他们不希望有人为了另一场更美好生命的可能,选择结束这一段人生。

水槽旁边有大约十六瓶透明液体。这是希拉里的一项职责:把这种液体混合起来,取代鲑鱼粉色的防腐液。"这是用来防止冷冻造成的伤害。"她说着，捡起一个瓶子，神色略带歉意，就好像觉得这瓶子本该看上去更有趣一些。几周前，丹尼斯在和我通话时描述过这种液体，他叫它们 CI-VM-1[①]（人体冷冻研究室玻璃化混合液 1 号），他说一开始，他们只是把一具尸体"直接冷冻"到液氮温度，然后就结束了。现在对于那些错失了窗口期的人，或者对某些出于不详原因，不愿意接受这部分流程的人，他们仍然会沿用这种操作。但是，他们发现，细胞里的水冷冻的时候，会导致细胞破裂，而且身体外部冷冻的速度要比内部冷冻的速度更快，这会导致间质损伤——事物间隙内有冰晶凝结。所以，他们聘请了一位低温生物学家，发明了一种液体，能冷冻人体，又不会损伤细胞。这是一种生物性防冻剂，灵感来自动物世界：北极青蛙会在冬天冰冻，春天回归，心脏仍然跳动，肺仍然能够呼吸。在这种青蛙体内，当温度降低，它们血液之中的特殊蛋白质会把细胞中的水分吸出，而肝脏泵出大量葡萄糖，对细胞壁形成支撑。人类体内不含这种蛋白质：我们遇到冷冻环境，就会被冻伤，体内细胞破裂。这正是这种液体力图避免的情形。（对于那种接受直接冷冻的人，人体冷冻实验室希望未来的人能解决他们的问题。这基本上是大多数问题的答案。）

他们会使用一种常用于开胸手术的机器，来把液体注入人体内部：借助机械手段，让肌肉重新活跃起来，这样它就能发挥

[①] "CI Vitrification Mixture One" 的缩写。

自己的功能，把化学制品泵送进血管系统。希拉里说，比起我在伦敦见过的传统防腐机器，这是一种更为精确的手段，因为这种方法更容易掌控压力——他们会把心跳频率控制在约每分钟一百二十次，这是一个健康成年人中等强度运动时的心率水平，这样液体的喷射速度就不会过快，不会伤害到运送它们的血管。虽然从原则上来讲，操作过程和防腐非常类似，但这种液体的目的并不是让人体膨胀：它不会为肉体补充水分或改变颜色，让死者看起来像活人一样；它也不会让人体泡发，就像解剖学校里那种过度保存的遗体。这里使用的液体会吸干细胞内的水分，让整具人体脱水。希拉里说，他们看上去像刷了一层黄铜，缩了水，某种意义上变成了木乃伊。他们把一颗葡萄变成了葡萄干。

尸体接受灌注之后，会被推进走廊，推到由电脑控制的冷却室里。之后他们会把尸体放入巨大冷柜底部的一张小床位，用护罩和与睡袋类似的隔热材料裹起，再绑上一块白色背板，上面贴着每人三份的身份标签。在五天半的时间里，尸体会缓慢冷却下来，最终达到零下一百九十六摄氏度：这是液氮的温度。冷柜会按照计算机的指令向尸体喷洒液氮。还有一台笔记本电脑和它相连接，以监测整个流程。还有备用电池，以防这幢建筑断电。无论外面发生什么事，都不会影响冷柜里的人：天花板上装载有钢制滑轨，连接着链条和绳索系统，尸体通过背板被吊出冷柜，然后头朝下进入二十八个低温恒温器之一：这是一种巨大的白色圆柱体，我们走出灌注室时，它们就立在我们头顶。

希拉里在一个庞大的长方体容器旁边停下：它的外表有点像家庭自制的，约六英尺高，外壁上有些凹槽，就好像在华夫饼干的模具中塑过形一样。白漆已经晾干了，在表面凝固成厚厚的滴状。她告诉我，这是初代低温恒温器，使用了玻璃纤维和树脂，由安迪手工制成。安迪就是此前我在办公室里打过照面的男人，他从一九八五年就在此工作，而且，当他们冷冻自己的第一位受试者时，安迪也在场。"你也可以想象，这种东西做起来花了很长时间。而且材料很贵，所以他们换了这种圆筒。"她说着，抬头看着那些圆筒。她管这些设施叫"巨型保温瓶"。这些冷冻用圆筒并不需要电力，而是靠内部来保冷。里面含一个体积较小的圆筒、珍珠岩隔热层和一个用两英尺厚的泡沫材料制成的巨型软塞，最多能容纳六名受试者。希拉里每周爬上黑色钢制楼梯一次，花上四个小时沿着金属廊道行进，用一根连接到天花板管道的软管，通过每一个低温箱盖子上的小洞补充蒸发了的液氮，保持液氮水平。

我们在低温箱旁前行，每一个箱子都一模一样，没有任何人的姓名。希拉里指着其中一个，箱子底部旁有五块小石头，围绕着底座排列。"这里有一条犹太家庭的狗，"她说，"他的名字叫温斯顿，是他们家的服务犬。他们住在附近，每过几个月就会来探望他。"他们每次前来，都会在坟墓旁放一块小石头，这是犹太传统。一位拉比告诉我，这是因为石头不会凋谢，不像花朵。这有关记忆的永恒，有关事物超越它们在地球上被给定的时间而继续存在。

人们对待这个地方就像对待墓地,虽然这种情况并不经常发生。有些人会带来石头,有些人带来生日贺卡。你想来探望几次都可以。只不过你注视着的不是刻有姓名的墓碑,而是一台白色保温箱。"你要是做殡葬承办人,那你只需要负责一个人,然后你会继续去做其他事情。但我们每天都要跟这些人打交道。"希拉里说,"我们会和那些年复一年来探望的家庭保持联系,照应着他们。"

希拉里继续走过几个恒温器,停了下来,她抬头看向左边,那里有另一个白色圆筒:和其他的一样没有特色,一样统一。"这儿有个来自英国的年轻女孩。"这女孩曾经上过新闻:她去世时才十四岁,还不到能立下遗嘱的年龄。她给英国高等法院写了一封信,请求允许她的遗体在死后接受冷冻——她知道自己马上就会因癌症死去,在网上了解到了冷冻学,她希望自己未来有机会被治愈。记者们爬上围墙,想要拍摄到冷冻设施的照片,他们打来电话,按响门铃,想要采访希拉里。她躲在里面,直到记者们最终纷纷散去。

罗伯特·埃廷格于二〇一一年去世,终年九十二岁。他就在董事会会议室旁边的恒温器里。他是人体冷冻研究所第一百零六名受试者,在他呼出最后一口气的一分钟之内,遗体就覆盖上了冰层。安迪为他完成了灌注。正是他的书促成了这整桩事业,这当然是事实,不过,这里并没有任何和他有关的事物,除了墙上的一幅画像之外，没有其他东西提到他的存在。距储存他遗体的地方十英尺开外，有一幅用画布打印的黑白画像悬挂在会议室长桌一头的上方。照片上的他身穿西装，打着领带，以一位教师的身份，站在黑板前微笑着，黑板上用粉笔潦草地涂画着代数等式。他照片下的引言写道："如果被幸运眷顾，我们就能品尝到未来几个世纪的美酒。"

这里有数学和科学，但不是为了使人目眩神迷，也不包括任何确凿无疑的断言——在这里，一切都只是一次耸肩，一声"也许"。这里的墙上没有霓虹灯，也没有能让你永生的承诺；这间会议室看起来并不比其他的房间更有先进的科技感，只引用了更多激励人心的名人名言，有来自阿瑟·C.克拉克[①]的："**任何高度先进的技术，都和魔法别无二致。**"这里的灯光要更明亮一些，室内植物不那么肃穆。桌子和沙发扶手上没有纸巾盒子。他们尽力想让这个房间成为希望之地。

在接受遗体冷冻之前，人们可能对流程有各种各样的疑问，他们会来到这个房间了解情况，然后登记注册。希拉里会回答绝大多数问题。我们坐下来，观看一个纪念视频：长桌另一端的大电视屏幕上循环播放着许多照片，上面出现的宠物，都是这里的一百五十五只动物成员。我看到了那只服务犬温斯顿，他像是一只毛茸茸的黑色贵宾犬，耳朵弯弯的，好像打了褶。天使，索

[①] Arthur C. Clarke（1917—2008），英国作家、发明家，尤其以撰写科幻小说闻名，最知名的科幻小说代表作是《2001太空漫游》。

尔,小雾,影子,兔兔,鲁特加。一只黑色拉布拉多犬占据了屏幕很长时间,我注意到她那上了指甲油的红色趾甲。然后,是人的照片:老人,年轻人,埃德加·W. 斯旺克——这是美国冷冻学协会的主席,唯一仍然在世的协会创立者。美国冷冻学协会是保存至今的历史最为久远的冷冻学机构。斯旺克戴着一副眼镜,样式只存在于科幻小说作者的照片里。有太多微笑着的年轻女士,因无法治愈的癌症而死。有一位来自香港的女士。希拉里记得她负责的那些人,在他们的照片闪过时,她一一认着。"她很年轻,我记得她是出了意外。琳达。她也很年轻,是癌症。他是最近才来的,心脏病。"

二〇一八年,这是人体冷冻研究所最繁忙的一年,有十六名受试者进入了他们的恒温箱。其中很多都是本人去世以后,由家属代为登记注册的。希拉里觉得,这大概是因为舆论的传播。大多数新近的登记者都是更年轻的人,二十多岁的,三十多岁的。"我觉得,像我们这种年龄的人,会认为这种技术有着很大的潜力。"她说。我问她,这是因为对科技的真切信任,还是与对死亡的恐惧有关系?

"也许两方面都有一点。"她说,"不过我觉得,大多数时候,他们只是想延长自己的生命,而在这种技术中,他们看到了可能性。人们并不会经常说自己害怕死亡,说这是他们这样做的原因,不过我觉得,这其实是一部分原因。我觉得其实谁都不想死。"

我猜想,天天在这里工作、冷冻死者的人,自己肯定也早已登记注册，成了其中的一员。但迄今为止，希拉里还没有注册。"不是说我不看好或者不相信这种技术，我是相信的。这不过是我的个人选择。我不确定自己想回到这个世界。"她说，语气听上去并不难过，而是就事论事的，"我的意思是，生活太艰难了。它是一场挣扎。"她的家人对冷冻学并不感兴趣，而她觉得，撇下家人自己回来没什么意义。她和丈夫在殡葬学校相识，他的家族在这个地区经营着六家殡仪馆。她为丈夫家的殡仪馆工作了一段时间，之后来到这里。对她的丈夫来说，死亡一直是一件确凿无疑的事，他并不觉得需要对此做出改变。但我想知道，对她来说，死亡是否也成了一件确定的事？

"我十四岁的时候，我妈妈生病了。"她说，"那是一记警钟。她得了脑癌，我们知道她就要死了。我一夜之间就长大了。"两年后，她的母亲去世。按照死者最后的心愿，在葬礼时，她的棺材盖子已经合上：她不愿意别人看到自己那因为手术而部分缺失的头骨，不愿意他们看到她因类固醇而增加的体重，不愿意他们看到她面目全非的样子。"我理解她的苦衷。但这对我产生了困扰，"希拉里说，"我坐在那里，盯着棺材，心想：'他们真的把她放在那里面吗？他们到底对她做了什么？'"这是希拉里的故事，但是我感觉这也是我的故事。在我的故事中，我十二岁，躺在棺材里的是我的朋友，情境却是一模一样的。到底有多少人，尤其是孩子们，曾经像我们一样，坐在教堂里，注视着一方合拢棺盖的棺材，想着完全一样的事，试图理解眼前的景象？

有件事让现在的她很怀念：防腐能让死者恢复正常样貌，让他们的家人看到。她怀念让癌症病人萎缩的身躯重归饱满，让他们惨白的脸颊上重现光彩。因为归根结底，对于希拉里来说，她所做的一切，都是为了关怀他人。她也曾是病人家属，知道那种重负和悲痛的滋味，而且，她从经验中学到了怎样能做得更好。她曾经试过在护理学校学习，但发现生病的人有时候非常刻薄。她转而进入殡葬学校，在殡仪馆工作，喜欢那里的一切，除了在生者面前讲话的部分——她性格安静而害羞，更喜欢自己一人隐身幕后，与尸体待在一起。而这正是她这份工作的内容。

她的语气又染上了一种歉意，就好像她本该对更长生命的可能性表现出更大的热情。"我很高兴能参与这份事业，"她说，长桌另一端的电视屏幕上，照片里的面庞还在不断闪过，"我觉得自己在做某种好事。我们不知道这究竟能不能行得通，但我觉得，我是在帮助别人争取一个机会。"

说实话，我本以为来到这里，会见到一群疯子。我已经花了那么长的时间，与那些以死亡为业的人在一起，他们从来不质疑死亡的不可改变性，安于自然法则的界限之内，尽力使死亡不那么可怖，或者尽力向人们展示，死亡也有自己的价值。我本以为，我会在这里遇到那种对复活的能力深信不疑的人，笃信自己的理念是绝佳的。我本以为，我会戴上记者那种不动声色的面具，当听到"死亡能够被抹除，悲痛可以避免，因为那些人并没有真的死去"的观点时，克制自己翻白眼的冲动。但是，真正来拜访这座设施的人,像对待一座坟墓一样对待这些恒温箱的人,其实非常理解哀恸。我相信,对有些人来说,冷冻学不过是荒谬地展现了否认死亡的潜意识。但对于其他人而言,这其实并不是对死亡的否认,而是人类在绝望的夜里允许希望闪闪发光。希拉里深入思考过死亡,她关心的是永生的孤独——如果你所爱的人都不复存在,那么你自己又为什么要起死回生?还有丹尼斯的谨慎乐观主义:他不愿妄下断言,更愿意接受这一切也许都是徒劳的可能性,做实验组的一员,而不是对照组的。有朝一日,他们能够欺骗最基本的生命事实——这所机构就构筑于这种理念之上,而我在这里竟然发现了意想不到的深思熟虑和同理之心。我本以为这里的人坚信自己不会死去,不会和我曾经对谈过的死亡产业工作者打交道,我来到此地,想看看他们是怎么活的——但这里没有答案。

归根结底,我认为,冷冻学是否真的能成功,这是一个悬而未决的议题。由于气候变化和我们在这个星球上继续生存那暗淡的前景,它也许永远不会有尘埃落定的那一天。我个人认为这行不通,而且,就算能成功,最终结局可能也并不尽如人意:托妮·莫里森写过,任何还魂的事物都会带来伤害,[①] 我相信她的话。生命有终点,正因如此,它才充满意义;在时间长河中,我们都是短暂的光点,与其他的人相互碰撞,与其他不可思议地与

---

① 出自托妮·莫里森《宠儿》一书。

我们身处同一时间点的原子与能量组合相互碰撞。即使在最乐观的情况下，死后复生也会给你带来一种永恒的乡愁：你会怀念那永远回不去的时间和空间，那不复存在的时间和空间。不过，如果这一切不会给任何人带来伤害——无论是帮助人们活着还是帮助人们死去——我便找不出任何理由，来阻止他们的实验，或者嘲笑他们。我喜欢他们的乐观主义，虽然我并不持同样的观点。我们尽己所能地生活。这就像临终之前的一首摇篮曲。

次日，我的航班从底特律都会机场起飞。那些遗体正是先抵达这个机场，之后被转送到恒温箱内。我俯瞰着底下的冰雪。人体冷冻研究所就在下面某处，那里每年、每天、每时都有人驻守，准备好接受满怀希冀的逝者。也许现在，希拉里就正穿越廊道，为那些人加注液氮。这些逝者寄希望于研究所那不断有新成员加入的董事会在他们沉睡时为他们奔走，直到他们醒来。从上方看去，大雪勾勒出底特律那些沉寂多年的建筑印迹，就像树皮的拓片。余下的房子独自矗立在冰雪里，在游魂之中。

后 记

现在是二〇一九年五月下旬。我已经错过了这本书头一个截稿日期,马上就要错过第二个。我一直在寻找更多访谈对象,探索更多此前没有想过的事。我仍然在想着那个婴儿,注意力很难放回其他的事情上。不过,此时此刻,我身在南威尔士一家酒吧,俯瞰着桑德斯富特湾,采访一位前任警司安东尼·马蒂克,聊他的凶杀案侦查工作。我们已经喝了两品脱。我感觉到一种此前人生中从未有过的倦意,一种精疲力竭的感觉,就连睡眠也无法弥补。我记得戴维·西蒙的《凶年》中有这么一句话:"在凶案组,职业倦怠可不仅仅是一种职业风险,它是一种心理上的必然。"我觉得,马蒂克估计比我更加疲惫,不过他并没有表现出来。

他把墨镜戴在头顶,压在一头灰色短发上面。他最近才去过西班牙,和别人一起庆祝五十岁生日,皮肤晒得发红,和红龙虾餐馆那位行刑者的盘子里的大虾差不多。尽管正值日落时分,海面闪闪发光,不过,他用男中音般的威尔士口音,跟我讲述自己的工作,夹杂着大笑,因此,尽管美景当前,露台上还是很快就没人了。他告诉我,他的职业生涯终结于一辆重达十八点五吨的卡车,它把他从自行车上卷起,甩到了五十码之外的路边。他被空运到卡迪夫一家医院,在手术台上晕过去两次。"我被压扁了。撞成碎片了!"他大喊大叫,"我的骨盆完全被撞开了。"他退休已有七年,大部分时间里都在重新练习走路。"我在《急救车》[①]的一集里出现过。"他补充说,笑得无法自已。他的每一句话中,词句能传达七成半的意思,其余部分由他卡通动画一样夸张的表情补足,无论他谈论的是自己的濒死体验,还是侦查凶案的经历都是如此。

我们离开酒吧和已经空空荡荡的露台,在镇上穿梭,想找一个在晚上九点还供应食物的地方。这是一个沿海小镇,你很难找到这样的地方。马蒂克向一群青少年女生挥手致意;她们也挥手回应。他又欢快地对一个晃晃悠悠地走出酒吧的男子喊了一些什么,那男人以微笑作答。一个出租车司机跟他打招呼,喊道"自动!"(自动化[②],能懂吧?),我俩挤进那辆汽车。我问他,为什么他好像认识这镇子上所有的人?青少年女生?因为他现在在学

[①] 一部聚焦生死抉择的英国系列纪录片。
[②] 本篇主人公原名为 Mattick,和"自动化"(Automatic)一词后半部分的发音相仿。

校教课，做辅导一类的。酒吧外的男人？二十年前因为抢劫逮捕过他。"好好做自己的工作，不会有人记仇的。"他说着，又在和窗外的某人挥手致意。

退休之前三十余年里，马蒂克调查了一系列案件，都是严重犯罪。他曾是侦破彭布罗克郡连环杀手悬案的小组成员之一，于二〇一一年将约翰·威廉·库珀定罪为二十世纪八十年代两桩双尸案的凶手。马蒂克热爱自己的工作，热爱全身心参与其中的感觉，甚至热爱到报名成为凯尼恩公司灾难应急小组的成员，随叫随到，此前曾和莫在一起空难遇难者搜救中合作，在山里捡拾腿脚和头颅。"我热爱这些，并不是因为那种……毛骨悚然的感觉。"他说着，皱起了眉头，"有个家伙，是个头头，很不错的伙计，一口浓重的卡马森口音，他手底下曾经有一屋子的警探，他说过——这也是别人教给他的，在伦敦警察厅的时候：'被允许去调查另一个人的死亡原因，人生中再没有比这更伟大的特权了。'这是一句很郑重的宣言。这是很有分量的事。你将在其中起到一小部分作用。有人信任你去做这些事。"

在临近的镇子，我们找到了唯一仍在营业的餐馆：这是一家中餐馆，位于一条窄小后巷里面。我们点了餐单上的大部分菜品，还要了炸薯条，他继续跟我讲述他仍不能忘怀的案子。我们等着春卷上来，比起在露台上的时候，现在的他要安静一些，正在脑海中挖掘着那些故事。不过，它们埋藏得也没有那么深。

圣诞节，一个死婴。三个月大。马蒂克在圣诞节清晨离开自己的家,去到案发现场,那是一片荒芜的路旁一栋窄小的房子。"那是一对很好的夫妻,他们为了要孩子,已经努力很多年了,"他说着,看起来十分痛心,"但是你得向父母问话,得取得他们的口供。你得让他们感觉放松,但同时仍要问出那些问题,就好像他们犯了罪一样。"这是我当时在殡仪馆里,没有亲眼见到的故事的另一面——警察坐在附近的椅子上,而拉拉向他们解释,只有在其他可能性都被排除之后,才会考虑婴儿猝死综合征。对马蒂克来说,圣诞节的气味——火鸡,枞树,廉价塑料,以及圣诞烟花那淡淡的火药气味仍然会令他想起当时的场景,想起当他不得不将婴儿和婴儿床一起带走时,旁边那撕心裂肺的哀号和哭泣。

还有一个案子:一对淹死的父子,失踪十四天之后,潮水退去,他们的遗体终于现身。父亲一只僵硬的手仍然紧紧抓握着海湾里的一块石头,另一只手抱着他努力拯救的孩子。"许多年后,我仍在想:他和儿子死在了一起。他想的是:我不会放开我的儿子。一天之内有两次潮汐,还有水流的推力,他是怎么能一手抓着石头,另一只手抓紧他的孩子呢?"我点点头,想起防腐师凯文曾经解释过恐惧的物理性显现:就好像乘坐过山车时感觉到的紧张,能够在瞬间原地冻结你的肌肉,如果你正好在那一刻死去。这叫作死后僵直。有那么一刻我想知道,马蒂克是不是在等我做出更多反应:听着这对死去父子的故事时,我想的是造成这种僵直的实际原因,身体的化学反应。如果我在写这本书之前听到这些，我会作何反应？我觉得，我应该会问起这一家的母亲。但我没有。

他把剩下的红酒都倒进我的杯子，然后用手势示意，又要了一瓶，在被碗碟和撒出来的炒米占满的桌上，给这瓶酒找到了最后一块落脚之处。然后他继续说，谈到在监控里看到一个被火吞噬的男人。"我见过的大部分人都已经死了，但这是一个正在死去的人，"他说，"我见过刀子，枪支，被轰掉的脑袋，被打烂的嘴。一位只剩空壳的老人家，因为他死了太久，其他部分都从地板滴落到楼下了。被冲到沙滩上的死尸。有个家伙被火车劈成两半，我拿到的是腿，我同事拿到了另一半。我见过一个女孩，从车的尾部被甩了出去，她的整个头盖骨后部都不见了。凌晨三点，护士给她做人工呼吸，在大马路上，护士向她嘴里吹气时，她在我脚边喷出了一堆黏糊糊的东西。那女孩没了脑子，什么都没了。全都掉出来了。护士不知道，她看不见受伤的严重程度——那里没有光源。她吹着气，但听上去不对劲。那些东西直接就从女孩后脑勺出来了。我对护士说：'我很抱歉。'她抬起头看时，脸上全是血迹。"

他又往自己的盘子里舀了一些食物，而我坐在那里，想象一个护士跪在马路上，在黑暗中绝望地做着抢救。他已经转向下一个故事，现在正在吃吃地笑。"另一个，是个大个子。他死在楼上，我们没办法顺着漂亮的木头楼梯把他弄下来。殡葬承办人不得不大声咳嗽，来掩饰我们把他掰成两半的声音，这样才能把他转过楼梯拐角。"他用餐巾捂住笑容。

"折断僵硬尸体的声响,听了确实能记得很久。"我说。毕竟,在听了那么一串例子之后,你还能说什么呢?虽然我后来听采访磁带的时候才意识到说句"哦,我的天哪"或者"操",这才是更为正常的反应。

"你听过?"马蒂克问,他的眉毛在餐巾背后扬起。他把餐巾放回膝盖上,看着我,好像开始怀疑我们两个在做什么了。我本应该是那个什么都没见过的人,那个提出"那是什么样子"问题的人。所以我告诉了他我一直以来做了些什么。我告诉他殡仪馆里的尸体,余烬里的头骨,山坡上的棺材。我告诉他我捧在手里的大脑,那个在浴缸里淹死的婴儿。我注意到,像他一样,我也开始——列举。

"你问我的东西,其实是你已经经历过的,"他说,"我可不接受这样的玩笑。你问我我心里挥之不去的东西,而你自己已经有了这些东西。我不是故意要提醒你这些的,但这种事就是这样。我真惊讶,你竟然没有自己就喝掉六瓶!然后,你还来问我问题?你已经体会到了,伙计。你已经,呃,尝试过了。"

我尴尬地耸耸肩,用表情传达我想说的:我不是有意的,并没有这么多。一开始的计划非常简单:我会去采访一些死亡产业工作者,问他们如何做自己的工作,如何在自己脑子里处理一切的;也许,如果我不碍事的话,他们会给我展示一下。我本来打算追踪一具尸体,从殡仪馆到下葬,然后报道出我所看到的景象。此前，我已经采访过不同行业的数百人：电影、拳击、印刷字体，写下喜剧和悲剧故事。我是在不同世界穿梭的旅人，曾心想在这个世界我也是如此，带好我的笔记本和录音机，一旦完成采访，就抽身离开——我觉得，如果你只目睹某些事情一次，无论有多专注，你都不能称自己为当局者。即使如此，我看到的也远比我想象的多。我感受到的也远比我想象的多。"说实话，除了那个婴儿，我对其他一切感觉还好。"我告诉他，这是真的。我忙于直视雪崩，但正是那颗跳动的小石子击中了我的眉心。

也许马蒂克说得对。也许我确实看得足够多了。我已经"体会到了"。也许这就是我能做的最后一场采访；他只不过给我发出了可以停止的信号。

我们两人都一言不发。马蒂克停止了进食。他观察着我，在脑海里重新认知我所处的状态。此前，在酒吧里的时候，我得先抛出一些鼓励，才能让他直率地谈论自己的工作——之前他一直在高声念叨头条新闻和黄金时段前的广播。他断定我没见过任何这种场面，也并不真正想听细节，因为经验告诉他，这种事情没人真心愿意听，酒吧里那些作鸟兽散的听众印证了这一点。几个小时之后，他才愿意告诉我那个跪着的护士，以及遗体从天花板滴落的老人的故事。我不会给你下任何断言，读者，不会去妄自判断你能承受的尺度——因为这样做，和我所努力的方向南辕北辙，是在我本意图跨越的文化藩篱前妥协退让。所以，现在你和我一样，走到了这里。餐厅的声响填补了我和马蒂克之间的沉默。

"现在，问题在于……"他坐回去，盯着房间的一角，目光越过挥舞着手臂的金色招财猫，踌躇着，不知道该不该把他想说的话说出来。"不。我会全说出来，因为你在写那本书。别理解错了。"他向前倾身，神情严肃，"你永远都摆脱不了那些画面。我说这话并不是想让你不快。将来，有某些诱因会触发你对这些场面的记忆。你可能正在某处，不知道为什么，突然间，它们就会爆发。而且你还没办法让它们停下来。因为你看到的这些事并不寻常。你问我的这些事——你自己已经置身其中了。"

他告诉我，最终还是要看我会在哪里存放这些景象：这一刻，它们在记忆的最浅层，但很快就不是这样了。"我已经这么做了三十年，"他说，"护士们也是这样。消防员也是。你得学会让自己割离，不然的话，你就会怀疑自己到底他妈的在干什么。"

现在我完完全全理解了：我采访过的所有人都说，如果他们心里有什么过不去，相比心理治疗师，他们更愿意和同事，和那时候身处相同地点、目睹相同景象的人谈论，就像克莱尔和助产士同事在休息室里，又或是莫在年度烧烤聚会上。殡葬承办人、防腐师和解剖病理学技师在会议上分享经历，明白他们周围的人都不会被吓得畏缩不前。我曾经读到过，有些士兵觉得自己只能和其他士兵谈论经历，因为他们的观念体系太不同寻常，语境和日常生活的距离太过遥远。他们想共享一段经历，而不只是取得别人事不关己的回应。我没有能理解我的同事。所以，我在电脑前坐下，把这一切都记录下来。我告诉马蒂克，那个婴儿在我脑海中占据了太重的分量,以至于每当我看到咖啡店顾客的摇篮里的婴儿时,我都会想象他们死去的样子。又或者,当朋友们随意提起他们让孩子睡在两人中间时,我的脑海中就会掠过同睡导致死亡的数据。我告诉他,我成了聚会上扫兴的人,因为我会把别人逼到墙角,向他们诉说那个婴儿的故事。这甚至不需要费什么力气。只要他们开口,问我"最近过得怎么样"。

"不过,如果你说这样的经历没能让你变得更心存感激的话,我倒要吃惊了,"他说,"它会让你变得更好。很多时候,你会变得更加谦卑。你看着那些孩子,即使心思在别处,你也会更感激眼前的景象——因为你看过与之相反的样子。我会说,这让你变得更好。我不是说你会比其他人更好,我的意思是,这会让你成为更好的自我。你能更清晰地看见事物。你会做更好的事。因为,那些一般人根本不会接近的东西,你已经完全暴露在其中过了。而且做得很好。"我点点头。至少,我花了这么长时间跟死者打交道,这让我变成了一个对人更耐心的人。也许这也能解释,为什么这么多死亡产业工作者如此耐心,对一个刚刚认识的人毫无保留。我与别人的争执变少了。我仍然会生气,但不那么强烈了。我曾经非常记仇,但现在,大多数怨憎已经被我遗忘了。

"从事这样的工作,你后悔过吗?"

"我从没用过这个词。"他说,语气极为笃定,"我从来、从来没有后悔过。现在我可以说那些老掉牙的话,说我们都在修行——你选择了你自己的那一种。你做出了决定,你就要遵循它。

完不成手头的事,这才是最糟糕的。只有那样你才会后悔。"

❧

心理治疗师贝塞尔·范德科尔克写过一本名为《身体从未忘记》的书,是关于心灵和身体创伤的临床基础的。他写道,应对极端情境时,身体会分泌压力激素,而人们经常把后续出现的不适或病症归咎于此。"但是,压力激素只是让我们有体力和忍耐力应对极端情形。那些真正积极应对灾难的人——营救所爱之人,营救陌生人,把别人送进医院,加入医疗队伍,帮着搭起帐篷或者烹煮餐食的人,会合理应用他们的压力激素,因此,这些人受到创伤的风险会降低很多。"这些死亡产业工作者,弗雷德·罗杰斯[①]口中的"帮助者",能够在心理上很好地应对,因为他们在身体力行——当我们(当我)袖手旁观时,他们在做实事。"但是,"范德科尔克继续写道,"每个人都有自己的崩溃点。哪怕是准备得最为充分的人,也可能会被巨大的困难击溃。"

在与死亡产业工作者的交谈之中,我一再发现一件事:没有人需要一下子接受所有。没有人能够看见死亡的全貌,即使死亡就是他们的工作。死亡机器运转不停,因为每个齿轮都专注于自己的那一块,自己的角落,自己的节奏,就像玩偶工厂的工人

---

① Fred Rogers(1928—2003),美国电视节目主持人、作家、制片人。

一样：他们给玩偶的脸涂上颜色，再把玩偶送到其他人手中去制作头发。没有人要从头至尾做完一切：在路边收集尸体，进行尸检，防腐，整理遗容，再将它推入火中。这是一系列的人，其职业相互联系，但职责彼此分离。对死亡的恐惧无药可解，但身在它的疆域之内，能否尽职，则取决于你看向何处，以及同样重要的——背向何处。我见过无法面对尸检中斑斑血迹的殡葬承办人，见过觉得为死者穿衣太过亲密而无法动手的火葬场员工，见过敢于在白天站进齐颈深的坟墓里、夜里却害怕墓地的掘墓人。我在解剖室里遇到过几位解剖学病理技师，他们能称量出一个人心脏的重量，却不愿意阅读验尸官报告中那一封自杀前留下的遗书。我们都选择性忽视了一些东西，但每个人不去看的却与我们各自息息相关。

所有这些死亡产业工作者都有自己的种种极限，但是每一种极限他们都考虑清楚了，因此，没有人被那巨大的困难击溃。马蒂克谈到抽离，我认为那是一种有益的做法，而不是冷酷：把具体情境置于特定背景中，他允许自己从中抽身，这样才能高效地完成工作，不被情绪击垮。他希望，对于我所目睹的事物，我不要将它们深深埋葬，不要忽略它们，阻隔它们，而是把这些事物放在一种语境之中，为它们赋予意义。在那位行刑者身上，我看到的是另一种完全不同的抽离：他将自己的现实改写到了一个甚至他本人都不再参与其中的程度，在这种新的叙事里，他否认自己曾参与任何形式的行动，以便和自己所做过的一切和解。而在那位犯罪现场清洁工那里，又是另一种抽离：他会有意把具体语境中的景象全部抹除，剩下的只有鲜血——以及他手机上那个倒计时钟，直到他可以永远与之诀别的那一天。

如果说我希望你能从中学习到什么东西，那就是你应该思考自己的极限在哪里。在整个历程中，我一直在观察其他人设下的极限：产下死婴的夫妇，当母亲睡着时，父亲将婴儿的尸体偷偷处理；已无从辨认的越战士兵，被装进金属盖紧封的棺材之中送回；那个来殡仪馆找波普伊的男人，问她是否能让他看一眼自己淹死的兄弟，因为他明白，其他人不会答应这个请求。这些极限通常专断地预设了人们面对死亡的反应，业已成为惯例，对我们毫无帮助。而我相信，极限应该是属于你个人的、由你所选择的，而且，只要你细致地考虑了它们，不被文化范式左右，它们就是合理的。"我们做这一行，不是为了把某种蜕变经历强加在不想要的人身上。"在这一切的开头，波普伊坐在柳条椅子里，如是对我说，"我们的责任是帮他们做好准备，平和地提供必要的信息，以便他们完全自主地做出决定。"我相信她是对的。这个世界上满是想要告诉你该如何感受死亡、如何对待尸体的人，而我并不想成为其中一员——我不想告诉你，对任何事该怀有何种感受，我只是想让你对此有所思考。你生命中一些最为丰饶、最有意义、最具变革性的时刻，也许正存在于你当下所认定的极限之外。如果你觉得自己有能力，甚至只是觉得好奇，你可以试着去帮你身边的逝者整理遗容。我们能比自己所认为的更强大。罗恩·特罗耶，这位已经退休的殡葬承办人早就认识到了这一点：那时，他撬开那位士兵的棺材盖，当士兵的父亲看到从战场上回来的男孩时，他看到的不是恐怖。他看到了自己的儿子。

我经常想到我多年前遇到的一个女人，她告诉我，她的母亲在医院去世。她没有去看母亲，因为她不希望母亲留下的最后形象是死亡，于是她让母亲独自死去。这位女士已经六十岁了，此前从未见过尸体。在她的想象里，一生的记忆可以被医院病床上的那个场景所取代。她相信，是死亡的形象而非失去母亲的事实，会无可挽回地打碎她内心的某些东西。我认为，如果能学着熟悉死亡，学着不让自己的极限被对未知之物的恐惧牵着走，你便能从中获得紧要的、足以改变一生的知识：你可以站在死亡身边。这样一来，当那一刻到来时，你就不会让所爱之人孤独地死去。

至于我个人的极限，有时候，我会希望自己从来没见过那个死去的婴儿。但是，如果那一瞬间不复存在，我就会错失有关人类哀恸和经验的一切。我就不会认识克莱尔，那位死婴助产士，她的工作是个绝佳的例证：居然有这么多人的工作被严重低估，我们对他们的了解太过贫乏，不知道他们做出了多么卓越的贡献，不仅帮助管理死者，更帮助管理我们的头脑和心灵。那些经历过创伤的人不应该是唯一拥有这种知识的人——正是因为有和克莱尔一样的人，他们不仅仅会拍下记忆盒子的照片，还会亲自记住一切,并把这种对存在的确认看作自己工作极为重要的一部分。正是因为这些人的工作,创伤才会变得不那么异质,不那么难被人理解。如果我们不去直视,不去试着理解,那么同理心又从何而来呢?

试着去理解那些看不见的事物,归根结底,这也是这场历程的出发点,而对我来说,要是拒绝其中任何一部分,就一定会损害我的初衷。我想要见证全部。但是在那房间里,有时,我只能沉默地与躯体相对。身为一名记者,我通常怀揣着许多问题,但是录音带的某些部分里,我什么也没有问——有的只是死气沉沉的空气,冷柜嗡鸣,骨锯落下的响动。回到家后,我会为自己偶尔的动摇生气,为自己没有看亚当胸前的照片生气,为自己没有走近一步,观察一个完全不知我为何在场的学生随意揭出的一具断头尸体生气。我已经发送了上百封请求邮件,又走过上千英里的长路,就是为了接近死者,那为什么不再向前几步,去检视特里的操作留下的切口有多干净利落?在那一刻,是什么阻止了我?是一种感觉,觉得这里并非我的地盘,即使我站在房间里,也只能隔开一段距离旁观?还是我当时认为,自己接受不了看到一段脊柱的残端。我站在那里,做出反应,试图在惊叹与恐惧相交之处完成我的工作:"这两种不相称的人类情感袭来,相互碰撞,"理查德·鲍尔斯[①]写道,"擦出的火花也许一样滚烫,一样

[①] Richard Powers (1957—),美国小说家,其作品多探索现代科学与技术对于世界的影响。曾获美国国家图书奖。

温暖。"

有时候，当一切难以承受时，我会问自己，我在追寻的到底是什么。从在波普伊的停尸房里看到第一具尸体开始，难道我没有像多年以前渴望的那样，目睹了真正的死亡？还有什么要找寻的？

和马蒂克交谈之后几天里，我总是无法摆脱那个画面：死去的父亲抱着他的儿子，紧紧倚靠着海湾的岩石。它紧紧地抓住了我的心弦，我无法准确表达，也没法在脑海中理清思绪。那一晚，他在中餐馆里向我讲述了这个故事，我把场景之中的事实提取出来，把它归为我所知的死亡的生物性机制。这是一种简化，我置身事外，一如那位犯罪现场清洁工。我没能看到全貌。这让我耿耿于怀了数周，直到我最终看到了潮水退去后显露的真相。

肌肉无法冻结不存在的东西。尸体痉挛不是普通的死后僵直，它是一种罕见的、比尸僵更为强劲的肌肉僵硬——它不能够被轻易解除，就像我在防腐室里，看着索菲弯曲她面前男人的双膝那样。尸体痉挛发生在身体极端紧张的情形之下，发生在情感紧绷的时刻。发现这对父子的人穿越时空，来到了这两人生命的最终时刻：一对海浪之下的静物。退潮揭示了死亡所留存的东西：这位父亲最后的本能是永远不会放开儿子。海湾里激流强劲，人不会立即沉入水底。如果他的本能稍微弱一点点，他的手指就会从岩石上滑落，他们的尸体就会分开，在其他地方被人发现。这和我站在停尸房里的婴儿身旁，在他沉入水中那一刻所感受到的原始冲动一模一样：我想伸手抓住他，如果这意味着我能拯救他的生命，我就永远不会放手。

现在我见证了全部：死亡为我们揭示生命埋藏起来的部分。要是我们对死亡那一刻之后发生的事情避而不见，那么，我们其实是在拒绝更深入地理解"自己究竟是谁"。"向我展示一个国家是如何对待他们的死者，我就能以数学一般的精确衡量出国民的仁厚，他们对国家法律的尊重，和他们对崇高理想的忠诚。"莫把威廉·格莱斯顿的这句话装裱起来，挂在他在凯尼恩公司办公室的墙上。我们可以支付钱款，然后消失不见；我们正在用这种体系欺骗自己，却对此浑然不知。这些隐形的关怀行为，这些死亡产业工作者的温柔与怜悯，所表现出的不是他们对工作冷酷的疏离，而恰恰相反——是一种爱。

在我与死亡相伴的短暂时间里，我觉得，我已经变得更温柔，但也更坚韧：接受了这一切将会如何终结之后，我发现自己在人们还在的时候就已开始哀悼了。我收藏了一组照片，拍的是我父亲俯身在他的画板上时银色的后脑勺，那五个死去女人的照片早已从画板上消失了。当我们被一场大型流行病、被世界性的停转离分隔于异地，当孤独地死去成了成千上万人的命运，笔记本上的照片便是我所拥有的一切。这本书是我对涓涓细流如何汇聚成洪水的个人思考。

二〇二〇年一月,新冠肺炎疫情的早期,一个男人平躺在大街上。对我来说,这张照片是浩劫将至的最强有力的例证。他就那样躺着,戴着医疗口罩。记者说,在他们观察现场的两个小时之内,至少有十五辆救护车经过他们,去响应其他求救,之后才来了一辆遍体漆黑的小货车把他装进尸袋,给他躺过的路面做了消毒。在这一时刻,病毒依旧是一种遥远的命运,是发生在别人身上的事。但是,只需要一具格格不入的尸体出现,就象征着某种根本性的东西正在崩溃。如果很多尸体留在原地,死亡产业工作者就得艰难地应对:他们在一线奋斗,在没有人为之鼓掌的地方。他们的工作只有在缺席时,才会变得惹人注目。

在这个男人之后,实际的死亡照片在英国媒体上更加难以寻觅,而英国政府对即将到来的威胁轻描淡写。死亡人数不断增加,而媒体更加关注的,是支持国家医疗服务体系,或是汤姆上校——他是一位九十九岁的前英国陆军军官,在自己的花园里缓步行走来筹措款项。但是,如果死亡只不过是每日电视屏幕里的数字,我们就会更加容易忽视人类正面对一位看不见的敌人的事实。殡仪馆里,已经处于过度工作状态的拉拉把自己的纸质外科口罩换成了橡胶防毒面具;而在其他地方,还有人正在争论这种病毒到底是否存在。新闻媒体机构最终试图为我们展示医院内部是什么样子,但是,如果你不去搜索报道,你就不会看到棺材,看到尸袋，看到临时搭起的停尸房——你看到了，它们基本都在其他国家。"在越遥远、越具异国特质的地方，我们才越有可能一睹死者和将死之人的全貌。"桑塔格在一本关注我们如何应对令人痛苦的影像的书中写道。

那个时候一切让我感觉我们错失了某些重要的事情，而且这种理解上的误区其实早已出现，远在二〇二〇年这一事件之前。既然我们已经把死亡认作一种抽象的概念，那么，又怎么能越过死亡人数，去看到其后真正死去的躯体？

这让我想起在几年前的一集《新鲜空气》①中，艾滋病活动家克利夫·琼斯对特里·格罗斯说的话。琼斯说一九八五年，他在旧金山，那一年这座城内的艾滋病死亡人数刚刚达到一千人。那年的十一月，他正在参加一年一度的烛光纪念日，向被暗杀的政治家哈维·米尔克和乔治·莫斯科内致敬，他站在卡斯特罗街和市场交界的拐角处，突然之间，被一阵因缺乏可见的证据而产生的挫败感所淹没；此时此刻，他正身处一场快速传播的流行病的中心，但在群体之外，几乎无人承认这场疫情的存在。在他四周，人们坐在餐厅里谈笑着，演奏着音乐。他说："我暗自想，如果我们能够拆除这些建筑，如果有一片草坪，上面躺着上千具在太阳之下腐烂的尸体，那人们就会看到，会懂得。如果他们真的是人，就不得不对此做出回应。"他没有去破坏，而是开始创

---

① 美国国家公共广播电台出品的播客节目，专注于现代艺术和社会议题等主题。

作：他开创了"艾滋病纪念被"活动，每一块被子的尺寸是六英尺长、三英尺宽，差不多是一块坟墓的大小。三十六年之后，这块被子仍在扩大：上面的纪念名字数量达到了十万五千个。这块被子有五十四吨重，是世界上最大的群体性民间艺术作品。他选择创作这种纪念物，因为想象尸体很难；而如果你看不见它们，或者因偏见判定它们并不重要，那么忽视它们又非常容易。

二〇二〇年，人们在小小的屏幕上向彼此告别，泣不成声。有些人是第一次面对死亡，而死者是他们爱的人。我们没法以惯常的方式表达哀思：我们不能参加葬礼，但是很多人选择了用Zoom（视频通信软件）直播：这是另一块屏幕上的另一件事。留给我们的只余死亡这个概念。四月，当整个世界都无法入睡的时候，英国广播公司三台联合欧洲广播联盟，在欧洲、美国、加拿大和新西兰的十五个频道同步播出马克斯·里希特的《舒眠曲》，这是一首长达八小时的摇篮曲。

行动很少意味着什么都不做，但在这一场危机里，只要坐在沙发上盯着墙壁，你就可以拯救生命。封锁造成的心理影响，不仅仅只是因为我们被关在家中，独自一人，或不得不和家人挤在一起：我们都产生了那种压力激素，但是无处应用它。惯性哺育了焦虑和无望——我们永远不知道什么都不做会带来什么后果。英国有超过二十五万人报名成为志愿者，想在这个分崩离析的世界里，抓住某些坚实的东西。

日均死亡人数悄悄从个位数爬升到四十以上，每过几天就会翻倍，然后达到上百，甚至上千。我想着：这些数字背后都是一个个人，一具具裹在尸袋里的躯体。在某个地方，有人会——照料他们，就像当初他们把我的朋友拖出水沟之后，照料她一样。其中的某些人曾经在这本书中，这本我早早开始写，直到封城时才完结的书。我被困在房子里，脑子因压力和无力感变成一团糨糊，只有在这时，我才和其他很多人一样，第一次注意到自己的花园。此前，我和花园之间的全部联系仅限于我站在后门处，给我交到的乌鸦朋友一家投喂晚餐剩饭。但是我开始小心翼翼地砍去吞没了小树苗的藤蔓和荆棘。我拍下其他的东西，以弄清它们到底是应该长在那里的物种，还是某种杂草。我花了好几周时间，劈砍、拉扯，在那种与墓地完美契合但很难做花土的黏土上挖掘之后，我开始种下东西。我看着小小的生命破土而出，无论新闻里发生了什么，无论我对此有多一无所知，无论多少人失去生命。自然的生生不息是一种情绪上的支撑，但这一切并不是为了分散注意力，让我不再关注花园门外发生的一切——这是一种让我理解这些事情的方式。

思索死亡，思索时间的流逝，这也是照料花园的一部分：你把植物种进土地，知道它们有可能不会存活下来。你知道它们会在六个月后的霜冻中死去。对终结的接受，对一段短暂但美丽的生命的庆祝，都浓缩在这一种行为之内。人们说，园艺有一种疗愈作用：把你的双手放进土壤，对这个世界施加影响，你会感觉自己活着，活在当下，就好像你的所作所为真的富有意义，即使只局限于这一方赤土花盆。不过,这种疗愈之感不仅仅停留在身体层面:从春天开始,每个月都是通往结局的倒计时。每年冬天,干枯的花托被冰雪裹住,闪闪发光,园丁都会准备好接受甚至庆祝它们的死亡:它清晰无误地提示着终结和开始。

寒冷到来之后,更多死亡也会到来。在纽约,冷冻卡车停在医院外面,以便提供更多储存尸体的地方。它们是为了第一波高峰准备的,至今仍停放在那里:布鲁克林滨水区共存放了六百五十具尸体,他们的家属要么根本无从寻找,要么无法负担葬礼的开销。洛杉矶县暂停了空气质量法规,取消了每月的火化限额,以便处理积压的尸体。在巴西,当日均死亡人数超过四千后,新冠肺炎隔离病房的护士们把热水灌进乳胶手套,放进病人的手里,模拟人体接触,这样他们就不会感觉孤独。早在二〇二〇年三月下旬,成千上万人死亡之前,美国总统唐纳德·特朗普站在玫瑰园里说:"我希望我们能够找回原来的生活。以前我们拥有前所未有的伟大经济体,以前我们没有死亡。"

我们一直都拥有死亡。我们只是回避了它的凝视。我们把它藏起来,这样就能遗忘它,能继续相信死亡不会发生在我们头上。但在新冠肺炎疫情期间,我们感觉到死亡是可能的,它正在临近,无处不在,影响所有人。这个时代由死亡定义,我们只是幸存者。我们必须重整心灵,来为这位刚刚显形的客人腾出位置。

致　谢

谢谢你们，我遇见的所有亡者。有的我知道名字，有的我不知道名字。

也谢谢你们，所有生者，为你们抽出的时间，为你们的工作：波普伊·马德尔；停尸房里的阿龙和罗莎娜；特里·雷尼尔；尼克·雷诺兹；马克·"莫"·奥利弗；尼尔·史密瑟；杰里·吉文斯；罗恩·特罗耶，琼·特罗耶，菲利普·戈尔博士；凯文·辛克莱；拉拉－罗丝·艾尔代尔；克莱尔·比斯利；阿诺谷的迈克和鲍勃；克兰福特火葬场的托尼和戴夫；人体冷冻研究所的丹尼斯和希拉里；以及安东尼·马蒂克。

谢谢你，克林特·爱德华兹，我第一个，也是最亲近的读者，我迷失在文本与草稿海洋之时的灯塔，我租用的烂车那值得信赖的司机，也是不仅陪我度过了好几个痛苦的截稿日，也陪我熬过了一场全球性流行病的可怜家伙：我们是永远的韦恩和韦内塔。谢谢埃迪·坎贝尔和奥黛丽·尼芬内格，我最爱的一对怪人，如果没有你们，这本书就不会存在。谢谢克里斯托弗·明塔，多年前给我介绍了厄内斯特·贝克尔，并办妥了接下来的事情。谢谢凯特琳·多蒂的智慧，而且给我提供了过夜的地方（对不起，我在你的奶昔搅拌机里磨了咖啡豆）。谢谢死亡领主约翰·特罗耶博士，为我打开大门，让我借用他的头脑和他的家人。谢谢莎莉·奥尔森－琼斯，和我不停论辩，直到我对我想说的话坚定无疑。谢谢欧利·富兰克林·沃利斯，在露台上鼓舞我的演说。谢谢猫咪米霍斯，我的小白鼠（除了感谢，还有歉意）。

谢谢乌鸦图书公司那些善良、耐心、聪明的人，尤其是艾莉森·亨尼西和凯蒂·艾莉丝－布朗。还有在圣马丁出版社的汉娜·菲利普斯。感谢我的经纪人劳拉·迈克杜加尔，奥利维亚·戴维斯，苏拉米塔·加布兹，以及乔恩·艾列克。以及，谢谢作家协会和作家基金会为本书提供的部分资助。

对于我那些零零碎碎的问题，有数不胜数的人都曾给予回答，或者以某种形式提供了帮助，无论是关于鸟儿，关于刻字，还是关于意识。谢谢教授苏·布莱克夫人，邓迪大学解剖与身份辨认中心的薇薇安·麦奎尔，保罗·肯福德，加州大学洛杉矶分校的迪恩·费希尔，罗杰·阿瓦雷，阿尼尔·塞斯，B.J. 米勒，布莱恩·马基，布鲁斯·莱文，埃里克·马兰德，莎伦·施蒂耶勒，尼克·布斯，拉比劳拉·加纳－克劳斯纳，露西·科尔曼－

塔尔博特，若昂·梅德洛斯，欧利·明顿博士和阿诺谷的凡妮莎·斯宾塞。

这本书的写作地点在明尼苏达州乡村的公共汽车后座，在纽约一家正在拆除的宾馆的滚筒洗衣机旁，在新奥尔良州的一个屋顶上，在密歇根州某处一家阿尔比快餐外的一辆汽车上。不过，主要还是在北伦敦写就的。谢谢我所有的朋友们，给了我各种各样的帮助——睡觉、搭车、书籍、晚饭，种种关心，或者只是允许我发泄自己的不满：感谢艾琳诺·摩根，欧利·理查兹，雷欧·巴克尔，纳沙尼尔·迈特卡尔菲，欧西·赫斯特，安迪·莱利和珀利·法布尔，凯特·瑟维拉，尼尔·盖曼，阿曼达·帕尔默，比尔·施蒂耶勒，斯蒂芬·罗德里克，托比·芬利，达伦·里奇曼，在俄亥俄州一个雪夜里拯救我们的汤姆·斯普尔森（安息吧，老朋友），艾琳·达尔林普尔和麦肯齐·达尔林普尔，迈克尔·盖曼和科特尼·盖曼，以及我的乔治·科斯坦萨和约翰·萨沃德。感谢彼得·奈特和杰姬·奈特照顾猫咪奈德，并且，谢谢奈德本猫：我的影子，我的镇纸，我自封的闹钟。

写这本书让我生出了白发，感谢苏珊·桑塔格和莉莉·蒙斯特，我打理头发时参考了你们优雅的发型。

注释

我用引号标出了直接引用的原文,其余的是参考。

生活本身是悲剧性的。这种悲剧性纯粹是缘于地球自转:James Baldwin, *The Fire Next Time*, Penguin, 2017 edition, p. 79.

我父亲埃迪·坎贝尔是一名漫画作者,他为艾伦·摩尔所著《来自地狱》一书绘制图像:Alan Moore and Eddie Campbell, *From Hell*, Top Shelf Productions, San Diego, 1989, 1999.

每年约五千五百四十万人死去:World Health Organisation, 'The Top 10 Causes of Death', 9 December 2020. <who.int/news-room/fact-sheets/detail/the-top-10-causes-of-death>

贝克尔认为,死亡既是世界的终结,也是世界的助力:Ernest Becker, *The Denial of Death*, The Free Press, New York, 1973.

你怎么能确定,你所害怕的是死亡?:Don DeLillo, *White Noise*, Penguin, New York, 2009, p. 187. Reproduced with permission of Pan Macmillan, the Licensor, through PLSclear (UK). Also with permission of Penguin Random House LLC (US).

一位负责照料边沁遗体的腼腆学者为我展示过这颗头颅,以便我写一篇文章:Hayley Campbell, 'This Guy Had Himself Dissected by His Friends and

His Skeleton Put on Public Display', *BuzzFeed*, 8 June 2015. <buzzfeed.com/hayleycampbell/why-would-you-put-underpants-on-a-skeleton>

我记得，电影制作人大卫·林奇在一次访谈中曾经提到，他造访过一处停尸房：David Lynch: *The Art Life*, dir. Jon Nguyen, Duck Diver Films, 2016, DVD, Thunderbird Releasing.

丹尼斯·约翰逊在一篇名为《坟墓上的胜利》的短篇小说中写过这种味道：Denis Johnson, *The Largesse of the Sea Maiden*, Jonathan Cape, London, 2018, in the short story Triumph Over the Grave, p. 121.

死亡和濒临死亡的边缘环绕着一切，就像一圈温暖的光晕：David Wojnarowicz, *Close to the Knives*, Canongate, Edinburgh, 2017, p. 119. © David Wojnarowicz, 1991. Extracts from *Close to the Knives: A Memoir of Disintegration* reproduced with permission of Canongate Books Ltd (UK) and Vintage/Penguin Random House LLC (US).

一八八三年，这座城市建立三十年后，一场龙卷风摧毁了这个地方：*Ken Burns Presents: The Mayo Clinic, Faith, Hope, Science*, dir. Erik Ewers and Christopher Loren Ewers, 2018, DVD, PBS Distribution.

当必须得去他妈的北极，才能找出你有什么毛病时，你就知道这事糟糕了：Billy Frolick, 'Back in the Ring: Multiple Sclerosis Seemingly Had Richard Pryor Down for the Count, but a Return to His Roots Has Revitalized the Giant of Stand-Up', *LA Times*, 25 October 1992. <latimes.com/archives/la-xpm-1992-10-25-ca-1089-story.html>

我曾为《连线》杂志的一篇文章采访过费希尔，文章讲的是一种更为环保的新型方法，用过热水和碱液代替火来火化尸体：Hayley Campbell, 'In the Future, Your Body Won't Be Buried … You'll Dissolve', *WIRED*, 15 August 2017. <wired.co.uk/article/alkaline-hydrolysis-biocremation-resomation-water-cremationdissolving-bodies>

从解剖动物到解剖人类尸体，这种转变曾是政治、社会和宗教的焦点之一：All historical facts on body donation rely heavily on Ruth Richardson, *Death, Dissection and the Destitute*, Penguin, London, 1988, pp. xiii, 31–2, 36, 39, 52, 54, 55, 57, 60, 64, 260.

我曾在一个展览上见过这件展品：它和爱因斯坦的脑部切片被放置于同一个架子上：Marius Kwint and Richard Wingate, *Brains: The Mind as Matter*, Wellcome Collection, London, 2012.

这是我的意愿和特殊请求，不是为了特立独行而装腔作势：Jeremy Bentham, quoted by Timothy L. S. Sprigge, *The Correspondence of Jeremy Bentham*, vol. 1: 1752 to 1776, UCL Press, London, 2017, p. 136.

既然捐赠的数量与火化率都在提升，那么，也许尸体所代表的精神意义在战后时期发生了改变：Richardson, Death, *Dissection and the Destitute*, p. 260.

英国医用的尸体来源完全是捐赠，并不是全世界所有地方都是如此：Figures found in a study by Juri L. Habicht, Claudia Kiessling, MD and Andreas Winkelmann, MD, 'Bodies for Anatomy Education in Medical Schools: An Overview of the Sources of Cadavers Worldwide', *Academic Medicine*, vol. 93, no. 9, September 2018, Table 2, pp. 1296–7. <ncbi.nlm.nih.gov/pmc/articles/PMC6112846>

解剖学是外科手术的基础……它为头脑提供信息，为双手提供敏捷，并使心胸熟悉某种必要的漠然：William Hunter, 'Introductory Lecture to Students', St Thomas's Hospital, London, printed by order of the trustees, for J. Johnson, No. 72, St. Paul's Church-Yard, 1784, p. 67. Provided by Special Collections of the University of Bristol Library. <wellcomecollection.org/works/p5dgaw3p>

怀俄明州是美国男性自杀最普遍的地方：'Suicide Mortality by State', Centers for Disease Control and Prevention. <cdc.gov/nchs/pressroom/sosmap/suicide-mortality/suicide.htm>

卡伦·罗斯在明尼苏达州西南部开枪自杀身亡：Associated Press, 'Widow Gets "Closure" after Meeting the Man Who Received Her Husband's Face', *USA Today*, 13 November 2017. <eu.usatoday.com/story/news/2017/11/13/widow-says-she-gotclosure-after-meeting-man-who-got-her-husbanmtouches-manwho-got-her-husbands-fac/857537001>

为了准备手术，外科医生、护士、外科技师和麻醉师在这里度过了五十个周末：'Two Years after Face Transplant, Andy's Smile Shows His Progress', Mayo Clinic News Network, 28 February 2019. <newsnetwork.mayoclinic.org/discussion/2-years-after-face-transplant-andysandness-smile-shows-his-progress>

这本书的英文版于一九二九年出版，内容是十四至二十世纪的死亡面具合集：Ernst Benkard, *Undying Faces*, Hogarth Press, London, 1929.

凯特·奥图尔笑着说,父亲最终和比格斯相聚于殡仪馆,并排躺进冰柜之中,这是典型的"奥图尔风格":*Death Masks: The Undying Face*, BBC Radio 4, 14 September 2017. Produced by Helen Lee. <bbc. co.uk/programmes/b0939wgs>

英国保守党政治家雅各布·里斯-莫格为他父亲做了一张石膏面具:Ibid.

你可以在 YouTube 视频网站上一个三分钟长的模糊视频里,观看尼克制作死亡面具的过程:*Amador,* Resistor Films, YouTube, 9 November 2009. <youtu.be/zxb9dMYdmx4>

伦敦大学学院有三十七副面具,管理者也不知道该如何处置它们:Hayley Campbell, '13 Gruesome, Weird, and Heartbreaking Victorian Death Masks', *BuzzFeed*, 13 July 2015. <buzzfeed.com/hayleycampbell/death-masks-and-skull-amnesty>

世纪大盗:Duncan Campbell, 'Crime', *Guardian,* 6 March 1999. <theguardian.com/lifeandstyle/1999/mar/06/weekend. duncancampbell>

在绝对现实的条件下,任何生物体都无法理智地存活很久:Shirley Jackson, *The Haunting of Hill House,* Penguin, New York, 2006, p. 1. Reproduced with permission of Penguin Random House LLC (US).

理查德·谢泼德是当时负责伦敦和英格兰东南部地区的法医病理学家,根据他的说法,这场事故属一系列引发变革的灾难事件之一:Richard Shepherd, 'How to Identify a Body: The *Marchioness* Disaster and My Life in Forensic Pathology', *Guardian*, 18 April 2019. <theguardian.com/science/2019/apr/18/how-to-identify-a-body-the-marchionessdisaster-and-my-life-in-forensic-pathology>

就连近亲也经常会怀疑、否认或错误认定死者的身份:*Public Inquiry into the Identification of Victims following Major Transport Accidents*, Report of Lord Justice Clarke, vol. 1, p. 90, quoting Bernard Knight, *Forensic Pathology* (2nd edition, chapter 3), printed in the UK for The Stationery Office Limited on behalf of the Controller of Her Majesty's Stationery Office, February 2001.

但是,那个人显然不知道,看不到遗体,才会让事态更为糟糕:Richard Shepherd, *Unnatural Causes: The Life and Many Deaths of Britain's Top Forensic Pathologist,* Michael Joseph, London, 2018, p. 259. Reprinted by permission of Penguin Books Ltd. (UK), © 2018 Richard Shepherd.

一九九一年三月，联合航空 585 号航班，一架波音 737—200 型客机在科罗拉多州附近斯普林斯降落：National Civil Aviation Review Commission, Testimony of Gail Dunham, 8 October 1997. <library.unt.edu/gpo/NCARC/safetestimony/dunham.htm>

向右侧翻滚，机头朝下坠落，以一个几乎垂直的角度撞向地面：'United Airlines – Boeing B737-200 (N999UA) flight UA585', Aviation Accidents, 15 September 2017. <aviation-accidents.net/united-airlines-boeing-b737-200-n999ua-flight-ua585/>

现在我可以快乐地死去了。因为现在我知道，我能见到他，哪怕只是骨头或者尘埃：*The Silence of Others*, dir./prod. by Almudena Carracedo and Robert Bahar, El Deseo/Semilla Verde Productions/Lucernam Films, 2018. Broadcast on BBC's Storyville in December 2019.

在她父亲于被枪杀的墓地发现一年之后，门迭塔去世了：'Ascensión Mendieta, 93, Dies: Symbol of Justice for Franco Victims', *New York Times*, 22 September 2019. <nytimes.com/2019/09/22/world/europe/ascension-mendieta-dies.html>

苹果和网景公司一位三十岁的计算机程序员以"Soylent"的化名运营网站：Taylor Wofford, 'Rotten.com Is Offline', *The Outline*, 29 November 2017. <theoutline.com/post/2549/rotten-com-is-offline>

照片本身是伪造的，但他敢于发布如此照片这一事实本身让全球媒体炸开了锅：Janelle Brown, 'The Internet's Public Enema No. 1', *Salon*, 5 March 2001. <salon.com/2001/03/05/rotten_2/>

可怕的事物邀请我们或成为观众，或成为不忍目睹的懦夫：Susan Sontag, *Regarding the Pain of Others*, Penguin, London, 2003, p. 38.

对他来说，改变了一切的那一幕是这样的：哈维·凯特尔饰演的温斯顿·沃尔夫于清晨现身，身着燕尾服，准备解决问题：*Pulp Fiction*, written by Quentin Tarantino and Roger Avary, directed by Quentin Tarantino, Miramax Films, 1994. Reprinted by permission of Quentin Tarantino.

当时负责这起案子的警探对《东湾区时报》声称，这是一起"武力抢劫，非常暴力的那种"：John Geluardi and Karl Fischer, 'Red Onion Owner Slain in Botched Takeover Robbery', *East Bay Times*, 28 April 2007. <eastbaytimes.com/2007/04/28/red-onion-owner-slain-in-botched-takeover-robbery/>

安迪·沃霍尔是作为一名天主教徒长大的，他对死亡的意象极为迷恋：Bradford R. Collins, 'Warhol's Modern Dance of Death', *American Art*, vol. 30, no. 2, University of Chicago Press, 2016, pp. 33–54. <journals.uchicago.edu/doi/full/10.1086/688590>

"你越是专注于同一样东西，意义就会越发消逝，你的感觉就会越正常、越空虚。"：Andy Warhol and Pat Hackett, *POPism: The Warhol Sixties*, Harper & Row, New York, 1980, p. 50 (in Collins, Warhol, p. 33).

"有时候他会说，他害怕在睡梦中死去，所以他就躺在床上，听自己的心跳。"：Henry Geldzahler, quoted in Jean Stein and George Plimpton, *Edie: An American Biography*, Alfred A. Knopf, New York, 1982, p. 201 (in Collins, Warhol, p. 37). Quoted with permission from the Plimpton Estate.

自从镜头于一八三九年发明以来，摄影就一直与死亡为伴：Sontag, *Regarding the Pain of Others*, p. 21.

"谋杀，"他说，"就是我的生意：Brian Wallis, Weegee: *Murder Is My Business*, International Center of Photography and DelMonico Books, New York, 2013, p. 9.

"我一直告诉自己，等我有机会看到自己的照片时，我才会相信眼前院子里那难以形容的恐怖。"：Margaret Bourke-White, *Dear Fatherland, Rest Quietly: A Report on the Collapse of Hitler's Thousand Years*, Arcole Publishing, Auckland, 2018.

她的照片发表在《生活》杂志上：Ben Cosgrove, 'Behind the Picture: The Liberation of Buchenwald, April 1945', *TIME*, 10 October 2013. < https://time.com/3638432/>

几天后，《纽约时报》登了一则公告，称秃鹫已被赶跑：'Editor's Note', *New York Times*, 30 March 1993. <nytimes.com/1993/03/30/nyregion/editors-note-513893.html>

我被栩栩如生的记忆所纠缠，是杀戮和尸体和愤怒和痛苦：Scott Macleod, 'The Life and Death of Kevin Carter', *TIME*, 24 June 2001. <content.time.com/time/magazine/article/0,9171,165071,00.html>

"同情心是一种不稳定的情绪。需要把它转化为行动，不然它就会枯萎……人就会感到厌倦。"她接着写道："愤世嫉俗，而又麻木不仁。" Sontag, *Regarding the Pain of Others*, pp. 90–1.

时任州长比尔·克林顿从总统竞选活动中匆忙赶回，见证里基·雷·

雷克托的死刑执行：Marc Mauer, 'Bill Clinton, "Black Lives" and the Myths of the 1994 Crime Bill', Marshall Project, 11 April 2016. <themarshallproject.org/2016/04/11/bill-clinton-black-lives-and-the-myths-of-the-1994-crime-bill>

来自美国各地的二十三名前死刑执行人员签署了落款为二〇一七年三月二十八日的联名信：Letter to Governor Hutchison, Constitution Project, 28 March 2017. <archive.constitutionproject.org/wp-content/uploads/2017/03/Letter-to-Governor-Hutchinson-from-Former-Corrections-Offi cials.pdf>

我们前面车的车牌上写着"弗吉尼亚，为爱人而生"。这些车牌都是由市中心以西一家监狱的囚犯制作的：*Virginia Correctional Enterprises Tag Shop*, Virginia Department of Corrections, YouTube, 12 April 2010. <youtu.be/SC-pzhP_kGc>

当时，美国正在全国范围内短暂叫停死刑执行，有两起法庭判决，分别充当了这段暂停期的开端和结束：Robert Jay Lifton and Greg Mitchell, *Who Owns Death? Capital Punishment, the American Conscience, and the End of Executions*, HarperCollins, New York, 2000, pp. 40–1.

美国公认最早的死刑于一六〇八年的詹姆斯敦执行：Ibid., p. 24.

在纽约州，有些行刑者的名字为大众所知……一些人匿名开展工作：Jennifer Gonnerman, 'The Last Executioner', *Village Voice*, 18 January 2005. <web.archive.org/web/20090612033107/http://www.villagevoice.com/2005-01-18/news/the-last-executioner/1>

佛罗里达州操纵电椅的人凌晨五点就已经戴好了头罩：Lifton and Mitchell, *Who Owns Death?*, p. 88.

佛罗里达州比其他地方都要开诚布公，直接在报纸上刊登了招聘广告，收到了二十份申请：Ibid.

弗吉尼亚州最初的电椅制作于一九〇八年，是囚犯们用一棵老橡树制作而成的：Deborah W. Denno, 'Is Electrocution an Unconstitutional Method of Execution? The Engineering of Death over the Century', *William & Mary Law Review*, vol. 35, no. 2, 1994, p. 648. <scholarship.law.wm.edu/wmlr/vol35/iss2/4>

根据一名以弗吉尼亚州议会代表身份出席的见证律师说，行刑过程并不顺利：Ibid., p. 664.

如果不算测试电压时用的一匹老马，他就是第一个被电刑处死的生物：

Mark Essig, *Edison and the Electric Chair: A Story of Light and Death,* Sutton, Stroud, 2003, p. 225.

病理学家形容，他背上烧焦的皮肤被移除后，脊髓肌肉看起来像"煮烂了的牛肉"：'Far Worse than Hanging: Kemmler's Death Provides an Awful Spectacle', *New York Times,* 7 August 1890. <timesmachine.nytimes.com/timesma chine/1890/08/07/103256332.pdf>

汗水是一种极好的导体：Katherine R. Notley, 'Virginia Death Row Inmates Sue to Stop Use of Electric Chair', *Executive Intelligence Review,* vol. 20, no. 9, 1993, p. 66. <larouchepub.com/eiw/public/1993/eirv20n09-19930226/eirv20n09-19930226_065-virginia_death_row_inmates_sue_t.pdf>

"行刑者的触碰极其亵渎，以至于他们一与其他人、其他物件相接触，就会深刻地改变被接触者"：Paul Friedland, *Seeing Justice Done: The Age of Spectacular Capital Punishment in France,* Oxford University Press, 2012, pp. 71–2. Reproduced with permission of Oxford Publishing Ltd, the Licensor, through PLSclear.

"诋毁一个人品德最有效的方式之一，就是影射他们曾与行刑者共进晚餐。"：Ibid., pp. 80–1.

有时候会有两个同时按下的开关，而机器决定哪个开关生效：Lifton and Mitchell, *Who Owns Death?,* p. 87.

刘易斯·E. 劳斯于一九二〇至一九四一年间在辛辛监狱担任典狱长，他曾下令将逾二百名男女罪犯用电椅处死：Ibid., p. 102.

"死亡机器的运转，离不开人双手的拨动。"：David R. Dow and Mark Dow, *Machinery of Death: The Reality of America's Death Penalty Regime,* Routledge, New York, 2002, p. 8. Reproduced with permission of Taylor and Francis Group LLC (Books) US, the Licensor, through PLSclear.

"为了生存，我们会为自己讲故事"：Joan Didion, *The White Album,* Farrar, Straus and Giroux, New York, 2009, p. 11. Reprinted by permission of HarperCollins Publishers Ltd, © 1979 Joan Didion (UK).

就连一九六五年印度尼西亚大屠杀的行刑队队长也会告诉自己，他们是和詹姆斯·卡格尼一样酷炫的好莱坞枪手：*The Act of Killing,* dir. Joshua Oppenheimer, Christine Cynn, Anonymous, Dogwoof Pictures, 2012.

未经统计学证实的威慑效力：'Deterrence: Studies Show No Link between the Presence or Absence of the Death Penalty and Murder Rates', Death Penalty

Information Center. Last viewed 1 October 2021. <deathpenaltyinfo.org/policy-issues/deterrence>

一些简短的观点文章，写前任典狱长几十年的不眠之夜：S. Frank Thompson, 'I Know What It's Like to Carry Out Executions', *The Atlantic*, 3 December 2019. <theatlantic.com/ideas/archive/2019/12/federal-executions-trauma/602785/>

"在全美国范围内废黜包括电刑、绞刑、毒气和其他方法在内的合法杀戮，我希望这一天为期不远"：Robert G. Elliott, *Agent of Death*, E. P. Dutton, New York, 1940.

包括诺曼·梅勒和菲尔·多纳休在内的许多人认为，如果美国真的决定杀害自己的一位公民，那就应该在公众视野里执行：Christopher Hitchens, 'Scenes from an Execution', *Vanity Fair*, January 1998. <archive.vanityfair.com/article/share/3472d8c9-8efa-4989-b3da-72c7922cf70a>

诺曼·梅勒：Christopher Hitchens, 'A Minority of One: An Interview with Norman Mailer', *New Left Review*, no. 222, March/April 1997, pp. 7–9, 13. <newleftreview.org/issues/i222/articles/christopherhitchens-norman-mailer-a-minority-of-one-an-interview-withnorman-mailer>

菲尔·多纳休：'Donahue Cannot Film Execution', United Press International (UPI), 14 June 1994. <upi.com/Archives/1994/06/14/Donahue-cannot-film-execution/2750771566400/>

阿尔贝·加缪写过关于断头台的文章：Albert Camus, *Resistance, Rebellion, and Death*, Alfred A. Knopf, New York, 1966, p. 175.

杰里在一家为州际公路安装护栏的公司找到了新工作：Dale Brumfield, 'An Executioner's Song', *Richmond Magazine*, 4 April 2016. <richmondmagazine.com/news/features/an-executioners-song/>

摩根·弗里曼有一部关于上帝的系列纪录片：'Deadly Sins', Season 3, Episode 4 of *The Story of God with Morgan Freeman*, exec. prod. Morgan Freeman, Lori McCreary and James Younger, 2019, National Geographic Channel.

道·B.霍弗是一名副警长，他是纽约州最后一名承担行刑者职责的人……一九九〇年，他在同一个车库里吸毒气自杀。约翰·赫尔伯特曾于一九一三年到一九二六年期间担任纽约州行刑者……他在地窖里用一把点38口径的左轮手枪自杀：Jennifer Gonnerman, 'The Last Executioner', *The*

Village Voice, 18 January 2005.

唐纳德·霍卡特为密西西比州的毒气室调配化学物质，他的噩梦萦绕不去：Lifton and Mitchell, *Who Owns Death?*, pp. 89–90.

"五个人。一颗实弹。"：Jerry is slightly mistaken on the numbers here. Execution by firing squad involves five riflemen with four live rounds and one blank. Jerry's point, however, remains.

十二小时后，整具身体便已僵硬：Val McDermid, *Forensics: The Anatomy of a Crime Scene*, Wellcome Collection, London, 2015, pp. 80–2.

奇特的个例——十八世纪的英国庸医马丁·范布切尔：Susan Isaac, 'Martin Van Butchell: The Eccentric Dentist Who Embalmed His Wife', Royal College of Surgeons Library Blog, 1 March 2019. < www.rcseng.ac.uk/library-and-publications/library/blog/martin-van-butchell/>

但战争不断升级，死亡人数激增，无论是邦联还是联邦，士兵的尸体都填满了医院的埋葬地点：Drew Gilpin Faust, *This Republic of Suffering: Death and the American Civil War*, Vintage Civil War Library, New York, 2008, pp. 61–101.

比较富裕的家庭会通过军需官寻找尸体：Robert G. Mayer, *Embalming: History, Theory & Practice*, Third Edition, McGraw Hill, New York, 2000, p. 464.

一名年轻的上校埃尔默·埃尔斯沃思在一家旅馆房顶上夺取邦联的旗帜时被枪杀，此前他曾在林肯总统的家乡办公室担任法律文员：Faust, *Suffering*, p. 94.

法国发明家让·尼古拉·加纳尔写了一本书，详细描写了他为解剖学研究发明的保存尸体的方法：Anne Carol, 'Embalming and Materiality of Death: France, Nineteenth Century', *Mortality*, vol. 24, no. 2, 2019, pp. 183–92. <tandfonline.com/doi/full/10.1080/13576275.2019.1585784>

在他位于华盛顿特区的店面里，他展示了一具在战场上发现的、无名男子的尸体：Faust, *Suffering*, p. 95.

美国军队收到多起家属的投诉，称他们被防腐师欺骗：Ibid., pp. 96–7.

波多黎各的一名防腐师将这项事业做到了极致——他把尸体像雕像般摆在逝者的守灵仪式上：Dioramas of the (Propped Up) Dead', *Washington Post*, 27 May 2014. <washingtonpost.com/news/morning-mix/wp/2014/05/27/a-funeral-homes-specialty-dioramas-of-the-proppedup-dead/>

"丑陋的事实被不懈隐藏；防腐的艺术，是一种否认的艺术"：Geoffrey

Gorer, 'The Pornography of Death', *Encounter*, October 1955, pp. 49–52.

"披上精神科医师的外衣，以达到自己的目的"：Jessica Mitford, The American Way of Death Revisited, *Virago*, London, 2000, p. 64.

我在一篇杂志文章里用"暴力"一词描述防腐的物理过程：Campbell, 'In the future …', *WIRED* .

现在，英国每年一般有百分之五十到百分之五十五的遗体会进行防腐处理：Email exchange with Karen Caney FBIE, National General Secretary, British Institute of Embalmers.

那些从南北战争中回来的、经过防腐处置的尸体，还在继续析出一种早就被法律禁止使用的化合物——砷，渗入他们身下的土壤：Mollie Bloudoff-Indelicato, 'Arsenic and Old Graves: Civil War-Era Cemeteries May Be Leaking Toxins', *Smithsonian Magazine*, 30 October 2015. <smithsonianmag.com/science-nature/arsenic-and-old-graves-civil-war-era-cemeteries-may-be-leakingtoxins-180957115/>

如今的美国，每年有超过三百万升内含致癌的甲醛的防腐液，被埋葬于土壤之下：Green Burial Council, 'Disposition Statistics', via Mary Woodsen of Cornell University and Greensprings Natural Preserve in Newfield, New York. Last viewed 1 October 2021. < www.greenburialcouncil. org/media_packet.html >

二〇一五年，一场大水冲进北爱尔兰的数座墓地，造成化学物质浮出地表：Malachi O'Doherty, 'Toxins Leaking from Embalmed Bodies in Graveyards Pose Threat to the Living', *Belfast Telegraph*, 10 May 2015. <belfasttelegraph.co.uk/news/northernireland/toxins-leaking-from-embalmed-bodies-in-graveyards-posethreat-to-the-living-31211012.html>

在印度尼西亚的塔纳托拉查县，家属会定期把死者从坟墓中请出，为他们沐浴、更衣：Caitlin Doughty, *From Here to Eternity*, W.W. Norton, New York, 2017, pp. 42–77.

英国的婴儿死亡率虽然在下降，但仍高于其他可相比的国家：'How Does the UK's Infant Mortality Rate Compare Internationally?', Nuffield Trust, 29 July 2021. <nuffi eldtrust.org.uk/resource/infant-and-neonatal-mortality>

有一位英国肥皂剧明星曾经发起过运动，让那些在一定胎龄之前死亡的胎儿拥有出生证明和死亡证明：Seamus Duff and Ellie Henman, 'Law Changer: Kym Marsh Relives Heartache of Her Son's Tragic Death as She

Continues Campaign to Change Law for Those Who Give Birth and Lose Their Baby', *The Sun,* 31 January 2017. <thesun.co.uk/tvandshowbiz/2745250/kym-marsh-relivesheartache-of-her-sons-tragic-death-as-she-continues-campaign-tochange-law-for-those-who-give-birth-and-lose-their-baby/>

人们在没有上帝和科学的情形下看到尸体，这就是最极端的卑贱。这是死亡对生命的感染：Julia Kristeva, *Powers of Horror: An Essay on Abjection*, Columbia University Press, New York, 1980, p. 4.

《英国医学杂志》曾援引英国公共卫生学院院长玛吉·蕾的话：Matthew Limb, 'Disparity in Maternal Deaths because of Ethnicity is "Unacceptable"', *The BMJ*, 18 January 2021. <bmj.com/content/372/bmj.n152>

孕期和分娩时，他们是主动请缨的照顾者：'Tracing Midwives in Your Family', Royal College of Obstetricians & Gynaecologists/Royal College of Midwives, 2014. <rcog.org.uk/globalassets/documents/guidelines/library-services/heritage/rcmgenealogy.pdf>

为死者入殓：'How Do You Lay Someone Out When They Die?', Funeral Guide, 22 February 2018. <funeralguide.co.uk/blog/laying-out-abody>

只有百分之十二的新生儿病房有强制性的丧亲培训：'Audit of Bereavement Care Provision in UK Neonatal Units 2018', Sands, 2018. < www.sands.org.uk/audit-bereavement-careprovision-uk-neonatal-units-2018>

每四例怀孕中，就有一例流产或在生产过程中遭遇胎儿死亡。每二百五十例怀孕中，就有一例产下死胎；全英国每天有八个胎儿在出生时就已经死去：'Pregnancy Loss Statistics', Tommy's. Last viewed 1 October 2021. <tommys.org/our-organisation/our-research/pregnancy-loss-statistics>

流产的妇女中，有超过一半都不知道流产的原因：'Tell Me Why', Tommy's. Last viewed 1 October 2021. <tommys.org/our-research/tell-me-why>

阿里尔·利维讲述她怀孕五个月时在蒙古一家宾馆盥洗室地板上流产的经历：Ariel Levy, 'Thanksgiving in Mongolia', *New Yorker,* 10 November 2013. <newyorker.com/magazine/2013/11/18/thanksgiving-in-mongolia> Text from this article was reproduced in her book: Ariel Levy, *The Rules Do Not Apply*, Random House, New York, 2017/Fleet, London, 2017, pp. 145–6, 235–6. Reproduced with permission of Penguin Random House LLC (US).

三百七十七名经历过胎儿死产或者出生不久后夭折的妇女：Katherine

J. Gold, Irving Leon, Martha E. Boggs and Ananda Sen, 'Depression and Posttraumatic Stress Symptoms after Perinatal Loss in a Population-Based Sample', *Journal of Women's Health*, vol. 25, no. 3, 2016, pp. 263–8. <ncbi.nlm.nih.gov/pmc/articles/PMC4955602/pdf/jwh.2015.5284.pdf>

在火葬场刚建成的年代，英国的火葬率占葬礼总数的约百分之三十五，而今上升到百分之七十八：'International Statistics 2019', Cremation Society. Last viewed 1 October 2021. <cremation.org.uk/International-cremation-statistics-2019>

盲目的，无情的，外来之物：Christopher Hitchens, *Mortality*, Atlantic Books, London, 2012, p. 11. Reproduced with permission from Atlantic Books Ltd (UK) and Hachette Book Group (USA).

市长尽力想让留下来的人搬到城里住：Jonathan Oosting, 'Detroit Mayor Dave Bing: Relocation "Absolutely" Part of Plan to Downsize City', Michigan Live, 25 February 2010. <mlive.com/news/detroit/2010/02/detroit_mayor_dave_bing_reloca.html>

就连本杰明·富兰克林都在一七七三年提出：Ed Regis, *Great Mambo Chicken and the Transhumanist Condition: Science Slightly Over the Edge*, Perseus Books, New York, 1990, p. 84.

他在虚构故事里第一次接触到这个概念：Ibid., p. 85.

"只有那种一只脚已经迈入死亡的人，才会拥抱死亡。"：Robert Ettinger, *The Prospect of Immortality*, Sidgwick & Jackson, London, 1965, p. 146.

亚利桑那州的阿尔科公司，报价为二十万美元：Alcor, Membership/Funding. Last viewed 1 October 2021. <alcor.org/membership/>

他那被冷冻起来的客户，现在都存放在一家殡仪馆后院的车库里：Sam Shaw, 'Mistakes Were Made: You're as Cold as Ice', *This American Life*, episode 354, 18 April 2008. <thisamericanlife.org/354/mistakes-were-made>

近年来"复活"的生物体：David Wallace-Wells, *The Uninhabitable Earth*, Allen Lane, London, 2019, p. 99.

二〇一九年，研究者从三十二只已死的猪身上提取了大脑：Gina Kolata, '"Partly Alive": Scientists Revive Cells in Brains from Dead Pigs', *New York Times*, 17 April 2019. <nytimes.com/2019/04/17/science/brain-dead-pigs.html>

在这种青蛙体内，当温度降低，它们血液之中的特殊蛋白质会把细胞中的水分吸出：John Roach, 'Antifreeze-Like Blood Lets Frogs Freeze and Thaw with Winter's Whims', *National Geographic*, 20 February 2007. <nationalgeographic.com/animals/2007/02/frog-antifreeze-blood-winter-adaptation/>

"在凶案组，职业倦怠可不仅仅是一种职业风险，它是一种心理上的必然。"：David Simon, *Homicide: A Year on the Killing Streets*, Houghton Mifflin Company, Boston, 1991, p. 177. © David Simon, 1991, 2006. Extracts from *Homicide: A Year on the Killing Streets* reproduced with permission of Canongate Books Ltd and Henry Holt & Co.

"但是，压力激素只是让我们有体力和忍耐力应对极端情形。"：Bessel van der Kolk, *The Body Keeps the Score*, Penguin, London, 2014, p. 217. Reproduced with permission of Penguin Random House LLC (US). Reprinted by permission of Penguin Books Ltd. (UK), © 2014 Bessel van der Kolk.

"这两种不相称的人类情感袭来，相互碰撞"：Richard Powers, introduction to DeLillo, *White Noise*, pp. xi–xii. Reproduced with permission of Penguin Random House LLC (US).

"在越遥远、越具异国特质的地方，我们才越有可能一睹死者和将死之人的全貌。"：Sontag, *Regarding the Pain of Others*, p. 63.

布鲁克林滨水区共存放了六百五十具尸体：Paul Berger, 'NYC Dead Stay in Freezer Trucks Set Up during Spring Covid-19 Surge', *Wall Street Journal*, 22 November 2020. <wsj.com/articles/nyc-dead-stay-in-freezertrucks-set-up-during-spring-covid-19-surge-11606050000>

洛杉矶县暂停了空气质量法规：Julia Carrie Wong, 'Los Angeles Lifts Air-Quality Limits for Cremations as Covid Doubles Death Rate', *Guardian*, 18 January 2021. <theguardian.com/us-news/2021/jan/18/los-angeles-covidcoronavirus-deaths-cremation-pandemic>

在巴西，当日均死亡人数超过四千后，新冠肺炎隔离病房的护士们把热水灌进乳胶手套：'Nursing Technician from São Carlos "Supports" an Intubated Patient's Hand with Gloves Filled with Warm Water', Globo.com, 23 March 2021. <g1.globo.com/sp/sao-carlos-regiao/noticia/2021/03/23/tecnica-emenfermagem-de-sao-carlos-ampara-mao-de-paciente-intubada-comluvas-cheias-de-agua-morna.ghtml>

"我希望我们能够找回原来的生活。以前我们拥有前所未有的伟大经济体,以前我们没有死亡。": Remarks by President Trump, Vice President Pence, and Members of the Coronavirus Task Force in Press Briefing, issued on 30 March 2020, press briefing held 29 March 2020, 5.43 p.m. EDT. <trumpwhitehouse.archives.gov/briefingsstatements/remarks-president-trump-vice-president-pencemembers-coronavirus-task-force-press-briefing-14/

图书在版编目（CIP）数据

守在终点的人 /（英）海莉·坎贝尔
(Hayley Campbell) 著；周雨晴译. -- 上海：文汇出
版社, 2025. 7. -- ISBN 978-7-5496-4447-6
Ⅰ. I561.55
中国国家版本馆CIP数据核字第2025AX3656号

Copyright © 2022 by Hayley Campbell
Every effort has been made to trace copyright holders and
to obtain their permission for the use of copyright material.
The publisher would be glad, if notified, to rectify any errors or
omissions in future editions of this book

版权登记图字 09-2024-1044

守在终点的人

作　　者／	［英］海莉·坎贝尔
译　　者／	周雨晴
责任编辑／	何　璟
特邀编辑／	张馨予　吕宗蕾　张沁萌
营销编辑／	杨美德　罗淋丹　李琼琼
装帧设计／	凌　瑛
内文制作／	田小波
出　　版／	文汇出版社 上海市威海路755号 （邮政编码200041）
发　　行／	新经典发行有限公司
电　　话／	010-68423599　邮　箱／ editor@readinglife.com
印刷装订／	河北鹏润印刷有限公司
版　　次／	2025年7月第1版
印　　次／	2025年7月第1次印刷
开　　本／	850×1168 1/32
字　　数／	206千
印　　张／	11

ISBN 978-7-5496-4447-6
定　　价／　68.00元

敬启读者，如发现本书有印装质量问题，请与发行方联系。